JOHN SCALZI

A ÚLTIMA CO— LÔNIA

SÉRIE GUERRA DO VELHO
VOLUME 3

TRADUÇÃO
DE
**PETÊ
RISSATTI**

ALEPH

A ÚLTIMA COLÔNIA

TÍTULO ORIGINAL:
The Last Colony

CAPA:
Pedro Inoue

COPIDESQUE:
Cássio Yamamura

PROJETO GRÁFICO E DIAGRAMAÇÃO:
Desenho Editorial

REVISÃO:
Bruno Alves
Renato Ritto

ILUSTRAÇÃO:
Sparth

DIREÇÃO EXECUTIVA:
Betty Fromer

COMUNICAÇÃO:
Thiago Rodrigues Alves
Fernando Barone
Maria Clara Villas
Júlia Forbes

DIREÇÃO EDITORIAL:
Adriano Fromer Piazzi

EDITORIAL:
Daniel Lameira
Tiago Lyra
Andréa Bergamaschi
Débora Dutra Vieira
Luiza Araujo
Juliana Brandt
Renato Ritto*

COMERCIAL:
Giovani das Graças
Lidiana Pessoa
Roberta Saraiva
Gustavo Mendonça

FINANCEIRO:
Roberta Martins
Sandro Hannes

* Equipe original à época do lançamento.

COPYRIGHT © & 2007 BY JOHN SCALZI
COPYRIGHT © EDITORA ALEPH, 2019
(EDIÇÃO EM LÍNGUA PORTUGUESA PARA O BRASIL)

TODOS OS DIREITOS RESERVADOS.
PROIBIDA A REPRODUÇÃO, NO TODO OU EM PARTE, ATRAVÉS DE
QUAISQUER MEIOS.

EDITORA ALEPH

Rua Tabapuã, 81, cj. 134
04533-010 – São Paulo – SP – Brasil
Tel.: (55 11) 3743-3202
www.editoraaleph.com.br

DADOS INTERNACIONAIS DE CATALOGAÇÃO NA PUBLICAÇÃO (CIP)
(ODILIO HILARIO MOREIRA JUNIOR CRB-8/9949)

S282u Scalzi, John
A última colônia / John Scalzi ; traduzido por Petê Rissatti. -
São Paulo: Aleph, 2019. 360 p.

Tradução de: The last colony
ISBN: 978-85-7657-447-7

1. Literatura americana. 2. Ficção científica. I. Rissatti, Petê.
II. Título.

| 2019-756 | CDD 813.0876 |
| | CDU 821.111(73)-3 |

ÍNDICES PARA CATÁLOGO SISTEMÁTICO:

1. Literatura americana : Ficção científica 813.0876
2. Literatura americana : Ficção científica 821.111(73)-3

Para Patrick e Teresa Nielsen Hayden,
amigos e editores.
Para Heather e Bob, irmão e irmã.
Para Athena, filha.
Para Kristine, tudo.

A ÚLTIMA CO—LÔNIA

Deixa eu te falar dos mundos que deixei para trás.

A Terra você conhece; todo mundo conhece. É o berço da humanidade, embora, neste momento, poucos a considerem nosso planeta "natal" – Fênix ocupou esse papel desde que a União Colonial foi criada e se tornou a força orientadora para a expansão e proteção de nossa raça no universo. Mas a gente nunca esquece de onde veio.

Ser da Terra neste universo é como ser um garoto de cidade pequena que pega o ônibus, vai até a cidade grande e passa a tarde inteira boquiaberto, vendo todos aqueles prédios altos. Então, é assaltado e agredido por causa do crime de ficar maravilhado com aquele estranho mundo novo, que possui coisas assim, porque as coisas não têm muito tempo ou compaixão com o rapaz novo na cidade e vão ficar felizes em matá-lo pelo que tem na mala. O garoto da cidade pequena aprende isso rápido, porque não consegue voltar para casa.

Passei 75 anos na Terra, vivendo quase sempre na mesma cidade pequena, no estado de Ohio, e dividindo a maior parte da vida com a mesma mulher. Ela morreu e ficou para trás. Eu sobrevivi e parti.

O próximo mundo é metafórico. As Forças Coloniais de Defesa me tiraram da Terra e mantiveram as partes de mim que queriam: minha consciência e uma pequena parte do meu DNA. Com esse último, fizeram um novo corpo para mim, que era jovem, rápido, forte, bonito e apenas parcialmente humano. Meteram minha consciência nele e quase não me deram tempo para aproveitar minha segunda juventude. Pegaram o belo corpo que eu tinha naquele momento e passaram os vários anos seguintes tentando ativamente matá-lo me jogando para cima de cada raça alienígena hostil que podiam.

Havia muitas dessas raças. O universo é vasto, mas o número de mundos adequados para a vida humana é surpreendentemente pequeno, e, por acaso, o espaço é cheio de outras espécies inteligentes que querem os mesmos mundos que nós. Pouquíssimas dessas espécies, ao que parece, curtem o conceito de compartilhar: nós, certamente, não curtimos. Todos lutamos, e os mundos que podemos habitar passam de uma mão para outra até que alguém segura tão forte que não conseguimos arrancar. Durante alguns séculos, nós, humanos, conseguimos fazer esse truque com várias dezenas de mundos e fracassamos em outras dezenas. Nada disso nos trouxe muitos amigos.

Passei seis anos neste mundo. Lutei e quase morri, mais de uma vez. Tinha amigos, cuja maioria morreu, mas alguns deles eu salvei. Conheci uma mulher que era igualzinha àquela com quem dividi minha vida na Terra, mas que era uma pessoa completamente diferente. Defendi a União Colonial e, fazendo isso, acreditei que estava mantendo a humanidade viva no universo.

Por fim, as Forças Coloniais de Defesa tiraram a parte de mim que sempre fora eu e enfiaram em um terceiro e último corpo. Esse corpo era jovem, mas não tão rápido e forte. Era, no fim das contas, apenas humano. Mas não exigiriam que esse corpo lutasse e morresse. Senti falta de ser forte como um super-herói de história em quadrinhos. Não senti falta de todas as criaturas alienígenas que encontrei e tentaram me matar a todo custo. Foi uma troca justa.

O mundo seguinte provavelmente é desconhecido para você. Voltemos à Terra, nosso antigo lar, onde bilhões ainda vivem e sonham com as estrelas. Olhe para o céu, para a constelação Lince, perto da Ursa Maior. Há uma estrela lá, amarela como nosso Sol, com seis grandes planetas. O terceiro, coincidentemente, é uma cópia da Terra: 96% de sua circunferência, mas com um núcleo de ferro um pouco maior, então tem 101% de sua massa (mal dá para notar esse 1% a mais). Duas luas: uma com dois terços do tamanho da Lua terrestre, mas mais próxima que a nossa, de modo que assume a mesma quantidade de espaço no céu. A segunda lua, um asteroide capturado, é muito menor e fica mais próxima. Sua órbita é instável; vai acabar se soltando e caindo sobre o planeta abaixo dela. A melhor estimativa é que isso acontecerá aproximadamente daqui a 250 mil anos. Os nativos não estão lá muito preocupados no momento.

Este mundo foi encontrado pelos humanos há quase 75 anos; os Ealans tinham uma colônia lá, mas as Forças Coloniais de Defesa consertaram a situação. Então, os Ealans, digamos assim, verificaram a matemática dessa equação, e alguns anos se passaram até que tudo se resolvesse. Quando se resolveu, a União Colonial abriu o mundo aos colonos da Terra, em sua maioria da Índia, que chegaram em ondas; a primeira depois que o planeta foi fechado para os Ealans, a segunda pouco depois da Guerra Subcontinental na Terra, quando o governo probatório apoiado pela Ocupação ofereceu aos apoiadores mais notáveis do regime Chowdhury a escolha entre a colonização ou a prisão. A maioria se exilou, levando a família consigo. Essas pessoas não sonhavam tanto com as estrelas; as estrelas foram impostas a elas.

Considerando quem vive no planeta, talvez você ache que ele teria um nome que refletisse essa herança. Achou errado. O planeta é chamado de Huckleberry, batizado sem dúvida por algum *apparatchik* da União Colonial apaixonado por Mark Twain. A lua maior de Huckleberry é Sawyer; a menor é Becky. Seus três maiores continentes são Samuel, Langhorne e Clemens; saindo de Clemens, há uma cadeia longa e espiralada de ilhas vulcânicas conhecida como Arquipélago de Livy, que fica no Oceano de Calaveras. A maior parte dos acidentes geográficos importantes foi batizada com vários elementos do universo de Twain antes da chegada dos primeiros colonos, que parecem ter aceitado isso de boa vontade.

Venha a esse planeta comigo agora. Olhe para o céu, na direção da constelação de Lótus. Há uma estrela ali, amarela como aquela que este planeta circula, ao redor da qual eu nasci, duas outras vidas atrás. Daqui fica tão distante que é invisível a olho nu, e com frequência me sinto assim sobre a vida que vivi lá.

Meu nome é John Perry. Tenho 88 anos. Estou neste planeta há quase oito anos agora. É meu lar, que divido com minha mulher e minha filha adotiva. Receba as boas-vindas a Huckleberry. Nesta história, este é o próximo mundo que deixo para trás. Mas não é o último.

A história de como saí de Huckleberry começa – como toda história que se preze – com uma cabra.

Savitri Guntupalli, minha assistente, nem tirou os olhos de seu livro quando cheguei do almoço.

– Tem uma cabra no seu escritório – disse ela.

– Hum. Pensei que tivéssemos dedetizado contra cabras.

Isso fez com que ela erguesse os olhos, o que contava como uma vitória pelo andar da carruagem.

– Ela trouxe os irmãos Chengelpet com ela – informou Savitri.

– Merda – falei. Os últimos irmãos que brigaram tanto quanto Chengelpet se chamavam Caim e Abel, e pelo menos um deles acabou tomando alguma ação direta. – Pensei ter dito a você para não deixar esses dois entrarem no meu escritório quando eu não estivesse por aqui.

– Você não disse nada disso – retrucou Savitri.

– Essa é uma ordem constante agora – disse eu.

– E mesmo se tivesse dito – continuou Savitri, abaixando o livro –, um dos irmãos Chengelpet teria que me dar ouvidos, o que nenhum deles faria. Aftab entrou primeiro, pisando duro com a cabra, e Nissim chegou em seguida. Nenhum deles nem olhou para mim.

– Não queria ter que lidar com os Chengelpet – comentei. – Acabei de comer.

Savitri estendeu a mão ao lado da mesa, pegou a lixeira e pôs em cima do tampo.

– Vomite primeiro para garantir – ela sugeriu.

Conheci Savitri muitos anos antes, enquanto estava viajando pelas colônias como representante das Forças Coloniais de Defesa, dando palestras a várias colônias às quais fui enviado. Na parada no vilarejo de Nova Goa, na colônia de Huckleberry, Savitri se levantou e me chamou de instrumento do regime imperial e totalitário da União Colonial. Gostei dela na hora. Quando saí das FCD, decidi me estabelecer em Nova Goa, onde me ofereceram a posição de ombudsman do vilarejo, que eu assumi, e fiquei surpreso no primeiro dia de trabalho quando encontrei Savitri lá, dizendo que seria minha assistente, gostasse eu ou não.

– Me lembre de novo por que você aceitou este trabalho – pedi a Savitri por sobre a lixeira.

– Pura perversidade – respondeu ela. – Vai vomitar ou não?

– Acho que vou me segurar – disse eu. Ela pegou a lixeira e a recolocou no lugar, depois ergueu o livro e retomou a leitura.

Tive uma ideia.

– Ei, Savitri – falei. – Quer meu emprego?

– Claro – disse ela, abrindo o livro. – Começo logo depois de você terminar com os Chengelpet.

– Obrigado.

Savitri grunhiu e voltou a suas aventuras literárias. Eu me preparei e passei pela porta do meu escritório.

A cabra no meio do cômodo era bonitinha. Os Chengelpet, sentados nas cadeiras diante da minha mesa, nem tanto.

– Aftab – falei, meneando a cabeça para o irmão mais velho. – Nissim – disse, fazendo o mesmo para o mais jovem. – E amiga – cumprimentei, repetindo o gesto para a cabra e me sentei. – O que posso fazer por vocês?

– Pode me dar permissão para dar um tiro no meu irmão, ombudsman Perry – começou Nissim.

– Não sei se isso é da minha alçada – falei. – E, de qualquer forma, parece um pouco drástico. Por que não me conta o que está acontecendo?

Nissim apontou para o irmão.

– Este desgraçado roubou minha semente.

– Desculpe, como? – perguntei.

– Minha semente – repetiu Nissim. – Pergunte para ele. Ele não pode negar.

Pisquei várias vezes e me virei para Aftab.

– Então, roubando semente de seu irmão, é, Aftab?

– O senhor precisa perdoar meu irmão – respondeu Aftab. – Ele fica histérico facilmente, como o senhor sabe. O que ele quer dizer é que um dos bodes dele foi para o meu pasto e engravidou esta menina aqui, e agora ele alega que roubei o esperma do bode.

– Não era qualquer bode – insistiu Nissim. – Era Prabhat, meu campeão. Eu o alugo para criação por um preço muito bom, e Aftab não quis pagar. Então ele roubou minha semente.

– É a semente de Prabhat, seu idiota – ralhou Aftab. – E não é minha culpa se você cuida tão mal da sua cerca que o seu bode consegue entrar nas minhas terras.

– Ah, que maravilha – disse Nissim. – Ombudsman Perry, quero que saiba que a cerca foi cortada. Prabhat foi tentado a entrar nas terras dele.

– Você está delirando – disse Aftab. – E, mesmo se fosse verdade, o que não é, e daí? Já devolvi o seu precioso Prabhat.

– Mas agora você tem esta cabra prenha – retrucou Nissim. – Uma gravidez pela qual você não pagou e à qual eu não dei permissão. É roubo, puro e simples. E, mais que isso, você está tentando me arruinar.

– Do que você está falando? – perguntou Aftab.

– Você está tentando criar um novo reprodutor – Nissim disse para mim e apontou para a cabra, que estava mordiscando o espaldar da cadeira de Aftab. – Não negue. É sua melhor cabra. Você a cruzou com Prabhat e terá um cabrito para fazer cruzamento. Está tentando atravessar meus negócios. Pergunte para ele, ombudsman Perry. Pergunte para ele o que a cabra está carregando.

Olhei de volta para Aftab.

– O que sua cabra está carregando, Aftab?

– Por pura coincidência, um dos fetos é macho – respondeu Aftab.

– Quero que ela aborte – disse Nissim.

– A cabra não é sua – retrucou Aftab.

– Então vou ficar com o filhote quando nascer – decidiu Nissim. – Como pagamento pela semente que você roubou.

– Isso de novo – disse Aftab e olhou para mim. – O senhor vê com o que estou lidando, ombudsman Perry? Ele deixa os bodes correrem sem freio pelo mato, emprenhando à vontade, e daí exige pagamento pelo tratamento fajuto que dá aos animais.

Nissim urrou, indignado, e começou a berrar e a gesticular loucamente para o irmão; Aftab seguiu a deixa. A cabra deu a volta na mesa e me encarou com curiosidade. Estendi a mão sobre a mesa e dei um doce que encontrei ali para a cabra.

– Sério mesmo, você e eu não precisamos ficar aqui vendo isso – falei para a cabra. Ela não respondeu, mas consegui sentir que concordava comigo.

Conforme planejado originalmente, o trabalho de ombudsman do vilarejo deveria ser simples: sempre que os aldeões de Nova Goa tivessem um problema com o governo local ou distrital, viriam até mim, e eu poderia ajudá-los a lidar com a burocracia e resolver as coisas. Era, de fato, exatamente o tipo de trabalho que se dá a um herói de guerra que, de outra forma, seria inútil para o cotidiano de uma colônia majoritariamente rural; ele tem notoriedade suficiente com os superiores para que, quando bater à porta, eles tenham que prestar atenção.

O problema foi que, depois de alguns meses nessa linha, os habitantes de Nova Goa começaram a vir até mim com outros problemas. "Ah, não queremos ter trabalho com burocratas", me disse um dos aldeões depois de eu ter questionado por que de repente eu era o faz-tudo, desde consultoria sobre equipamento agrícola até aconselhamento matrimonial básico. "É mais fácil e rápido vir até o senhor." Rohit Kulkarni, o administrador de Nova Goa, ficou maravilhado com essa situação, pois eu estava lidando com problemas que costumavam chegar a ele primeiro, o que lhe dava mais tempo para pescar e jogar dominó na loja de chás.

Na maior parte do tempo, essa definição nova e expandida de meus deveres de ombudsman era ótima. Era legal ajudar as pessoas, e também era legal que as pessoas ouvissem os meus conselhos. Por outro lado, qualquer funcionário público provavelmente vai dizer que as poucas pessoas inoportunas na comunidade tomarão a maior parte do tempo. Em Nova Goa, essas pessoas eram os irmãos Chengelpet.

Ninguém sabia por que os dois se odiavam tanto. Eu achei que tivesse algo a ver com seus pais, mas Bhajan e Niral eram pessoas adoráveis e ficavam tão perplexos quanto qualquer outro. Algumas pessoas simplesmente não se dão com outras e, infelizmente, essas duas calharam de ser irmãs.

Na verdade, não teria sido tão ruim se não tivessem construído fazendas vizinhas e, portanto, vissem a cara e as atividades um do outro a maior parte do tempo. No início do meu mandato, sugeri a Aftab, que eu considerava como o Changelpet um pouco mais razoável, que talvez considerasse comprar um novo terreno que tinha acabado de ser desocupado do outro lado do vilarejo, porque viver longe de Nissim talvez resolvesse a maior parte de seus problemas com o irmão. "Ah, bem que ele gostaria", disse Aftab, em um tom perfeitamente razoável de voz. Depois disso, abandonei qualquer esperança de discurso racional sobre a questão e aceitei o carma que eu precisava sofrer pela visita ocasional dos Indignados Irmãos Chengelpet.

– Tudo bem – disse eu, calando os irmãos e seus gritos fratrifóbicos. – Eu acho o seguinte: não acredito que importe como nossa amiga aqui, a cabra, ficou prenha, então não vamos nos concentrar nisso. Vocês dois concordam que foi o bode de Nissim que consumiu o ato, certo?

Os dois Chengelpet concordaram com a cabeça; a cabra, modesta, ficou em silêncio.

– Ótimo. Então, vocês dois estão juntos nessa empreitada – concluiu. – Aftab, você pode cuidar do filhote depois que ele nascer e cruzá-lo, como quiser. Porém, nas primeiras seis vezes que ele cruzar, Nissim fica com a taxa inteira de cruzamento e, depois disso, metade da taxa vai para o seu irmão.

– Ele vai cruzá-lo de graça nas primeiras seis vezes – comentou Nissim.

– Então, vamos fazer com que a taxa de cruzamento depois dessas seis primeiras vezes seja a média dessas primeiras seis – defini. – Assim, se ele tentar ferrar você, vai acabar se ferrando também. E isto aqui é um vilarejo, Nissim. As pessoas não vão aceitar o cruzamento de Aftab se acharem que a única razão para ele estar alugando o bode é para ferrar com seu ganha-pão. Há uma linha tênue entre custo-benefício e ser um mau vizinho.

– E se eu não quiser fazer negócios com ele? – perguntou Aftab.

– Então, pode vender o filhote para Nissim – respondi. Nissim abriu a boca para protestar. – Sim, vender – falei antes que ele pudesse reclamar. – Levem o filhote para Murali avaliar. Esse será o preço. Murali não gosta muito de nenhum de vocês, então vão conseguir uma estimativa justa. Tudo bem?

Os Chengelpet pensaram, ou seja, queimaram a mufa para ver se havia alguma maneira de um deles ficar mais infeliz com a situação do que o outro. No fim das contas, os dois pareceram chegar à conclusão de que seu desagrado era idêntico, o que, nessa situação, era um resultado ótimo. Os dois menearam a cabeça em aprovação.

– Ótimo – disse eu. – Agora, deem o fora daqui antes que meu tapete fique sujo.

– Minha cabra não faria isso – assegurou Aftab.

– Não é com ela que eu me preocupo – disse, enxotando os dois. Eles saíram, e Savitri apareceu na porta.

– O senhor está na minha cadeira – disse ela, apontando a cabeça para a minha cadeira.

– Vá se lascar – falei, levantando atrás da mesa. – Se não vai lidar com os casos chatos, não está preparada para a cadeira grande.

– Nesse caso, voltarei ao meu humilde papel de sua assistente e aviso que, enquanto estava entretendo os Chengelpet, a delegada ligou – comentou Savitri.

– O que ela queria? – perguntei.

– Não disse. Desligou. O senhor conhece a delegada. Bem abrupta.

– Dura, mas justa, esse é o lema – comentei. – Se fosse mesmo importante, teria deixado mensagem, então vou me preocupar com isso mais tarde. Enquanto isso, vou dar uma olhada na minha papelada.

– O senhor não tem papelada – disse Savitri. – O senhor deu toda a papelada para mim.

– E já acabou? – perguntei.

– Pelo que o senhor sabe, sim – respondeu ela.

– Então, acho que vou relaxar e me deleitar com minhas habilidades gerenciais superiores.

– Fico feliz que não tenha usado o cesto de lixo para vomitar antes – disse Savitri. – Porque agora tem espaço para o meu vômito. – Ela voltou a sua mesa antes que eu pudesse pensar em uma boa resposta.

Tem sido assim conosco desde o primeiro mês em que começamos a trabalhar juntos. Custou aquele primeiro mês para ela se acostumar com o fato de que, embora eu fosse um ex-militar, eu não era na verdade um instrumento colonialista, ou, ao menos, se eu fosse, era um com bom senso e um razoável senso de humor. Quando concluiu que eu não estava lá para espalhar minha hegemonia sobre seu vilarejo, relaxou o suficiente para tirar sarro da minha cara. Esse tem sido nosso relacionamento há sete anos, e é dos bons.

Com toda a papelada pronta e todos os problemas do vilarejo resolvidos, fiz o que qualquer um na minha posição faria: tirei um cochilo. Receba as boas-vindas ao mundo duro e atribulado de um ombudsman de um vilarejo colonizado. É possível que seja feito de outra forma em outros lugares, mas se é, não quero nem saber.

Acordei a tempo de ver Savitri encerrando o expediente. Acenei para me despedir dela e, depois de mais alguns minutos de imobilidade, ergui a bunda da cadeira e parti para casa. Por acaso, no caminho, vi a delegada vindo na minha direção do outro lado da rua. Atravessei, caminhei até ela e beijei minha autoridade policial local em cheio nos lábios.

— Você sabe que não gosto quando você faz isso — disse Jane depois de eu ter terminado.

— Não gosta que eu te beije?

— Não quando estou em serviço. Isso acaba com a minha autoridade.

Sorri com a ideia de algum malfeitor pensando que Jane, uma ex-soldado das Forças Especiais, era molenga porque beijava o marido. A pancadaria que isso geraria seria terrível em sua magnitude. Mas eu não comentei nada.

— Desculpe — disse eu. — Tentarei não acabar com sua autoridade de agora em diante.

— Obrigada — disse Jane. — Estava indo procurar você, já que não retornou minha ligação.

— Eu estava incrivelmente ocupado hoje — comentei.

— Savitri me reportou o quanto você estava ocupado quando liguei de novo.

— Eita — falei.

— Eita mesmo — concordou Jane. Começamos a andar em direção a nossa casa. — O que eu ia contar é que você pode esperar Gopal Boparai passar por lá amanhã para saber qual vai ser o serviço comunitário que ele vai prestar. Estava bêbado e desordeiro de novo. Ficou gritando com uma vaca.

— Carma ruim — falei.

— A vaca também achou. Deu uma cabeçada no peito dele e o fez atravessar uma vitrine de loja.

— Go está bem? — perguntei.

– Só arranhões – respondeu Jane. – A vitrine caiu. Era de plástico. Não quebrou.

– Já é a terceira vez neste ano – comentei. – Ele deveria se apresentar a um juiz de verdade, não a mim.

– Foi o que eu disse também. Mas ele ficaria detido por quarenta dias na cadeia do distrito, e Shashi vai dar à luz em algumas semanas. Ela precisa dele por perto mais do que ele precisa de uma cela.

– Tudo bem – disse eu. – Vou pensar em alguma coisa.

– Como foi seu dia? – perguntou Jane. – Digo, além da soneca.

– Tive um dia de Chengelpet – respondi. – Dessa vez com uma cabra.

Jane e eu conversamos sobre o dia durante a caminhada até em casa, como fazemos diariamente durante a caminhada até em casa, até o pequeno sítio que fica logo depois do vilarejo. Quando viramos na estrada, encontramos nossa filha, Zoë, passeando Babar, o vira-lata, que, como sempre, ficou louco de felicidade ao nos ver.

– Ele sabia que vocês estavam chegando – disse Zoë, levemente ofegante. – Disparou na metade da estrada. Tive que correr para acompanhar.

– Que ótimo saber que sentiu nossa falta – falei. Jane acarinhou Babar, que balançava o rabinho como uma hélice. Dei um beijinho na bochecha de Zoë.

– Vocês dois têm visita – comentou Zoë. – Ele apareceu lá em casa faz uma hora. Em um flutuador.

Ninguém na cidade tinha um flutuador; eram uma ostentação e nada prático em uma comunidade rural. Olhei para Jane, que deu de ombros como se dissesse "Não estou esperando ninguém".

– Ele disse quem era? – perguntei.

– Não – respondeu Zoë. – Só falou que era um velho amigo seu, John. Falei para ele que podia ligar para você, e ele falou que ficaria feliz em esperar.

– Bem, como ele é, pelo menos? – perguntei.

– Jovem – disse Zoë. – Bonitinho.

– Não acho que conheço nenhum cara bonitinho – comentei.
– Esse é mais seu departamento, filha adolescente.

Zoë revirou os olhos e me deu um olhar de desprezo fingido.

– Obrigada, papai de 90 anos. Se me deixasse terminar de falar,
teria ouvido a pista que me fez pensar que talvez você o conheça, sim.
A pista é: ele também é *verde*.

A pista me fez trocar outro olhar com Jane. Os membros da FCD
tinham a pele verde, resultado da clorofila modificada que lhes dava
energia extra para o combate. Jane e eu tínhamos pele verde antes; eu
recebi meu tom original, e Jane foi autorizada a escolher um tom de
pele mais comum ao mudar de corpo.

– Ele não disse o que queria? – Jane perguntou a Zoë.

– Não – disse Zoë. – E eu não perguntei. Só pensei em vir
encontrar vocês para avisar. Deixei o cara no alpendre.

– Deve estar fuçando a casa agora – comentei.

– Duvido – disse Zoë. – Deixei Hickory e Dickory vigiando.
Dei um sorrisinho.

– O que deve tê-lo mantido no lugar – eu disse.

– Exatamente o que pensei – afirmou Zoë.

– Você é muito sábia para sua idade, filha adolescente.

– Estou seguindo seus passos, pai de 90 anos – disse ela, que
correu de volta para a casa com Babar no encalço.

– Que atitude – falei para Jane. – Ela pegou isso de você.

– Ela é adotada – retrucou Jane. – E eu não sou a espertinha da
família.

– Detalhes – eu disse e peguei a mão dela. – Vamos. Eu quero
ver o quanto nosso convidado já borrou as calças.

Encontramos nosso convidado no balanço do alpendre, vigiado atenta e silenciosamente por nossos dois Obins. Eu o reconheci imediatamente.

– General Rybicki – eu disse. – Que surpresa.

– Olá, major – disse Rybicki, referindo-se a minha antiga patente, e apontou para os Obins. – O senhor fez alguns amigos interessantes desde a última vez que o vi.

– Hickory e Dickory – apresentei. – São acompanhantes da minha filha. Muito gentis, a menos que achem que você é uma ameaça para ela.

– O que acontece se acharem? – perguntou Rybicki.

– Varia – respondi. – Mas em geral é rápido.

– Que maravilha – comentou Rybicki. Dispensei os Obins; eles saíram para encontrar Zoë.

– Obrigado – disse Rybicki. – Obins me deixam nervoso.

– Esse é o objetivo – afirmou Jane.

– Entendo – disse Rybicki. – Se não se importam de eu perguntar, por que sua filha tem Obins como guarda-costas?

– Não são guarda-costas, são acompanhantes – explicou Jane. – Zoë é nossa filha adotiva. Seu pai biológico é Charles Boutin. – Isso fez Rybicki erguer a sobrancelha, pois tinha patente suficientemente alta para saber sobre Boutin. – Os Obins reverenciam Boutin, mas ele está morto. Eles desejam conhecer a filha dele, então mandaram esses dois para ficarem com ela.

– E isso não incomoda a menina – concluiu Rybicki.

– Ela cresceu com babás e protetores Obins – disse Jane. – Fica à vontade com eles.

– E isso não incomoda os senhores – disse Rybicki.

– Eles vigiam e protegem Zoë – comentei. – Dão uma ajuda por aqui. E a presença deles conosco faz parte do tratado que a União Colonial tem com os Obins. Ter os dois aqui parece um preço pequeno a pagar para ter a raça do nosso lado.

– É verdade – disse Rybicki, levantando-se. – Bem, major, tenho uma proposta para o senhor. – Ele meneou a cabeça para Jane. – Para os dois, na verdade.

– O quê? – eu quis saber.

Rybicki fez um gesto com a cabeça na direção da casa, na direção em que Hickory e Dickory tinham acabado de sair.

– Prefiro não falar sobre isso onde esses dois possam ouvir, se não for problema. Há algum lugar onde possamos conversar em particular?

Olhei para Jane. Ela abriu um sorrisinho.

– Eu conheço um lugar – disse ela.

– Vamos parar aqui? – perguntou general Rybicki quando paramos no meio do campo.

– O senhor perguntou se tínhamos algum lugar onde pudéssemos conversar em particular – respondi. – Agora tem pelo menos dois hectares de cereais entre nós e o próximo par de orelhas, humanas ou de Obins. Bem-vindo à privacidade estilo colonial.

– Que tipo de cereal é este? – perguntou o general Rybicki, puxando um talo.

– É sorgo – disse Jane, em pé ao meu lado. Babar sentou-se ao lado dela e coçou a orelha.

– Parece familiar – disse Rybicki –, mas acho que nunca tinha visto antes.

– É uma criação básica daqui – expliquei. – E uma boa criação, porque é tolerante ao calor e à seca, e no verão fica bem quente por aqui. O povo daqui usa para fazer um pão chamado *bhakri*, além de outras coisas.

– Bhakri – repetiu Rybicki, apontando então para a cidade. – Esse pessoal vem principalmente da Índia, então.

– Alguns – expliquei. – A maioria nasceu aqui. Esta aldeia em particular tem 60 anos. A maior parte da colonização ativa aqui em Huckleberry fica no continente Clemens agora. Eles liberaram a área assim que chegamos.

– Então, não há tensão com a Guerra Subcontinental – disse Rybicki. – Sendo os senhores norte-americanos e eles indianos.

– Tensão nenhuma – confirmei. – As pessoas aqui são como imigrantes em todos os lugares. Pensam em si mesmos como huckleberrianos primeiro e depois como indianos. Mais uma geração e nada disso vai importar. E, de qualquer forma, Jane não é americana. Se somos vistos de algum jeito, é como ex-soldados. Quando chegamos, as pessoas ficaram curiosas, mas agora somos apenas John e Jane da fazenda no fim da estrada.

Rybicki olhou para o campo novamente.

– Fico surpreso que os senhores se dediquem à agricultura – disse ele. – Os dois têm empregos de verdade.

– A agricultura é um trabalho de verdade – disse Jane. – A maioria de nossos vizinhos cultiva também. É bom que façamos para que possamos entendê-los e entender o que precisam de nós.

– Não quis ofender – disse Rybicki.

– Não se preocupe – tranquilizei, intrometendo-me de volta na conversa. Apontei para o campo. – Temos pouco mais de 16 hectares aqui. Não é muito, nem é suficiente para tirar dinheiro de outros agricultores, mas é o bastante para mostrar que compartilhamos as preocupações de Nova Goa. Trabalhamos duro para nos tornarmos nova-goanos e huckleberrianos.

O general Rybicki assentiu com a cabeça e olhou para o talo de sorgo. Como Zoë havia notado, ele era verde, bonito e jovem. Ou pelo menos aparentava juventude, graças ao corpo das FCD que ainda tinha. Parecia ter uns 23 anos de idade, mesmo já tendo passado dos 100. Parecia mais jovem que eu, e eu era uns quinze anos mais novo que ele ou mais. Mas quando saí do serviço, troquei meu corpo das FCD por um corpo novo, não modificado, baseado no meu DNA original. Eu parecia ter pelo menos 30 naquele momento. E podia viver com esse fato.

Na época em que deixei as FCD, Rybicki era meu oficial superior, mas nossa história começou antes. Eu o conheci no meu primeiro dia de combate, quando ele era tenente-coronel, e eu, um soldado raso. Ele me chamava casualmente de "filho", como referência à minha juventude. Eu tinha 75 na época.

Esse era um dos problemas das FCD: toda aquela engenharia corporal que eles fazem mexe muito com sua noção de idade. Eu estava com 90 e poucos; Jane, nascida adulta como parte das Forças Especiais das FCD, tinha 16 anos, mais ou menos. Dá para queimar a pestana se pararmos para pensar nisso.

— O senhor já pode nos dizer por que está aqui, general — disse Jane. Sete anos de vida com humanos normais não haviam embotado sua maneira típica das Forças Especiais de pular os joguinhos sociais e ir direto ao ponto.

Rybicki abriu um sorriso irônico e jogou o sorgo no chão.

— Tudo bem. Depois que você deu baixa no exército, Perry, consegui uma promoção e uma transferência. Estou com o Departamento de Colonização agora, o pessoal que tem a missão de semear e apoiar as novas colônias.

— O senhor ainda é das FCD — eu disse. — É a pele verde que o entrega. Achei que a União Colonial mantivesse suas alas civil e militar separadas.

— Eu sou a conexão entre elas — comentou Rybicki. — Tenho o papel de manter as coisas coordenadas entre as duas. É uma diversão que você nem imagina.

– Meus pêsames – falei.

– Obrigado, major – disse Rybicki. Fazia anos que ninguém se referia a mim pela patente. – Gentil da sua parte. Estou aqui porque queria saber se vocês, vocês dois, fariam um trabalho para mim.

– Que tipo de trabalho? – Jane perguntou.

Rybicki olhou para Jane.

– Liderar uma nova colônia – respondeu ele.

Jane olhou para mim. Senti que ela não gostou dessa ideia logo de cara.

– Não é para isso que serve o Departamento de Colonização? – perguntei. – Deve estar cheio de gente lá cujo trabalho é liderar colônias.

– Não desta vez – disse Rybicki. – Esta colônia é diferente.

– De que jeito? – Jane disse.

– A União Colonial recebe colonos da Terra – respondeu Rybicki. – Mas, nos últimos anos, as colônias... isto é, as colônias *estabelecidas*, como Fênix, Elysium e Kyoto... têm exigido que a uc deixasse seus povos formar novas colônias. Pessoas desses lugares fizeram tentativas com colônias clandestinas antes, mas os senhores sabem como elas são.

Eu concordei com a cabeça. Colônias clandestinas eram ilegais e não autorizadas, como o próprio nome já dizia. A uc fazia vista grossa para os colonos ilegais; a justificativa era que as pessoas nelas causariam problemas em casa, por isso era bom deixá-los partir. Mas uma colônia ilegal estava realmente por conta própria; a menos que um de seus colonos fosse filho de alguém no alto escalão do governo, as FCD não apareciam quando alguém pedia ajuda. As estatísticas de sobrevivência das colônias clandestinas eram impressionantemente sombrias. A maioria não durava nem seis meses. Outras espécies colonizadoras geralmente acabavam com elas. O universo não era clemente.

Rybicki percebeu minha concordância e continuou:

– A UC preferiria que as colônias se virassem sozinhas, mas isso se tornou um problema político, e a UC não pode mais ignorá-lo. Então, o DC sugeriu que abríssemos um planeta para colonos de segunda geração. Vocês conseguem adivinhar o que aconteceu.

– As colônias começaram a arrancar os olhos umas das outras para serem as novas colonizadoras – eu disse.

– Na mosca – disse Rybicki. – Então, o DC tentou bancar o Salomão, dizendo que cada um dos agitadores poderia contribuir com um número limitado de colonos para a colônia da primeira onda. Então, agora temos uma colônia inicial com cerca de 2 500 pessoas, 250 de 10 diferentes colônias. Mas não temos ninguém para liderá-los. Nenhuma das colônias quer pessoas de outras colônias no comando.

– Há mais de dez colônias – comentei. – O senhor poderia recrutar seus líderes de colônia de uma delas.

– Teoricamente funcionaria – admitiu Rybicki. – No universo real, no entanto, as outras colônias estão furiosas, porque não conseguiram colocar *seu* pessoal na lista. Prometemos que, se essa colônia funcionar, cogitaremos a ideia de abrir outros mundos. Mas, por enquanto, está uma bagunça, e ninguém mais está querendo cooperar.

– Para começo de conversa, quem foi o idiota que sugeriu esse plano? – perguntou Jane.

– Por acaso, esse idiota fui eu – disse Rybicki.

– Parabéns – disse Jane. Refleti sobre o fato de que era bom ela não estar mais no exército.

– Obrigado, delegada Sagan – disse o general Rybicki. – Gosto da franqueza. Obviamente havia aspectos desse plano que eu não esperava. Por outro lado, é por isso que estou aqui.

– O problema desse seu plano, além do fato de que nem Jane nem eu temos a menor ideia de como administrar uma colônia inicial, é que agora somos colonos também – comentei. – Estamos aqui há quase oito anos.

– Mas o senhor mesmo disse: vocês são ex-soldados. Ex-soldados são uma categoria própria. Nenhum dos dois é realmente de Huckleberry. Você é da Terra e ela é ex-Forças Especiais, o que significa que ela não é de lugar nenhum. Sem ofensa – disse ele para Jane.

– Mas ainda permanece o problema de nenhum de nós ter qualquer experiência em administrar uma colônia inicial – argumentei. – Quando eu estava fazendo minha turnê de relações públicas nas colônias tempos atrás, fui a uma colônia inicial em Orton. Aquelas pessoas nunca paravam de trabalhar. Não dá para só jogar as pessoas nessa situação sem treinamento.

– Vocês *têm* treinamento – comentou Rybicki. – Vocês dois eram oficiais. Pelo amor de Deus, Perry, você era major. Comandou um regimento de 3 mil soldados em um grupo de batalha. É maior que uma colônia inicial.

– Uma colônia não é um regimento militar – retruquei.

– Não, não é – Rybicki concordou. – Mas as mesmas habilidades são necessárias. E, desde que foram dispensados, vocês trabalharam na administração de uma colônia. Você é um ombudsman, sabe como funciona um governo de colônia e como fazer as coisas. Sua esposa é a delegada daqui, responsável por manter a ordem. Os dois juntos têm praticamente todas as habilidades necessárias. Não pensei no nome dos senhores à toa, major. Essas são as razões por que pensei em vocês. Estão cerca de 85% prontos para o trabalho, e nós vamos providenciar o restante antes que os colonos se dirijam para Roanoke. Esse é o nome que escolhemos para a colônia – acrescentou ele.

– Temos uma vida aqui – disse Jane. – Temos empregos, responsabilidades e uma filha que tem uma vida aqui também. O senhor está nos pedindo desse jeito informal para abandonarmos tudo para resolver sua pequena crise política.

– Bem, peço desculpas pela informalidade – disse Rybicki. – Normalmente, vocês teriam recebido esse pedido por um mensageiro diplomático colonial, junto com uma montanha de documentos. Mas, por acaso, eu estava em Huckleberry por razões completamente diferentes e pensei em matar dois coelhos com uma cajadada só. Sinceramente, não esperava que ter que propor essa ideia no meio de um campo de sorgo.

– Tudo bem – disse Jane.

– E quanto a ser uma pequena crise política, você está enganada – continuou Rybicki. – É uma crise política de tamanho médio, a caminho de se tornar uma grande crise. Não é só mais outra colônia humana. Os governos planetários locais e a imprensa estão alardeando como o maior evento de colonização desde que os humanos deixaram a Terra pela primeira vez. Não é, acredite em mim, mas esse fato não importa de verdade neste momento. Virou uma febre na mídia e uma dor de cabeça política, e isso colocou o DC na defensiva. Essa colônia está saindo do nosso alcance porque muitos outros têm interesse nela. Precisamos reassumir o controle.

– Então, é tudo política – eu disse.

– Não – disse Rybicki. – Vocês não me entenderam. O DC não precisa reassumir o controle porque estamos considerando um golpe político. Precisamos retomar o controle porque *é uma colônia humana*. Vocês sabem como é lá fora. As colônias vivem ou morrem, os *colonos* vivem ou morrem, com base em quanto os preparamos e os defendemos bem. O trabalho do DC é preparar esse pessoal da forma que pudermos antes de eles saírem para colonizar. O trabalho das FCD é mantê-los seguros até que consigam se firmar. Se qualquer um dos lados dessa equação falhar, a colônia está lascada. Neste momento, o lado da equação do Departamento não está funcionando porque não fornecemos a liderança, e todo mundo está tentando impedir que qualquer outra pessoa preencha esse vácuo. Estamos ficando sem tempo para fazer o plano funcionar. Roanoke vai acontecer. A questão é saber se conseguiremos fazer isso do jeito certo. Se não fizermos, se Roanoke morrer, vai ser um inferno. Então, é melhor que acertemos.

– Se é uma batata quente política, não vejo como nos jogar no meio disso vai ajudar – eu disse. – Não há garantia de que vão ficar felizes com a gente.

– Como eu disse, não pensei no nome de vocês à toa – disse Rybicki. – No departamento, apresentamos uma lista de potenciais candidatos que trabalhariam para nós e para as FCD. Achamos que, se ambos pudéssemos aprovar alguém juntos, poderíamos fazer os governos coloniais aceitá-los. Vocês dois estavam na lista.

– Em que ponto dela? – perguntou Jane.

– No meio – disse Rybicki. – Desculpe. Não deu certo com os outros candidatos.

– Bem, só ser nomeado já é uma honra – comentei.

Rybicki abriu um sorrisinho.

– Nunca gostei do seu sarcasmo, Perry – disse ele. – Olha, sei que estou despejando um monte de coisas sobre vocês de uma vez só. Não espero que me deem uma resposta agora. Tenho todos os documentos aqui – ele bateu com a ponta do dedo na têmpora, indicando que havia guardado as informações em seu BrainPal –, então, se tiverem um PDA para eu enviá-los, podem dar uma olhada neles no tempo de vocês. Contanto que esse tempo não ultrapasse uma semana padrão.

– Você está pedindo que nos afastemos de tudo aqui – Jane insistiu.

– Sim – disse Rybicki. – Estou. E estou apelando para o seu senso de dever também, já que sei que vocês têm um. A União Colonial precisa de pessoas inteligentes, capazes e experientes para nos ajudar a botar essa colônia para funcionar. Vocês dois se qualificam. E o que estou pedindo de vocês é mais importante do que o que vocês estão fazendo aqui. Seu trabalho aqui pode ser assumido por outros. Vocês vão sair e outras pessoas vão entrar e tomar o seu lugar. Talvez não sejam tão bons, mas serão bons o suficiente. O que estou pedindo a vocês dois para esta colônia não é algo que qualquer outra pessoa pudesse fazer.

– Você disse que estávamos no meio da sua lista – eu disse.

– Era uma lista curta – Rybicki me explicou. – E há um declínio acentuado depois de vocês dois. – Ele se virou para Jane. – Olhe, Sagan, sei que é um mau negócio para você. Vamos fazer um acordo. Vai ser uma colônia inicial. Significa que a primeira onda entra e passa dois ou três anos preparando o lugar para a próxima onda. Depois que a segunda onda chegar, as coisas provavelmente estarão assentadas o suficiente e, se vocês quiserem, você, Perry e sua filha poderão voltar para cá. O DC pode garantir que sua casa e seus empregos estarão esperando por vocês. Caramba, vamos até mandar alguém cuidar da sua plantação.

– Não me trate como idiota, general – disse Jane.

– Não estou fazendo isso – disse Rybicki. – A oferta é genuína, Sagan. Sua vida aqui, cada parte dela, estará esperando por vocês. Vocês não perderão nada. Mas preciso dos dois *agora*. O DC vai fazer valer a pena. Vocês terão esta vida de volta. E vocês vão garantir que a colônia Roanoke sobreviva. Pensem nisso. Mas decidam logo.

Quando acordei, Jane não estava ao meu lado; eu a encontrei parada na estrada em frente à nossa casa, olhando para as estrelas.

– Você vai ser atropelada, parada assim na estrada – falei, chegando por trás dela e colocando as mãos em seus ombros.

– Não há nada para me atropelar – disse Jane, pegando a minha mão esquerda. – Não há quase nada para me atropelar durante o dia. Olhe para elas. – Ela apontou para as estrelas com a mão direita e começou a traçar as constelações. – Veja. Grou. Lótus. Pérola.

– Tenho dificuldade com as constelações de Huckleberry – comentei. – Continuo procurando as da Terra. Olho para cima e uma parte de mim ainda espera ver a Ursa Maior ou Órion.

– Nunca olhei para estrelas antes de virmos para cá – disse Jane. – Quer dizer, eu as via, mas não significavam nada para mim. Eram só estrelas. Então, nós chegamos aqui, e eu passei todo esse tempo aprendendo essas constelações.

– Eu lembro – eu disse e lembrei: Vikram Banerje, que fora astrônomo na Terra, tinha sido uma visita frequente em nossa casa durante nossos primeiros anos em Nova Goa, pacientemente traçando os padrões no céu para Jane. Ele morreu pouco tempo depois que finalmente lhe ensinara todas as constelações de Huckleberry.

– Eu não as enxergava no começo – disse Jane.

– As constelações? – perguntei.

Jane assentiu com a cabeça.

– Vikram apontava e eu só via um punhado de estrelas. Ele me mostrava um mapa, e eu via como elas deveriam se conectar, e depois olhava para o céu e só via… estrelas. E foi assim por muito tempo. Daí, numa noite, me lembro de ter voltado do trabalho olhando para cima e dizendo para mim mesma "lá está a Grou" e enxergando. Enxergando a Grou. As constelações. Foi quando eu soube que este lugar era minha casa. Foi quando eu soube que tinha vindo para cá para ficar. Que este era o *meu* lugar.

Deslizei meus braços pelo corpo de Jane e a segurei pela cintura.

– Mas este não é o seu lugar, é? – Jane quis saber.

– Meu lugar é onde você estiver – respondi.

– Você me entendeu.

– Eu entendi. Eu gosto daqui, Jane. Gosto das pessoas. Gosto da nossa vida.

– Mas… – disse Jane.

Dei de ombros.

Jane assentiu.

– Foi o que pensei – disse ela.

– Não estou infeliz – afirmei.

– Não falei que estava – disse Jane. – E sei que não está infeliz comigo ou com Zoë. Se o general Rybicki não tivesse aparecido, não acho que você teria notado que está pronto para seguir em frente.

Fiz que sim e beijei a parte de trás de sua cabeça. Ela tinha razão.

– Falei com Zoë sobre isso – disse Jane.

– O que ela disse? – perguntei.

– É como você – respondeu ela. – Gosta daqui, mas este não é o lugar dela. Gosta da ideia de ir para uma colônia que está começando.

– Apela para o senso de aventura.

– Talvez. Não tem muita aventura aqui. É uma das coisas que gosto daqui.

– É engraçado, vindo de uma soldado das Forças Especiais – comentei.

– Digo isso porque *sou* das Forças Especiais – disse Jane. – Tive nove anos de aventura ininterrupta. Nasci dentro dela e, se não fosse por você e Zoë, eu teria morrido nela e não teria mais nada. As pessoas dão valor demais à aventura.

– Mas você está pensando em ter um pouco mais de aventura mesmo assim.

– Porque você está pensando nisso.

– Não decidimos nada – falei. – Podemos dizer não. Aqui é o seu lugar.

– Meu lugar é onde você estiver – disse Jane, ecoando minha resposta. – Este *é* o meu lugar. Mas talvez outro lugar possa ser também. Só tive este lugar. Talvez eu esteja apenas com medo de abandoná-lo.

– Não acho que muita coisa lhe dê medo.

– Estou com medo por motivos diferentes dos seus. Você não percebe porque às vezes não é muito observador.

– Obrigado – disse eu. Ficamos ali na estrada, enroscados.

– Sempre podemos voltar – disse Jane por fim.

– Sim. Se você quiser.

– Vamos ver – disse ela e se inclinou para beijar minha bochecha, soltou-se das minhas mãos e começou a andar pela estrada. Eu me virei na direção da casa para voltar.

– Fique comigo – pediu Jane.

– Tudo bem – falei. – Desculpe. Pensei que você quisesse ficar sozinha.

– Não – disse Jane. – Venha andar comigo. Vou te mostrar minhas constelações. Temos bastante tempo.

2_

A *Junipero Serra* deu o salto e, de repente, um mundo verde e azul pairava diante da janela do anfiteatro de observação da *Serra*. Nas cadeiras, algumas centenas de convidados, repórteres e funcionários do Departamento de Colonização fizeram "oooh" e "aaah" como se nunca tivessem visto um planeta a partir do espaço antes.

– Senhoras e senhores – disse Karin Bell, Secretária de Colonização –, o novo mundo colonial de Roanoke.

A sala explodiu em aplausos, que logo desapareceram e viraram sussurros de repórteres que murmuravam notas apressadas em seus gravadores. Ao fazê-lo, a maioria deles perdeu a aparição súbita à média distância de *Bloomington* e *Fairbanks*, dois cruzadores das FCD que acompanhavam aquela pequena coletiva de imprensa nas estrelas. A presença deles me sugeria que Roanoke talvez não fosse tão inteiramente domesticado quanto a União Colonial gostaria de sugerir; não era aceitável que a Secretária de Colonização, para não mencionar os repórteres e convidados mencionados anteriormente, fossem explodidos no céu por algum invasor alienígena.

Indiquei a aparição do cruzador para Jane com um rápido piscar de olhos; ela olhou e meneou a cabeça quase que imperceptivelmente. Nenhum de nós disse nada. Estávamos esperando passar por toda essa coisa de imprensa sem ter que dizer nada. Descobrimos que nenhum de nós era lá muito bom com a imprensa.

– Vou lhes contar um pouco do histórico de Roanoke – disse Bell. – Tem um diâmetro equatorial de pouco menos de 13 mil quilômetros, o que significa que é maior que a Terra ou Fênix, mas não tão grande quanto Zhong Guo, que mantém o título de maior planeta colonizado da uc. – Isso provocou uma comemoração desanimada de um casal de repórteres de Zhong Guo, seguido de uma risada. – Seu tamanho e composição significam que a gravidade é 10% mais pesada aqui do que em Fênix; a maioria de vocês vai se sentir como se tivesse engordado um quilo ou dois quando descer. A atmosfera é a mistura usual de oxigênio e nitrogênio, mas é excepcionalmente carregada no oxigênio: perto de 30%. Vão sentir isso também.

– De quem tiramos o planeta? – perguntou um dos repórteres.

– Ainda vou chegar lá – disse Bell, e houve um pequeno resmungo. Bell era aparentemente conhecida por dar coletivas de imprensa secas e sem anotações, e estava em boa forma aqui.

A imagem do globo de Roanoke desapareceu, substituída por um delta, no qual um pequeno rio se juntava a um rio muito maior.

– Este é o lugar onde a colônia vai se estabelecer – continuou Bell. – Chamamos o rio menor aqui de Ablemare; o maior aqui é o Raleigh. Raleigh escoa por todo este continente, como o Amazonas na Terra ou o Anasazi em Fênix. Uns cem quilômetros a oeste – a imagem desce – e chegamos ao Oceano da Virgínia. Muito espaço para crescer.

– Por que a colônia não está na costa? – perguntou alguém.

– Porque não precisa – respondeu Bell. – Não estamos no século XVI. Nossas embarcações estão cruzando estrelas, não oceanos. Podemos colocar colônias em lugares que façam sentido para elas. Este lugar – Bell voltou ao ponto original – está longe o suficiente no interior para ficar protegido dos ciclones que atingem a foz do Raleigh e conta com outras vantagens geológicas e meteorológicas. Além disso, a vida neste planeta tem uma química incompatível com a nossa. Os colonos não podem comer nada daqui. A pesca está fora de questão. Faz mais sentido colocar a colônia em uma planície aluvial, onde tem espaço para cultivar a própria comida, do que em uma costa.

– Podemos saber agora de quem tiramos o planeta? – perguntou o primeiro repórter.

– Ainda vou chegar lá – repetiu Bell.

– Mas já sabemos tudo isso – comentou outra pessoa. – Está em nossos kits de imprensa. E nossos espectadores vão querer saber de quem tiramos o planeta.

– Nós não tiramos o planeta de ninguém – respondeu Bell, claramente irritada por ter perdido o ritmo. – Nós recebemos o planeta.

– De quem? – perguntou o primeiro repórter.

– Dos Obins – falou Bell, o que causou agitação. – E ficarei contente em falar disso mais tarde. Mas primeiro… – A imagem do delta do rio desapareceu, substituída por alguns objetos parecidos com árvores peludas que não eram bem plantas, nem animais, mas eram a forma de vida dominante em Roanoke. A maioria dos repórteres a ignorou, sussurrando em seus gravadores sobre a conexão com os Obins.

– Os Obins o chamaram de Garsinhir – o general Rybicki havia dito para mim e Jane alguns dias antes, enquanto pegávamos seu ônibus espacial pessoal a partir de nosso transportador até a Estação

Fênix para nosso *briefing* formal e apresentações a alguns dos colonos que agiriam como nossos representantes. – Significa *décimo sétimo planeta*. Foi o décimo sétimo planeta que colonizaram. Não são uma espécie muito criativa.

– Os Obins não são de desistir de um planeta – disse Jane.

– Não mesmo – confirmou Rybicki. – Nós negociamos. Demos a eles um pequeno planeta que tomamos dos Geltas cerca de um ano atrás. De qualquer forma, eles não tinham muito uso para Garsinhir. É um planeta de classe seis. A química da vida de lá é tão similar à dos Obins que estavam sempre morrendo de vírus nativos. Nós, humanos, por outro lado, somos incompatíveis com a química da vida local. Portanto, não seremos afetados por vírus e bactérias locais, entre outras coisas. O planeta dos Geltas que os Obins estão tomando não é tão bom, mas conseguem tolerar melhor. Uma troca justa. Agora, vocês dois conseguiram ver os arquivos de colonos?

– Conseguimos – respondi.

– Alguma observação? – quis saber Rybicki.

– Sim – disse Jane. – O processo de seleção é insano.

Rybicki sorriu para Jane.

– Um dia você vai ser diplomática, e eu não vou saber o que fazer.

Jane pegou seu PDA e puxou as informações sobre o processo de seleção.

– Os colonos de Elysium foram selecionados por sorteio – disse ela.

– Um sorteio do qual puderam participar depois de provarem que estavam fisicamente aptos para os rigores da colonização – explicou Rybicki.

– Os colonos de Kyoto são todos membros de uma ordem religiosa que evita a tecnologia – disse Jane. – Como vão entrar nas naves da colônia?

– São os menonitas coloniais – disse Rybicki. – Não são doidos nem extremistas. Apenas lutam pela simplicidade. Isso não é uma coisa ruim de se ter em uma nova colônia.

– Os colonos da Úmbria foram selecionados através de um *game show*, um programa de tevê – disse Jane.

– Os que não venceram ganharam o jogo de tabuleiro para levar pra casa – acrescentei.

Rybicki me ignorou.

– Sim – confirmou ele para Jane. – Um *game show* que exigia que os concorrentes competissem em vários testes de resistência e inteligência, que também serão úteis quando se chegar a Roanoke. Sagan, cada colônia recebeu uma lista de critérios físicos e mentais que todo potencial colono de Roanoke tinha que atender. Fora isso, deixamos o processo de seleção a cargo deles. Alguns, como Erie e Zhong Guo, fizeram processos de seleção bastante padronizados. Outros, não.

– E isso não lhes causa nenhuma preocupação – afirmou Jane.

– Não, pois os colonos passaram por nosso conjunto de requisitos – disse Rybicki. – Eles apresentaram seus colonos em potencial; nós os checamos segundo nossos padrões.

– Todos passaram? – perguntei.

Rybicki bufou.

– Que nada. A líder da colônia de Albion escolheu os colonos da própria lista de inimigos, e as posições dos colonos em Rus foram concedidas pelo maior lance. Acabamos supervisionando o processo de seleção nessas duas. Mas o resultado final é que você terá o que considero uma excelente classe de colonos. – Ele se virou para Jane. – Eles dão uma impressão melhor que os colonos que você vai conseguir da Terra, isso eu posso dizer. *Esses* não examinamos nem de perto com tanto rigor. Nossa filosofia é que, se você consegue embarcar em uma nave de transporte de colônias, está dentro. Nossos padrões foram um pouco mais altos para esta colônia. Então relaxe. Vocês terão bons colonos.

Jane recostou-se, não totalmente convencida. Não a culpei; eu mesmo não estava totalmente convencido. Nós três ficamos em silêncio enquanto a nave negociava os termos de atracação no portão.

– Onde está sua filha? – perguntou Rybicki, enquanto a nave pousava.

– Ficou em Nova Goa – disse Jane. – Para supervisionar a mudança.

– E fazer uma festa de despedida com seus amigos, no que é melhor não pensar muito – comentei.

– Adolescentes – disse Rybicki. Ele se levantou. – Agora, Perry, Sagan. Lembram-se do que eu disse sobre esse processo de a colônia ter se tornado um circo na mídia?

– Sim – respondi.

– Ótimo. Então, preparem-se para encontrar os palhaços.

E então ele nos conduziu para fora da nave até o portão, onde aparentemente toda a imprensa da União Colonial havia acampado para nos encontrar.

– Santo Deus – falei, parando no túnel.

– Tarde demais para entrar em pânico, Perry – disse Rybicki, pegando meu braço. – Eles já sabem tudo sobre você. É melhor sair e acabar logo com isso.

– Então – disse Jann Kranjic, aproximando-se de mim não mais do que cinco minutos depois de pousarmos em Roanoke. – Como é ser um dos primeiros humanos a botar os pés em um novo mundo?

– Eu já fiz isso antes – falei, tateando o chão com a ponta da bota. Não olhei para ele. Nos últimos dias, eu havia passado a odiar sua vocalização suave e sua boa aparência telegênica.

– Claro – disse Jann. – Mas desta vez você não tem ninguém tentando arrancar esses pés a tiros.

Nesse momento, olhei para ele e vi aquele sorriso irritante que, de alguma forma, era considerado um sorriso vitorioso em seu mundo natal, Úmbria. De soslaio, vi Beata Novik, a assistente de câmera, fazer uma lenta perambulação. Ela estava deixando seu chapéu-câmera gravar tudo para editar as melhores partes depois.

– Ainda é cedo para falar, Jann. Ainda dá tempo de alguém levar um tiro – avisei. Seu sorriso vacilou ligeiramente. – Agora, por que você e Beata não vão encher o saco de outra pessoa?

Kranjic suspirou e dispensou a personagem.

– Olha, Perry – disse ele. – Você sabe que, quando eu editar isso aqui, não vai ter como você não parecer um babaca. Só precisa aliviar um pouco o tom, certo? Me dê algo com que eu possa trabalhar. Realmente queremos trabalhar com a imagem do herói de guerra, mas você não está me ajudando muito. Vamos lá. Você sabe como funciona. Você fez publicidade lá na Terra, pelo amor de Deus.

Irritado, fiz um gesto para dispensá-lo. Kranjic olhou para Jane à minha direita, mas não tentou tirar um comentário sequer dela. Em algum momento, quando eu não estava olhando, ele ultrapassou algum limite com ela, e eu desconfio que ela acabou dando um baita susto nele. Imaginei se havia algum vídeo do momento.

– Vamos, Beata – disse ele. – Precisamos mesmo de mais algumas imagens de Trujillo.

Eles se afastaram na direção da nave que pousava, procurando por futuros líderes de colônia mais citáveis.

Kranjic me deixou mal-humorado. Toda aquela viagem estava me deixando mal-humorado. Aparentemente era uma viagem de pesquisa para mim, Jane e colonos selecionados, para reconhecermos nosso local de colônia e aprendermos mais sobre o planeta. Na verdade, foi uma coletiva de imprensa com todos nós como estrelas. Foi uma perda de tempo arrastar todos nós para este mundo apenas por uma oportunidade fotográfica e depois nos arrastar de volta para casa. Kranjic era o exemplo exato e mais irritante do tipo de pensamento que valorizava mais a aparência que o conteúdo.

Eu me virei para Jane.

– Não vou sentir falta dele quando começarmos esta colônia.

– Você não leu direito os perfis dos colonos – disse Jane. – Tanto ele como Beata fazem parte do contingente colono de Úmbria. Ele vem com a gente. Ele e Beata se casaram para fazer isso porque os umbrianos não deixaram solteiros colonizarem.

– Porque os casais estão mais preparados para a vida colonial? – arrisquei.

– Talvez mais porque casais competindo sejam um entretenimento melhor no *game show* deles – respondeu Jane.

– Ele competiu no programa? – perguntei.

– Ele foi o apresentador – explicou Jane. – Mas regras são regras. É um casamento de conveniência, só isso. Kranjic nunca teve um relacionamento que tenha durado mais de um ano, e, de qualquer forma, Beata é lésbica.

– Estou com medo por você saber de tudo isso – falei.

– Eu era oficial de inteligência – disse Jane. – É fácil para mim.

– Alguma outra coisa que eu precise saber sobre ele? – questionei.

– O plano dele é documentar o primeiro ano da colônia de Roanoke – respondeu Jane. – Ele já assinou contrato para um programa semanal. Também tem um acordo para um livro.

– Fascinante. Bem, pelo menos agora sabemos como ele conseguiu entrar no ônibus espacial.

O primeiro transporte até Roanoke era para ter apenas alguns representantes de colonos e alguns funcionários do Departamento de

Colonização; houve quase uma revolta quando os repórteres na *Serra* descobriram que nenhum deles havia sido convidado para ir no ônibus espacial com os colonos. Kranjic acabou com o impasse, oferecendo para colocar as imagens de Beata à disposição. O restante dos repórteres viria em outros ônibus espaciais mais tarde para fazer algumas tomadas de ambientação e depois cortar para o material de Kranjic. Para o bem dele, era bom que tivesse se tornado um colono de Roanoke; depois disso, alguns de seus colegas mais ressentidos provavelmente o fariam se jogar em uma câmara de compressão.

– Não se preocupe – disse Jane. – E, além disso, tinha razão. Este *é mesmo* o primeiro planeta novo onde você já esteve e ninguém está tentando te matar. Aproveite. Vamos. – Ela começou a atravessar a vasta extensão de grama nativa sobre a qual havíamos pousado em direção a uma fileira do que pareciam, mas não eram exatamente, árvores. Aliás, a grama nativa também não era exatamente grama.

O que quer que fossem precisamente, tanto a não grama quanto as não árvores eram de um verde exuberante e impossível. A atmosfera extrarrica era úmida e pesava sobre nós. Era fim de inverno neste hemisfério, mas, onde estávamos no planeta, a latitude e os padrões de vento predominantes conspiravam para tornar a temperatura agradavelmente quente. Fiquei preocupado em como seria o verão; provavelmente eu suaria muito.

Alcancei Jane, que tinha parado para estudar uma daquelas árvores. Não tinha folhas, tinha uma pelagem que parecia estar se movendo; me inclinei para mais perto e vi uma colônia de criaturas minúsculas caminhando sobre ela.

– Pulgas de árvores – comentei. – Bacana.

Jane sorriu, o que notei porque era bem raro.

– Eu acho interessante – disse ela, acariciando um ramo da árvore. Uma das pulgas de árvore saltou da pele para a mão dela; Jane olhou para a criatura com interesse antes de soprá-la para longe.

– Acha que vai conseguir ficar feliz aqui? – perguntei.

– Acho que vou conseguir ficar *ocupada* aqui – respondeu Jane. – O general Rybicki pode dizer o que quiser sobre o processo de seleção dessa colônia. Eu li os arquivos dos colonos. Não estou convencida de que a maioria deles não seja um perigo para si mesmos e para os outros. – Ela meneou a cabeça na direção do ônibus espacial, onde vimos Kranjic pela última vez. – Veja só o Kranjic. Ele não quer colonizar. Ele quer escrever sobre outras pessoas colonizando. Tem a impressão de que, uma vez que chegarmos aqui, terá todo o tempo do mundo para fazer seu programa e escrever seu livro. Antes de sequer notar, vai estar à beira da fome.

– Talvez não – eu disse.

– Você é um otimista – comentou Jane, que olhou de volta para a árvore peluda e para as coisas rastejantes nela. – Gosto disso em você. Mas não acho que devamos atuar sob um ponto de vista otimista.

– É justo – eu disse. – Mas você tem que admitir que estava errada sobre os menonitas.

– Estou errada sobre os menonitas *até o momento* – disse Jane, olhando para mim. – Mas, sim, eles são candidatos muito mais fortes do que eu esperava.

– Você nunca tinha conhecido um menonita – eu disse.

– Nunca tinha conhecido nenhuma pessoa religiosa antes de chegar a Huckleberry – disse Jane. – E o hinduísmo não me interessou muito. Embora eu consiga gostar de Shiva.

– Aposto que sim – afirmei. – Mas é um pouco diferente de ser menonita.

Jane olhou por cima do meu ombro.

– Falando no diabo – disse ela.

Eu me virei e vi uma figura alta e pálida vindo em nossa direção. Roupas simples e um chapéu largo. Era Hiram Yoder, que havia sido escolhido pelos menonitas coloniais para nos acompanhar na viagem.

Eu sorri ao vê-lo. Ao contrário de Jane, eu *conhecia* os menonitas; a parte de Ohio em que eu morava tinha muitos deles, assim como amish, o pessoal da Igreja da Irmandade e outras variações de anabatistas. Como todos os tipos de pessoas, menonitas tinham individualmente a habitual variedade de personalidade, mas como classe pareciam ser pessoas boas e honestas. Quando precisava de algum trabalho na minha casa, sempre escolhia prestadores de serviço menonitas, porque faziam o trabalho direito de primeira e, se algo não dava certo, não discutiam, apenas consertavam. É uma filosofia que vale a pena adotar.

Yoder levantou a mão para dar as boas-vindas.

– Pensei em acompanhá-los – disse ele. – Acho que, se os líderes da colônia estão olhando tão intensamente para uma coisa, talvez eu queira saber o que é.

– É apenas uma árvore – eu disse. – Ou, bem, seja lá como vamos acabar batizando essa coisa.

Yoder olhou para a coisa.

– Parece ser uma árvore para mim – disse ele. – Com pelo. Podemos chamá-lo de árvore peluda.

– Foi o que pensei – eu disse. – Só não deve ser confundido com uma árvore pelada, como no outono da Terra.

– Claro – disse Yoder. – Seria uma confusão ridícula.

– O que acha de seu novo mundo? – perguntei.

– Acho que pode ser bom – opinou Yoder. – Embora dependa muito das pessoas.

– Concordo. O que me leva a uma pergunta que eu queria lhe fazer. Alguns dos menonitas que conheci em Ohio eram reclusos, se separavam do mundo. Preciso saber se o seu grupo fará o mesmo.

Yoder sorriu.

– Não, sr. Perry – disse ele. – Nós variamos a forma como praticamos nossa fé, de igreja em igreja. Somos menonitas coloniais. Escolhemos viver e nos vestir de maneira simples. Não evitamos a tecnologia quando é necessária, mas não a usamos quando não é. E escolhemos viver *no* mundo, como o sal da terra e a luz do mundo. Esperamos ser bons vizinhos para o senhor e para os outros colonos, sr. Perry.

– Fico feliz em ouvir isso – comentei. – Parece que nossa colônia está começando de forma promissora.

– O que pode mudar – ressaltou Jane e apontou à distância novamente. Kranjic e Beata estavam vindo em nossa direção. Kranjic se movia animadamente; Beata vinha num ritmo nitidamente mais lento. Obviamente perseguir colonos o dia todo não era sua ideia de diversão.

– Aí está o senhor – disse Kranjic a Yoder. – Tenho comentários de todos os outros colonos aqui... bem, exceto o dela – ele apontou para Jane. – E agora só preciso de algo seu para colocar nas gravações.

– Já disse antes, sr. Kranjic, que prefiro não ser fotografado ou entrevistado – disse Yoder com gentileza.

– É por causa da religião, não é? – questionou Kranjic.

– Na verdade, não – respondeu Yoder. – Só prefiro ficar em paz.

– O pessoal em Kyoto vai ficar desapontado se não vir um membro de sua terra... – Kranjic parou e olhou atrás de nós três. – O que é aquilo ali?

Viramos devagar e encontramos duas criaturas do tamanho de cervos a cerca de cinco metros de distância das árvores peludas, observando-nos placidamente.

– Jane? – perguntei.

– Não faço ideia – respondeu ela. – Não há muito em nossos relatórios sobre a fauna local.

– Beata – disse Kranjic. – Chegue perto para termos um ângulo melhor.

– O caramba que eu vou – retrucou Beata. – Não vou ser comida para você ter um ângulo melhor.

– Ah, vamos lá – disse Kranjic. – Se fossem nos comer, já teriam comido. Veja só. – Ele começou a se aproximar dos animais.

– Deveríamos deixá-lo fazer isso? – perguntei a Jane.

Jane deu de ombros.

– Tecnicamente ainda não começamos a colônia.

– Tem razão – eu disse.

Kranjic chegou a poucos metros do par de criaturas quando a maior das duas decidiu que estava farta, deu um berro impressionante e um passo rápido adiante. Kranjic gritou e saiu em disparada, quase tropeçando enquanto corria de volta para o ônibus espacial.

Eu me virei para Beata.

– Me diz que você gravou isso – falei.

– O senhor sabe que gravei – disse ela.

As duas criaturas nas árvores, já com sua missão cumprida, foram embora casualmente.

– Uau – disse Savitri. – Não é todo dia que a gente vê uma grande figura do noticiário colonial se borrar de medo.

– É verdade – confirmei. – Mesmo que, para ser totalmente sincero, tenho certeza de que eu poderia ter passado minha vida inteira sem ter visto isso e ainda ter morrido feliz.

– Então, é só um bônus – disse Savitri.

Estávamos sentados no meu escritório um dia antes da minha partida final de Huckleberry. Savitri estava sentada na cadeira atrás da minha mesa; eu me sentava em uma das cadeiras na frente dela.

– Você gosta da vista da cadeira? – perguntei.

– A vista é boa. A cadeira está meio encaroçada – disse Savitri. – Como se a bunda preguiçosa de alguém a tivesse deformado tanto que mal desse para reconhecer.

– Sempre é possível conseguir uma nova – afirmei.

– Tenho certeza de que o administrador Kulkarni ficaria encantado com essa despesa – disse Savitri. – Nunca superou a ideia de eu parecer encrenqueira.

– Você *é* encrenqueira – eu disse. – Faz parte da descrição de função de um ombudsman.

– Os ombudsmen devem resolver problemas – observou Savitri.

– Bem, tudo bem – eu disse. – Já que faz questão de ser espertinha, Dona Ao-Pé-da-Letra.

– Que nome adorável – comentou Savitri e se balançou para a frente e para trás na cadeira. – Mas, de qualquer forma, sou apenas a encrenqueira assistente.

– Não mais – eu disse. – Já recomendei a Kulkarni que você seja nomeada ombudswoman da aldeia, e ele concordou.

Savitri parou de girar.

– Conseguiu mesmo que ele concordasse?

– Não de início – admiti. – Mas fui persuasivo. E o convenci de que pelo menos assim você poderia ajudar as pessoas em vez de incomodá-las.

– Rohit Kulkarni – disse Savitri. – Um homem tão bom.

– Ele tem seus momentos – concordei. – Mas ele acabou aprovando. Então, é só dizer que sim e o trabalho é seu. Inclusive a cadeira.

– A cadeira eu não quero mesmo – disse Savitri.

– Tudo bem – eu disse. – Então, não terá nada para se lembrar de mim.

– Também não quero o emprego – continuou Savitri.

– Quê?

– Disse que não quero o emprego – repetiu Savitri. – Quando descobri que você estava de saída, fui procurar outro trabalho. E encontrei.

– Que emprego? – eu quis saber.

– É outro trabalho de assistente – respondeu Savitri.

– Mas você poderia ser ombudswoman – retruquei.

– Ah, claro, ser ombudswoman em *Nova Goa* – falou Savitri e então reparou no meu olhar; afinal de contas, tinha sido meu trabalho. – Não quis ofender. Você aceitou o emprego depois de ver o universo. Eu fiquei na mesma aldeia a vida toda. Tenho 30 anos. É hora de ir embora.

– Você encontrou um emprego na cidade de Missouri – palpitei eu, nomeando a capital do distrito.

– Não – disse Savitri.

– Estou confuso – falei.

– Isso não é novidade – disse Savitri, depois continuou antes que eu pudesse retrucar. – Meu novo trabalho é fora do planeta. Em uma nova colônia chamada Roanoke. Talvez você tenha ouvido falar dela.

– Tudo bem, agora estou *mesmo* confuso.

– Parece que uma equipe de duas pessoas está liderando a colônia. Pedi emprego para uma delas. Ela disse sim.

– Você é assistente de Jane? – questionei.

– Na verdade, sou assistente da liderança da colônia – respondeu Savitri. – Como vocês dois fazem parte dela, sou sua assistente também. E vou continuar não pegando chá para você.

– Huckleberry não é uma das colônias autorizadas a enviar colonos – comentei.

– Não – disse Savitri. – Mas, como líderes da colônia, vocês têm permissão para contratar quem quiserem para sua equipe de apoio. Jane já me conhece, confia em mim e sabe que você e eu trabalhamos bem juntos. Fazia sentido.

– Quando ela contratou você? – perguntei.

– No dia em que você deu o aviso aqui – disse Savitri. – Ela veio enquanto você estava almoçando. Conversamos sobre a partida e ela me ofereceu o emprego.

– E nenhuma de vocês se deu o trabalho de me contar – concluí.

– Ela ia contar, mas pedi para ela não dizer nada.

– Por que não?

– Porque se contasse, você e eu não teríamos tido *esta* conversa maravilhosa, maravilhosa – disse Savitri, e então girou na minha cadeira, rindo.

– Saia da minha cadeira – falei.

Eu estava parado na sala de estar vazia da minha casa empacotada e lotada, ficando emotivo, quando Hickory e Dickory se aproximaram de mim.

– Gostaríamos de conversar com o senhor, major Perry – Hickory me disse.

– Sim, pode falar – disse eu, surpreso. Nos sete anos em que Hickory e Dickory estiveram conosco, conversamos várias vezes. Mas nunca iniciaram uma conversa; no máximo, esperavam em silêncio alguma pergunta.

– Vamos usar nossos implantes – comentou Hickory.

– Tudo bem – falei. Tanto Hickory como Dickory tocaram os colares que descansavam na base de seus longos pescoços e apertaram um botão no lado direito do dispositivo.

Os Obins eram uma espécie artificial; os Consus, uma raça tão avançada que era quase insondável, haviam encontrado os ancestrais dos Obins e usaram tecnologia para socar a inteligência nos pobres coitados. Os Obins de fato ficaram inteligentes; só que não ficaram *conscientes*. Qualquer que fosse o processo que permitisse a consciência, o sentido do eu, faltava por completo nos Obins. O indivíduo Obin não tinha ego ou personalidade; era apenas como grupo que os Obins tinham ciência de que estava faltando alguma coisa que todas as outras espécies inteligentes tinham. Se os Consus acidentalmente ou intencionalmente deixaram os Obins sem consciência era assunto de debate, mas, considerando meus encontros com os Consus ao longo dos anos, suspeito que só estavam curiosos e os Obins não passavam de mais um experimento para eles.

Os Obins desejavam tanto a consciência que se dispuseram a arriscar uma guerra com a União Colonial para consegui-la. A guerra foi uma exigência de Charles Boutin, cientista que foi o primeiro a registrar e armazenar uma consciência humana fora da estrutura de suporte do cérebro. Boutin foi morto pelas Forças Especiais antes que pudesse dar a consciência aos Obins em um nível individual, mas seu trabalho estava próximo o bastante da conclusão, e a União Colonial foi capaz de fazer um acordo com os Obins para terminá-lo. Os Obins se transformaram de inimigos para amigos da noite para o dia, e a União Colonial concluiu o trabalho de Boutin, criando um implante de consciência baseado na tecnologia BrainPal existente nas FCD. Era a consciência como um acessório.

Os humanos (quer dizer, os poucos que conheciam a história) obviamente consideravam Boutin um traidor, um homem cujo plano para derrubar a União Colonial teria causado o massacre de bilhões de humanos. Os Obins, de forma igualmente óbvia, o consideram um de seus grandes heróis raciais, a figura de Prometeu que não lhes deu o fogo, mas sim a consciência. Se alguma vez alguém precisou de um argumento para provar que o heroísmo é relativo, aí está ele.

Meus sentimentos sobre o assunto eram mais complicados. Sim, Boutin era um traidor da espécie e merecia morrer. Também era o pai biológico de Zoë, que eu acho o ser humano mais maravilhoso que eu já conheci. É difícil dizer que se é grato pelo fato de o pai de sua filha adotiva linda e inteligente estar morto, mesmo quando sabe que é melhor que esteja.

Considerando como os Obins se sentem quanto a Boutin, não causa surpresa nenhuma que tivessem um sentimento de posse perante Zoë; uma de suas principais exigências no tratado foi, essencialmente, o direito de visitação. O que acabou sendo combinado foi uma situação em que dois Obins viveriam com Zoë e sua família adotiva. Zoë batizou-os Hickory e Dickory quando chegaram. Hickory e Dickory tiveram permissão para usar os implantes de consciência para registrar parte de seu tempo com Zoë. Essas gravações eram compartilhadas entre todos os Obins com implantes de consciência; na verdade, *todos* eles acompanhavam Zoë.

Jane e eu permitimos isso em condições muito limitadas enquanto Zoë era jovem demais para realmente entender o que estava acontecendo. Depois que Zoë teve idade suficiente para compreender o conceito, foi decisão dela. Zoë permitiu. Ela gosta da ideia de sua vida ser compartilhada com uma espécie inteira, embora, como qualquer adolescente, tenha períodos prolongados de preferir privacidade. Hickory e Dickory desligam seus implantes quando isso acontece; não adianta desperdiçar consciência perfeitamente boa em períodos sem Zoë. A vontade deles de estarem conscientes falando só comigo era novidade.

Houve um ligeiro atraso entre o momento em que Hickory e Dickory ativaram seus colares, que armazenavam o hardware que abrigava a consciência, e o momento em que o colar se comunicava com a interface neural em seu cérebro. Era como assistir a sonâmbulos acordarem. Também era um pouco assustador. Embora não tão assustador quanto o que veio a seguir: Hickory sorrindo para mim.

– Nós ficaremos profundamente tristes por irmos embora deste lugar – disse Hickory. – Por favor, entenda que passamos toda a nossa vida consciente aqui. Sentimos isso fortemente dentro de nós, assim como todos os Obins. Agradecemos por nos permitir compartilhar sua vida conosco.

– De nada – eu disse. Parecia uma coisa trivial para os dois Obins quererem discutir comigo. – Parece que vocês estão nos deixando. Pensei que viessem conosco.

– Nós vamos – confirmou Hickory. – Dickory e eu estamos cientes do fardo que carregamos para cuidar de sua filha e compartilhar nossas experiências com todos os outros Obins. Às vezes é avassalador. Não podemos manter nossos implantes ligados por muito tempo, sabe. A tensão emocional é grande demais. Os implantes não são perfeitos, e nossos cérebros têm dificuldades. Ficamos… superestimulados.

– Eu não sabia.

– Não quisemos afligi-lo com isso – disse Hickory. – E não era importante que o senhor soubesse. Conseguimos esconder para que o senhor não precisasse saber. Mas tanto Dickory como eu descobrimos que, recentemente, quando ligamos nossos implantes, somos imediatamente inundados pelas emoções de Zoë, do senhor e da tenente Sagan.

– É um momento estressante para todos nós – eu disse.

Outro sorriso Obin, ainda mais medonho que o primeiro.

– Mil perdões – disse Hickory. – Eu não me expressei bem. Nossa emoção não é uma ansiedade disforme por deixar este lugar ou este planeta, ou empolgação ou nervosismo por viajar para um novo mundo. É uma coisa muito específica. É uma *preocupação*.

– Acho que todos nós temos preocupações – comecei, mas depois parei quando vi uma nova expressão no rosto de Hickory, uma que nunca havia notado antes. Hickory parecia *impaciente*. Ou possivelmente estava frustrado comigo. – Sinto muito, Hickory. Por favor, continue.

Hickory ficou ali por um minuto, como se debatesse alguma coisa consigo mesmo, depois se virou de uma vez para discutir com Dickory. Passei esse tempo refletindo que, de repente, os nomes que uma criança pequena dera a essas criaturas havia alguns anos não pareciam mais se encaixar, nem um pouco.

– Perdoe-me, major – disse Hickory, finalmente, voltando sua atenção para mim mais uma vez. – Lamento ter que usar toda franqueza. Talvez não sejamos capazes de expressar totalmente nossa preocupação. O senhor talvez ignore certos fatos, e talvez não seja o nosso papel fornecê-los ao senhor. Deixe-me perguntar: como o senhor descreveria a situação dessa parte do espaço? Da porção em que nós, Obins e vocês, da União Colonial, residimos com outras espécies.

– Estamos em guerra – respondi. – Temos nossas colônias e tentamos mantê-las seguras. Outras espécies têm suas colônias e tentam mantê-las seguras também. Todos lutamos por planetas que se encaixam nas necessidades de nossa espécie. Lutamos todos uns contra os outros.

– Ahhh – disse Hickory. – Todos lutamos uns contra os outros. Sem alianças? Sem tratados?

– Obviamente, existem alguns – eu disse. – Temos um com os Obins. Outras raças podem ter tratados e aliados com algumas outras espécies. Mas, geralmente, sim. Todos lutamos. Por quê?

O sorriso de Hickory passou de horrível para um ricto.

– Vamos lhe dizer o que pudermos – admitiu Hickory. – Podemos falar das coisas já mencionadas. Sabemos que sua Secretária de Colonização afirmou que a colônia que estão chamando Roanoke foi dada a vocês pelos Obins. O planeta que chamamos de Garsinhir. Sabemos que se alega que pegamos um planeta de vocês em troca.

– Isso mesmo – confirmei.

– Tal acordo não existe – disse Hickory. – Garsinhir continua sendo território obin.

– Não pode ser – eu disse. – Eu estive em Roanoke. Andei no solo onde ficará a colônia. Talvez você esteja enganado.

– Não estamos enganados – disse Hickory.

– Têm que estar – insisti. – Por favor, não levem a mal, mas vocês dois são acompanhantes e guarda-costas de uma humana adolescente. É possível que quem quer que sejam os contatos no seu nível não tenham as melhores informações.

Um lampejo de algo atravessou o rosto de Hickory; suspeito que tenha sido *divertimento*.

– Não tenha dúvida, major, que os Obins não enviam meros *acompanhantes* para vigiar e cuidar da filha de Boutin ou de sua família. E não tenha dúvida de que Garsinhir permanece nas mãos dos Obins.

Refleti sobre a informação.

– Você está dizendo que a União Colonial está mentindo sobre Roanoke.

– É possível que sua Secretária de Colonização esteja mal informada – disse Hickory. – Não podemos dizer. Mas, seja qual for a causa do erro, há um erro de fato.

– Talvez os Obins nos permitiram colonizar seu mundo – comentei. – Pelo que eu saiba, a química dos corpos obins os deixa suscetíveis a infecções nativas. Ter um aliado é melhor que deixar o mundo desocupado.

– Talvez – disse Hickory. Sua voz era neutra de um modo muito calculado.

– A nave da colônia sairá da Estação Fênix em duas semanas – informei. – Depois de mais uma semana, aterrissaremos em Roanoke. Mesmo que o que vocês digam seja verdade, não há nada que eu possa *fazer* agora.

– Preciso pedir desculpas novamente – disse Hickory. – Não quis sugerir que houvesse algo que o senhor pudesse ou devesse fazer. Só gostaria que *soubesse*. E conhecesse ao menos parte da natureza de nossa preocupação.

– Tem mais? – perguntei.

– Dissemos o que podíamos – respondeu Hickory. – Menos isso: estamos a seu serviço, major. Seu, da tenente Sagan e, especialmente e sempre, de Zoë. O pai dela nos deu uma coisa de presente: nós mesmos. Exigiu um preço alto, que teríamos pago de bom grado. – Arrepiei um pouco, lembrando-me do preço. – Ele morreu antes desse preço, dessa dívida ter sido paga. Temos essa dívida agora com a filha dele, e a nova dívida aumentou no compartilhamento da vida dela conosco. Devemos isso a ela. E devemos isso a sua família.

– Obrigado, Hickory – disse eu. – Sei que estamos gratos por você e Dickory nos servirem tão bem.

O sorriso de Hickory retornou.

– Lamento dizer que o senhor me entendeu mal novamente, major. Certamente eu e Dickory estamos a seu serviço e sempre estaremos. Mas quando digo que estamos a seu serviço, quero dizer os Obins.

– Os Obins – repeti. – Quer dizer, *todos* vocês.

– Sim – confirmou Hickory. – Todos nós. Até o último de nós, se necessário.

– Ah. Desculpe, Hickory. Não sei bem o que dizer sobre isso.

– Diga que vai se lembrar disso – disse Hickory. – Quando chegar a hora.

– Eu vou.

– Gostaríamos de pedir ao senhor para manter essa conversa em sigilo – disse Hickory. – Por ora.

– Tudo bem – concordei.

– Obrigado, major – disse Hickory. Olhou de volta para Dickory e depois para mim. – Temo que tenhamos ficado excessivamente emotivos. Vamos desligar nossos implantes agora, com sua permissão.

– Por favor – aquiesci. Os dois Obins estenderam os braços para desligar suas personalidades. Assisti à animação escorrer de seu rosto, substituída pela inteligência apática.

– Vamos descansar agora – disse Hickory, e ele e seu parceiro foram embora, deixando-me sozinho naquele cômodo.

3__

Uma das maneiras de colonizar é a seguinte: pegue duzentas ou trezentas pessoas, dê autorização para que elas ponham na mala os suprimentos que achem adequados, deixe-as no planeta de sua escolha, diga "até logo" e volte um ano depois – depois que todos tiverem morrido de desnutrição provocada pela ignorância e pela falta de suprimentos ou sido exterminados por outra espécie que queira o lugar para si – para recolher os ossos.

Não é uma maneira muito bem-sucedida de colonizar. Em nosso curtíssimo período preparatório, tanto Jane como eu lemos muitos relatórios sobre o desaparecimento de colônias ilegais que foram projetadas exatamente dessa maneira e nos convencemos desse fato notável.

Por outro lado, ninguém quer deixar 100 mil pessoas em uma colônia de um novo mundo, mesmo com todo o conforto da civilização. A União Colonial tem meios para fazê-lo, se quiser. Mas não quer. Não importa o quanto o campo gravitacional, a circunferência, a massa terrestre, a atmosfera ou a química de vida de um planeta seja próximo da Terra ou de qualquer outro planeta que os humanos já colonizaram, não é a Terra, e não há nenhuma maneira prática de saber que tipo de surpresa capciosa um planeta reserva aos seres humanos. A própria Terra tem um jeito engraçado de conceber novas doenças e enfermidades para matar humanos desavisados, e lá somos uma espécie nativa. Somos corpos estranhos quando pousamos em novos mundos e sabemos o que qualquer sistema de vida faz com um corpo estranho em seu meio: tenta matá-lo o mais rápido possível.

Vamos falar de algumas curiosidades interessantes que aprendi sobre colônias fracassadas: sem contar as clandestinas, a causa número um de colônias humanas abandonadas não são as disputas territoriais com outras espécies, mas os micro-organismos nativos matando colonos. Outras espécies inteligentes nós conseguimos combater, é uma luta que compreendemos. Combater um ecossistema inteiro que está tentando te matar é uma proposta extremamente mais complicada.

Aterrissar com 100 mil colonos em um planeta só para vê-los morrer de uma infecção nativa impossível de curar a tempo é apenas um desperdício de colonos perfeitamente bons.

O que não significa que se pode *subestimar* as disputas territoriais. Uma colônia humana é *exponencialmente* mais propensa a ser atacada nos primeiros dois ou três anos de vida útil do que em qualquer outro momento. A colônia, concentrada em se formar, fica vulnerável a ataques. A presença das Forças Coloniais de Defesa em uma nova colônia, embora não seja insignificante, ainda é uma fração do que será assim que uma estação espacial for construída sobre a colônia uma década ou duas depois. E o simples fato de alguém ter colonizado um planeta o torna mais atraente para todos os outros, porque esses colonos já fizeram todo o trabalho duro. Então, tudo o que é necessário fazer é raspá-los do planeta e tomá-lo.

Aterrissar 100 mil colonos em um planeta só para vê-los sendo raspados *também* é um desperdício de colonos perfeitamente bons. E, apesar de a União Colonial essencialmente administrar países do Terceiro Mundo na Terra para produzir colonos, se começarmos a perder 100 mil colonos toda vez que uma nova colônia fracassar, acabaremos ficando sem colonos.

Felizmente, há um meio-termo bom entre esses dois cenários, que envolve levar mais ou menos 2 500 colonos, deixá-los em um novo mundo no início da primavera, proporcionando-lhes tecnologia sustentável e durável para atender às suas necessidades imediatas e dando-lhes a tarefa de se tornarem autossuficientes no novo mundo e também de prepararem o mundo para cerca de 10 mil novos colonos dois ou três anos depois. Esses colonos de segunda onda terão mais cinco anos para ajudar a preparar o planeta para 50 mil novos colonos, e assim por diante.

Existem cinco ondas formais e iniciais de colonos, depois das quais a colônia idealmente chega a uma população de um milhão ou mais, espalhada por numerosas cidades pequenas e uma ou duas cidades maiores. Depois que a quinta onda se estabelece e a infraestrutura da colônia se firma, tudo muda para um processo de colonização contínua. Quando a população chega a 10 milhões de pessoas, a imigração para, a colônia recebe um domínio autônomo limitado dentro do sistema federal de uc, e a humanidade tem outro baluarte contra a extinção racial nas mãos de um universo insensível. Quer dizer, isso se aqueles 2 500 iniciais sobreviverem a um ecossistema hostil, ataques de outras raças, deficiências organizacionais da própria humanidade e uma simples e constante má sorte.

Dois mil e quinhentos colonos são uma quantidade suficiente para iniciar o processo de transformar um mundo em um mundo humano. São poucos o bastante para que, se morrerem, a uc possa derramar uma lágrima e seguir em frente. E, de fato, a parte do derramamento de lágrimas é estritamente opcional. É interessante ser, ao mesmo tempo, essencial e descartável ao esforço da humanidade em povoar as estrelas. Pensei que, de modo geral, teria sido mais esperto da minha parte ter ficado em Huckleberry.

— Tudo bem, eu desisto — falei, apontando para o enorme contêiner que estava sendo manobrado até o porão de carga da *Fernão de Magalhães*. — Me diga o que é isto.

Aldo Ferro, o supervisor de carga, verificou o manifesto em seu PDA.

— São todas as misturas para a estação de tratamento de esgoto de sua colônia — respondeu ele, e apontou para uma fileira de contêineres. — E ali estão seus canos de esgoto, fossas sépticas e transportes de resíduos.

— Não vai ter banheiro externo em Roanoke — comentei. — Vamos fazer cocô com estilo.

— Não é uma questão de estilo — disse Ferro. — Vocês estão indo para um planeta de classe seis, contando com um sistema ecológico não compatível. Vão precisar de todo o fertilizante que conseguirem. Esse sistema de tratamento de esgoto vai levar todos os seus resíduos biológicos, de bosta a carcaças, e fará adubo estéril para seus campos. Deve ser a coisa mais importante que vocês têm neste manifesto. Tente não quebrá-la.

Eu sorri.

— Você parece saber muito sobre esgotos — comentei.

— É mesmo — disse Ferro. — Mas sei mais sobre embarques para novas colônias. Trabalho neste porão de carga há 25 anos e transporto novas colônias o tempo todo. Me entregue um manifesto, e consigo dizer para que tipo de planeta a colônia vai, quais são as estações do ano, qual o peso da gravidade e se essa colônia vai sobreviver ao primeiro ano. Quer saber como eu soube que sua colônia tinha um ecossistema não compatível? Quer dizer, além de ter uma estação de tratamento de esgoto, que é padrão em qualquer colônia.

– Claro – respondi.

Ferro digitou algo na tela do PDA e entregou a tela para mim, com uma lista de contêineres.

– Tudo bem, primeiro – disse Ferro –, provisões de comida. Cada colônia embarca com um suprimento de três meses de produtos secos e alimentos básicos para cada membro da colônia, e outro mês de ração seca, para permitir que a colônia comece a caçar e produzir sua comida. Mas vocês têm uma provisão de seis meses de gêneros alimentícios e dois meses de rações secas por colono. É o tipo de carga que vemos em um ecossistema não compatível, porque você não pode comer o que vem da terra imediatamente. Na verdade, é mais que o normal para um ENC; geralmente há um suprimento de quatro meses de produtos secos e seis semanas de ração.

– Por que eles nos dariam mais comida do que o normal? – perguntei. Na verdade, eu sabia a resposta (eu estava dirigindo a colônia, afinal), mas queria ver se Ferro era tão bom quanto achava que era.

Ferro sorriu.

– A pista está bem à sua frente, sr. Perry. O senhor também está enviando uma carga dupla de condicionadores de solo e fertilizantes, o que me diz que o solo não é bom do jeito que está para o cultivo de alimentos humanos. Essa comida extra te dá mais tempo, caso algum idiota não condicione um campo direito.

– Isso mesmo – confirmei.

– É – concordou Ferro. – Uma última coisa: o senhor tem mais do que a carga normal de suprimentos médicos para tratamento de veneno, o que é típico para ENCS. Também tem um monte de desintoxicantes veterinários. O que me lembra de uma coisa. – Ferro pegou o

PDA de volta e puxou uma nova lista de contêineres. – Dupla carga de alimento para o seu gado.

– Você é um mestre dos manifestos, Ferro – comentei. – Já pensou em colonizar?

– Deus me livre – respondeu Ferro. – Vi muitas dessas novas colônias partirem para saber que algumas delas não dão certo. Fico feliz em embarcar e desembarcar vocês e, em seguida, dar adeus e voltar para casa em Fênix, para minha esposa e meu gato. Nada contra o senhor.

– Não se preocupe – falei, e acenei com a cabeça para seu manifesto. – Então, você comentou que, a partir do manifesto, consegue dizer se uma colônia vai dar certo. O que acha de nós?

– Vocês estão equipados para aguentar – disse Ferro. – Vão ficar bem. Mas algumas coisas que estão levando são um pouco estranhas. Há estoques em seu manifesto que nunca vi embarcados antes. Tem contêineres cheios de equipamentos obsoletos. – Ferro devolveu o manifesto para mim. – Veja, tem tudo que precisa para uma oficina de ferreiro. De 1850. Nem pensei que essas coisas existissem fora de feiras de reconstituição histórica.

Olhei para o manifesto.

– Alguns de nossos colonos são menonitas. Preferem não usar a tecnologia moderna se puderem evitá-la. Acham que é uma distração.

– Quantos de seus colonos são isso aí que o senhor acabou de dizer? – quis saber Ferro.

– Cerca de duzentos, duzentos e cinquenta – respondi, devolvendo o PDA.

– Hum – disse Ferro. – Bem, então parece que vocês estão bem preparados para tudo, inclusive para viagens no tempo de volta ao Velho Oeste. Se a colônia falhar, não vai poder culpar o inventário.

– Vai ser tudo culpa minha, então – comentei.

– Provavelmente – confirmou Ferro.

*   *   *

– Acho que a única coisa que todos podemos dizer é que não queremos que essa colônia *falhe* – disse Manfred Trujillo. – Não acho que corramos esse risco, mas me preocupo com algumas das decisões que foram tomadas. Acho que dificultam mais ainda as coisas.

Ao redor da mesa de conferência houve uma rodada de meneios de cabeças. À minha direita, vi Savitri tomar notas, marcando quais cabeças estavam assentindo. Do outro lado da mesa, Jane estava impassível, mas eu sabia que também estava contando as cabeças. Ela era da inteligência. Ela é boa nisso.

Estávamos chegando ao final da reunião inaugural oficial do Conselho de Roanoke, composto por mim e Jane, como chefes das colônias, e pelos dez representantes dos próprios colonos, um para cada mundo, que atuariam como nossos representantes. Teoricamente, pelo menos. Aqui, no mundo real, a disputa pelo poder já havia começado.

Manfred Trujillo era o principal entre eles. Trujillo havia começado muitos anos antes uma campanha para permitir que os mundos colonizados iniciassem novas colônias a partir de sua posição vantajosa como representante de Erie no legislativo da uc. Ficou irritado quando o Departamento de Colonização roubou a ideia, mas deixou de instalá-lo como líder; ficou ainda mais ofendido quando soube que os líderes da colônia seríamos nós, gente que ele não conhecia e que não parecia estar especialmente impressionada com ele. Mas era bastante esperto e disfarçou bem a frustração, passando a maior parte da reunião tentando minar nossa autoridade da forma mais elogiosa possível.

– Por exemplo, este conselho – disse Trujillo e olhou a mesa de um lado ao outro. – Cada um de nós está encarregado de representar os interesses de nossos colegas colonos. Não duvido que façamos esse trabalho de maneira admirável. Mas este conselho é um conselho consultivo para os chefes das colônias, apenas consultivo. Eu me pergunto se isso nos permite representar satisfatoriamente as necessidades da colônia.

Nem saímos da nave e ele já está querendo revolução, pensei. Se eu ainda tivesse um BrainPal, poderia lançar esse pensamento todo para Jane, mas ela pescou meu olhar, o que lhe disse muito bem o que eu estava pensando.

– Novas colônias são administradas segundo os regulamentos do DC – disse Jane. – Os regulamentos exigem que os líderes das colônias exerçam exclusivamente o poder administrativo e executivo. As coisas estarão tão caóticas quando chegarmos que reunir um quórum para cada decisão não será o ideal.

– Não estou sugerindo que vocês dois não façam o trabalho de vocês – disse Trujillo. – Apenas que nossa participação deveria ser mais que simbólica. Muitos de nós estamos envolvidos com esta colônia desde os dias em que estava apenas no papel. Temos uma experiência grande.

– Ao passo que nós temos apenas alguns meses de envolvimento – sugeri.

– Vocês são um acréscimo recente e valioso ao processo – disse Trujillo. Suave. – Espero que vejam as vantagens de sermos parte do processo de tomada de decisão.

– Ao que me parece, tem um motivo para as regulamentações da colonização existirem – disse eu. – O DC supervisionou a colonização de dezenas de mundos. Talvez saiba como se faz.

– Esses colonos vieram de nações desfavorecidas na Terra – comentou Trujillo. – Não têm muitas das vantagens que temos.

Senti Savitri ficando tensa ao meu lado; a arrogância das antigas colônias, que haviam sido fundadas por países do norte ocidental antes que a UC assumisse a colonização, sempre a deixava perplexa.

– Que vantagens são essas? – perguntou Jane. – John e eu passamos sete anos vivendo entre "esses colonos" e seus descendentes. Savitri aqui é uma delas. Não sinto vantagem notável nenhuma entre os que estão nesta mesa sobre eles.

– Talvez eu tenha me expressado mal – disse Trujillo, começando o que eu suspeitava ser outro confronto conciliatório.

– Talvez tenha – eu o interrompi. – No entanto, receio que esta seja uma questão teórica. As regulamentações do DC não nos dão muita flexibilidade na administração de colônias de primeira onda, nem fazem concessões quanto à afiliação nacional anterior de seus colonos. Somos obrigados a tratar todos os colonos igualmente, não importa de onde venham. Uma política sábia, não é?

Trujillo fez uma pausa, claramente irritado com a virada dos eventos retóricos.

– Sim, claro.

– Fico feliz em ouvir isso. Então, por enquanto, continuaremos a seguir os regulamentos. Agora – falei antes que Trujillo pudesse se levantar de novo –, alguém mais quer falar?

– Algumas pessoas estão reclamando de suas alocações no ancoradouro – disse Paulo Gutierrez, representante de Khartoum.

– Há algo de errado? – perguntei.

– Estão insatisfeitos por não estarem mais perto de outros colonos de Khartoum – respondeu ele.

– A nave inteira tem apenas algumas centenas de metros de comprimento. E as informações sobre o ancoradouro estão prontamente acessíveis por meio de PDAS. Não devem ter problemas em localizar outras pessoas.

– Eu entendo –disse Gutierrez. – Só acho que a expectativa era de ficarmos alocados juntos em nossos grupos.

– Por isso que não fizemos assim – comentei. – Sabe, assim

que pisarmos em Roanoke, nenhum de nós será de Khartoum, de Erie ou de Kyoto. – Meneei a cabeça na direção de Hiram Yoder, que acenou de volta. – Seremos todos de Roanoke. Melhor já começarmos a agir assim. Somos apenas 2 500, pouco para termos dez tribos separadas.

– É uma intenção ótima – disse Marie Black, de Rus. – Mas não acho que nossos colonos se esquecerão tão rápido de onde vieram.

– Não espero que esqueçam. Não quero que se esqueçam de onde vieram. Espero que se concentrem no lugar onde estão. Ou estarão, em breve – disse eu.

– Os colonos são representados aqui por seus mundos – interveio Trujillo.

– Faz sentido dessa forma – disse Jane. – Ao menos por ora. Quando estivermos em Roanoke, poderemos revisitar essa questão.

Aquela isca pairou no ar por alguns segundos.

Marta Piro, de Zhong Guo, levantou a mão.

– Há um boato de que dois Obins vão conosco para Roanoke – disse ela.

– Não é um boato – afirmei. – É verdade. Hickory e Dickory são parte da minha família.

– Hickory e Dickory? – perguntou Lee Chen, de Franklin.

– Nossa filha Zoë batizou-os assim quando era mais nova – respondi.

– Se o senhor não se importar em responder, como dois Obins são parte de sua família? – perguntou Piro.

– Nossa filha os mantém como bichinhos de estimação – respondeu Jane, o que causou uma risada desconfortável. Não foi tão ruim. Depois de uma hora sendo martelado por Trujillo de um jeito nada sutil, não faria mal ser visto como o tipo de pessoa que podia manter alienígenas aterrorizantes como acompanhantes domésticos.

– Você tem que empurrar aquele filho da puta do Trujillo para fora de um ancoradouro – disse Savitri depois que a sala foi liberada.

– Relaxe – tranquilizei. – Algumas pessoas não sabem não estar no comando.

– Gutierrez, Black e Trujillo montaram o próprio partido político – comentou Jane. – E, claro, Trujillo foi correndo até Kranjic para vazar os detalhes desta reunião. Eles estão bem próximos.

– Mas isso não vai nos causar nenhum problema – afirmei.

– Não – disse Jane. – Nenhum dos outros representantes parece ter muito a ver com Trujillo, e os colonos ainda estão embarcando; não teve tempo de se tornar conhecido por ninguém que não seja de Erie. Mesmo se tivesse tido, não há como o DC nos substituir. A secretária Bell odeia Trujillo desde que eram deputados. Tomar a ideia dele e nos instalar como líderes da colônia é apenas outra maneira que ela tem de deixar isso claro para ele.

– O general Rybicki nos advertiu que as coisas tinham tomado rumos políticos – comentei.

– O general Rybicki sabe como não nos dizer tudo o que precisamos saber – disse Jane.

– Talvez você tenha razão – falei. – Mas, nesse ponto, ele acertou na mosca. De qualquer forma, por enquanto, não vamos nos preocupar demais com isso. Temos muito a fazer e, depois que a *Magalhães* sair da Estação Fênix, vamos ficar ainda mais ocupados. Falando nisso, prometi a Zoë que a levaria para Fênix hoje. Alguma de vocês quer vir? Vamos eu, Zoë e os gêmeos Obins.

– Passo – disse Savitri. – Ainda estou me acostumando com Hickory e Dickory.

– Você os conhece há quase oito anos – protestei.

– Pois é – disse Savitri. – Quase oito anos com encontros de cinco minutos. Preciso me acostumar a visitas prolongadas.

– Tudo bem – disse eu e me virei para Jane. – E você?

– Preciso me encontrar com o general Szilard – respondeu ela, referindo-se ao comandante das Forças Especiais. – Ele quer se inteirar.

– Tudo bem. Não sabe o que está perdendo.

– O que vão fazer lá embaixo? – perguntou Jane.

– Vamos visitar os pais de Zoë. Os outros.

Parei na frente da lápide que continha o nome do pai e da mãe de Zoë, e o da própria Zoë. As datas de Zoë, baseadas na crença de que ela havia morrido em um ataque à colônia, obviamente estavam incorretas; menos obviamente, as de seu pai também estavam. As datas da mãe eram precisas. Zoë agachou-se para se aproximar dos nomes; Hickory e Dickory ligaram as consciências apenas pelo tempo suficiente de ter um êxtase de dez segundos com a ideia de estarem diante do túmulo de Boutin, depois se desconectaram e ficaram imóveis, impassíveis.

– Eu me lembro da última vez que estive aqui – disse Zoë. O pequeno buquê de flores que havia trazido estava apoiado na lápide. – Foi o dia em que Jane me perguntou se eu queria ir morar com vocês.

– Sim. Você descobriu que ia morar comigo antes de eu saber que ia morar com você ou com Jane.

– Pensei que você e Jane estivessem apaixonados – disse Zoë. – Que vocês tinham planejado viver juntos.

– Estávamos apaixonados e planejávamos viver juntos. Mas era complicado.

– Tudo na nossa pequena família é complicado – comentou Zoë. – Você tem 88 anos de idade. Jane é um ano mais velha que eu. Eu sou filha de um traidor.

– Você também é a única garota no universo com uma escolta de Obins – eu disse.

– Por falar em complicação – falou Zoë. – De dia, uma menina normal. À noite, adorada por uma raça alienígena inteira.

– Existem cenários piores – eu disse.

– Eu sei. Era de se pensar que ser objeto de adoração de toda uma raça alienígena me livraria dos deveres de casa de vez em quando. Não pense que não notei que isso não acontece.

– Não queríamos que isso subisse à sua cabeça – falei.

– Obrigada – agradeceu ela, apontando para a lápide. – Até *isso* é complicado. Eu estou viva, e é o clone do meu pai que está enterrado aqui, não meu pai. A única pessoa real aqui é minha mãe. Minha mãe *verdadeira*. Tudo isso é muito complicado.

– Sinto muito – eu disse.

Zoë deu de ombros.

– Agora eu já me acostumei. Na maior parte do tempo não é ruim. E dá uma perspectiva, sabe? Às vezes estou na escola, ouvindo Anjali ou Chadna reclamar do quanto sua vida é complicada, e penso comigo mesma: "mana, você não tem ideia do que é complicado".

– Bom saber que você lida bem com isso – falei.

– Eu tento. Tenho que admitir que não foi um dia muito bom quando vocês dois me contaram a verdade sobre o meu pai.

– Também não foi um dia muito divertido para nós. Mas achamos que você merecia saber a verdade.

– Eu sei – disse Zoë e se levantou. – Mas, sabe... Acordei uma manhã pensando que meu verdadeiro pai era apenas um cientista e fui para a cama sabendo que ele poderia ter eliminado toda a raça humana. Isso mexe com a gente.

– Seu pai foi um bom homem para você – eu disse. – O que quer que ele fosse além disso e o que mais ele fizesse, isso ele fez certo.

Zoë se aproximou de mim e me deu um abraço.

– Obrigada por me trazer aqui. Você é um cara legal, pai de 90 anos – disse ela.

– Você é uma menina ótima, filha adolescente. Está pronta para ir?

– Em um segundo – disse ela, e caminhou de volta à lápide, ajoelhou-se rapidamente e a beijou. Então, se levantou e, de repente, pareceu uma adolescente envergonhada. – Fiz isso da última vez que estive aqui – revelou ela. – Queria ver se me faria sentir o mesmo.

– E fez? – quis saber.

– Fez – admitiu ela, ainda envergonhada. – Vamos embora.

Nós caminhamos em direção aos portões do cemitério; peguei meu PDA e enviei uma mensagem para um táxi vir nos buscar.

– Você gosta da *Magalhães*? – perguntei enquanto caminhávamos.

– É interessante – disse Zoë. – Fazia muito tempo que eu não entrava em uma nave espacial. Tinha esquecido como era. E ela é *tão* grande.

– Tem que caber 2 500 colonos e todas as coisas deles.

– Entendo isso – falou Zoë. – Só estou dizendo que é grande. Mas está começando a encher. Os colonos estão lá agora. Conheci alguns deles. Os da minha idade, quero dizer.

– Encontrou alguém de quem gostasse? – perguntei.

– Algumas pessoas – disse Zoë. – Parece que tem uma garota que quer me conhecer. Gretchen Trujillo.

– Você disse Trujillo? – confirmei.

Zoë fez que sim com a cabeça.

– Por quê? Você a conhece?

– Acho que talvez eu conheça o pai dela – respondi.

– Que mundo pequeno – falou Zoë.

– E está prestes a ficar muito menor.

– Pois é – disse Zoë e olhou em volta. – Fico imaginando se ainda vou voltar aqui.

– Você está indo para uma nova colônia – disse eu. – Não para o além-túmulo.

Zoë abriu um sorriso.

– Você não estava prestando atenção na lápide – disse ela. – Eu fui até o além. Voltar de lá não é problema. É a vida que a gente não consegue superar.

– Jane está tirando uma soneca – disse Savitri, enquanto Zoë e eu voltávamos para nossa cabine. – Ela disse que não estava se sentindo bem.

Ergui as sobrancelhas; Jane era a pessoa mais saudável que eu conhecia, mesmo depois de ter sido transferida para um corpo humano padrão.

– Sim, eu sei – disse Savitri, percebendo as sobrancelhas. – Também achei estranho. Ela disse que ficaria bem, mas pediu para não ser perturbada por pelo menos algumas horas.

– Tudo bem – eu disse. – Obrigado. Zoë e eu estávamos indo para o convés de recreação. Quer nos acompanhar?

– Jane me pediu para fazer umas coisas antes de acordá-la – disse Savitri. – Talvez outra hora.

– Você trabalha mais para Jane do que já trabalhou para mim – falei.

– É o poder da liderança inspiradora – comentou Savitri.

– Ótimo.

Savitri fez um gesto para nos enxotar.

– Bipo o seu PDA quando Jane estiver acordada – disse Savitri. – Agora vão. Vocês estão me distraindo.

O convés de recreação da *Magalhães*, montado como um pequeno parque, estava cheio de colonos e suas famílias, provando as diversões que a nave lhes ofereceria em nossa jornada de uma semana para a distância de salto e daí para Roanoke. Quando chegamos, Zoë avistou um trio de garotas adolescentes e acenou; uma acenou de volta e a chamou. Perguntei-me se seria Gretchen Trujillo. Zoë me deixou, despedindo-se com uma olhada rápida para trás. Perambulei pelo convés, observando meus colegas colonos. Logo a maioria deles me reconheceria como líder da colônia. Mas, por enquanto, eu era um anônimo seguro e feliz.

À primeira vista, os colonos pareciam estar se movendo livremente, mas depois de um ou dois minutos notei alguns grupinhos se formando. O inglês era a língua comum de todas as colônias, mas cada mundo também tinha seus idiomas secundários, em grande parte baseados no grupo de colonos originais. Ouvi trechos dessas línguas enquanto andava: espanhol, chinês, português, russo, alemão.

– Você também as ouve – alguém falou atrás de mim. Eu me virei e vi Trujillo. – Todas as línguas diferentes – disse ele, e sorriu. – Resíduo de nossos velhos mundos, acho que você diria. Duvido que as pessoas parem de falar essas línguas quando chegarmos a Roanoke.

– Esta é sua forma sutil de sugerir que os colonos não terão pressa em abdicar de suas nacionalidades para se tornarem roanokeranos novos em folha – falei.

– É apenas uma observação. E tenho certeza de que, com o tempo, todos viraremos... *roanokeranos* – disse Trujillo, pronunciando a última palavra como se fosse algo espinhoso que ele fora obrigado a engolir. – Só vai levar algum tempo. Possivelmente mais tempo do que você imagina. Afinal, estamos fazendo algo diferente aqui. Não apenas criando uma nova colônia a partir dos antigos mundos colonizados, mas misturando dez culturas diferentes em uma colônia. Para ser totalmente sincero, tenho minhas reservas. Acho que o Departamento de Colonização deveria ter aceitado minha sugestão original e deixado apenas uma das colônias enviar colonos.

– Para você ver como é a burocracia – eu disse. – Sempre estragando planos perfeitos.

– Sim, bem – disse Trujillo e acenou levemente para englobar os colonos poliglotas e, possivelmente, a mim. – Nós dois sabemos que isso diz respeito mais à minha contenda com a secretária Bell do que qualquer outra coisa. Ela foi contra Roanoke desde o início, mas houve muito empenho por parte das colônias para ela impedir que acontecesse. No entanto, não havia nada que a impedisse de deixá-la o mais impraticável possível. Inclusive oferecer a liderança da colônia a um par de neófitos bem-intencionados que não têm ideia de onde estão as minas terrestres desta situação e que serão bodes expiatórios convenientes se a colônia fracassar.

– Está dizendo que somos idiotas – disse eu.

– Estou dizendo que você e sua esposa são inteligentes, competentes e politicamente dispensáveis – corrigiu Trujillo. – Se a colônia falhar, a culpa cairá em você, não em Bell.

– Embora ela nos tenha escolhido.

– Escolheu? – questionou Trujillo. – Ouvi dizer que vocês foram uma sugestão do general Rybicki. Ele está muito bem isolado das consequências políticas porque é das FCD e não precisa se preocupar com política. Não, quando a merda acontecer, Perry, vai rolar morro abaixo direto sobre você e sua esposa.

– Você tem certeza de que a colônia vai fracassar – eu disse. – E ainda assim está aqui.

– Tenho certeza de que a colônia *pode* fracassar – disse Trujillo. – E tenho certeza de que existem aqueles, entre eles a secretária Bell, que ficariam felizes em ver o fracasso como uma retaliação contra seus inimigos políticos e uma forma de encobrir a própria incompetência. Certamente projetaram tudo para o fracasso. O que pode impedir a colônia de fracassar são pessoas com vontade e experiência para ajudá-la a sobreviver.

– Alguém como você, por exemplo.

Trujillo deu um passo para perto de mim.

– Perry, entendo que é *fácil* pensar que tudo diz respeito só ao meu ego. Realmente entendo. Mas quero que você considere outra coisa por um momento. Há 2 500 pessoas nesta nave que estão aqui porque, seis anos atrás, eu me rebelei na câmara dos representantes da UC e exigi nossos direitos de colonização. Sou responsável por elas estarem aqui e, como não tive poder para impedir que Bell e seus comparsas manipulassem essa colônia para ela se autodestruir, sou responsável por colocar essas pessoas em perigo. Hoje de manhã, eu não estava sugerindo que você nos deixasse ajudar com a administração da colônia só porque preciso administrar as coisas. Eu estava sugerindo que, dado o que o DC lhes deu para trabalhar, vocês vão precisar de toda a ajuda que conseguirem, e os que estiveram naquela sala com você esta manhã têm passado por isso há anos. Se não o ajudarmos, a alternativa é o fracasso, sem dúvida.

– Agradeço pela confiança em nossas habilidades de liderança – disse eu.

– Você não está ouvindo o que estou dizendo – disse Trujillo. – Caramba, Perry, eu quero que você tenha sucesso. Eu quero que esta *colônia* tenha sucesso. A última coisa que quero fazer é minar sua liderança e a de sua esposa. Se eu fizesse isso, estaria colocando em risco a vida de todos na colônia. Não sou seu inimigo. Quero ajudar vocês a combater aqueles que realmente são.

– Você está dizendo que o DC colocaria em risco 2 500 pessoas para se vingar de você.

– Não – disse Trujillo. – Não para se vingar de mim. Mas para combater uma ameaça a suas práticas coloniais? Para ajudar a UC a manter as colônias na linha? Dois mil e quinhentos colonos não são muitos para uma coisa dessas. Se você soubesse alguma coisa sobre colonização, saberia que 2 500 colonos é o tamanho padrão para uma colônia inicial.

Perdemos colônias iniciais de tempos em tempos; esperamos perder algumas. Estamos *acostumados*. Não são *2500* pessoas, é apenas uma colônia inicial. Mas é aí que fica interessante. Uma colônia inicial perdida fica bem dentro das expectativas dos protocolos de colonização do DC. Mas os colonos vêm de dez diferentes mundos da UC, todos colonizando pela primeira vez. Cada um desses mundos sentirá o fracasso da colônia. É um golpe para a psique nacional. E, então, o DC pode virar e dizer: "É por isso que não deixamos vocês colonizarem. Para proteger vocês". Vão alimentar esse argumento nas colônias, todas as colônias vão engoli-lo e voltaremos ao *status quo*.

— É uma teoria interessante — afirmei.

— Perry, você esteve nas Forças Coloniais de Defesa por anos — disse Trujillo. — Conhece os resultados finais das políticas da UC. Pode me dizer sinceramente, com toda a sua experiência, que o cenário que descrevi para você está completamente fora do campo de possibilidades?

Fiquei quieto. Trujillo sorriu sombriamente.

— Dá o que pensar, Perry. É algo para considerar na próxima vez em que você e sua esposa estiverem batendo a porta na nossa cara em uma de nossas reuniões consultivas. Acredito que você fará o que achar melhor para a colônia. — Ele olhou por cima de meu ombro, vendo algo além dele. — Acho que nossas filhas se conheceram.

Me virei para ver Zoë conversando animadamente com uma das garotas que eu havia visto antes; foi ela quem chamara Zoë.

— Parece que sim.

— Pelo visto estão se dando bem — disse Trujillo. — Nossa colônia de Roanoke começa ali, eu acho. Talvez possamos seguir o exemplo delas.

— Não sei se consigo engolir a ideia de um Manfred Trujillo altruísta — disse Jane. Ela se apoiou na cama. Babar recostou-se na beirada, contente, sacudindo o rabinho.

– Somos dois – comentei. Eu estava sentado na cadeira ao lado da cama. – O problema é que não posso desconsiderar totalmente o que ele diz.

– Por que não? – perguntou Jane. Ela estendeu a mão para pegar o jarro de água que estava sobre a mesa de cabeceira, mas estava numa posição desajeitada. Peguei o jarro e o copo ao lado e comecei a servir.

– Você se lembra do que Hickory disse sobre o planeta Roanoke – eu disse, entregando-lhe o copo.

– Obrigada – disse ela, e bebeu o copo inteiro em cerca de cinco segundos.

– Uau – falei. – Tem certeza de que está se sentindo melhor?

– Estou bem. Só estou com sede. – Ela entregou o copo de volta para mim; eu lhe servi mais água. Ela tomou em goles mais moderados. – Planeta Roanoke – disse ela para que eu continuasse.

– Hickory disse que o planeta Roanoke ainda estava sob o controle dos Obins. Se o Departamento de Colonização realmente acha que esta colônia vai falhar, talvez faça sentido mesmo.

– Por que trocar um planeta que você sabe que seus colonos não vão manter? – perguntou Jane.

– Exatamente – eu disse. – E tem outra coisa. Eu estava no compartimento de carga hoje, repassando o manifesto com o chefe da carga, e ele mencionou que estávamos embarcando um monte de equipamentos obsoletos.

– Provavelmente tem a ver com os menonitas – Jane disse, e tomou mais um gole de água.

– Foi o que eu disse também. Mas depois do que conversei com Trujillo, repassei o manifesto. O chefe de carga estava certo. Há mais equipamentos obsoletos do que há para os menonitas.

– Estamos subequipados – disse Jane.

– Aí é que está. Não estamos subequipados. Temos um monte de equipamentos obsoletos, mas não substituindo equipamentos mais modernos, pois eles *estão* lá também.

Jane pensou um pouco.

– O que acha que significa?

– Não sei o que significa – respondi. – Erros de suprimentos acontecem o tempo todo. Me lembro de uma vez que, quando eu estava nas FCD, nos despacharam meias sociais em vez de suprimentos médicos. Talvez seja esse tipo de confusão com magnitude de alguns graus acima.

– Temos que perguntar ao general Rybicki – disse Jane.

– Ele está fora da estação – eu disse. – Saiu esta manhã para Coral, logo para lá. O gabinete diz que ele está supervisionando os diagnósticos de uma nova rede de defesa planetária. Só volta daqui a uma semana padrão. Pedi ao gabinete para verificar o inventário da colônia para mim. Mas não é uma prioridade alta para eles; não é um problema óbvio para o bem-estar da colônia. Eles têm outras coisas com que se preocupar antes de embarcarmos. Mas talvez não estejamos vendo alguma coisa.

– Se não estamos vendo alguma coisa, não temos muito tempo para enxergá-la – afirmou Jane.

– Eu sei. Por mais que eu queira rotular Trujillo como mais um idiota egocêntrico, temos que trabalhar com a teoria de que ele talvez queira mesmo defender os interesses da colônia. É triste, considerando todas as coisas.

– Há a possibilidade de que ele seja um idiota egocêntrico *e* queira defender os interesses da colônia – disse Jane.

– Você sempre olha o lado bom das coisas.

– Peça para Savitri repassar o manifesto e ficar de olho no que talvez não estejamos vendo – sugeriu Jane. – Pedi para que ela fizesse muitas pesquisas sobre colônias iniciais recentes. Se houver alguma coisa faltando, ela vai encontrar.

– Você está dando muito trabalho para ela – comentei.

Jane deu de ombros.

– Você sempre subutilizou Savitri – disse Jane. – Foi por isso que a contratei. Ela era capaz de muito mais do que você dava a ela. Embora não seja totalmente sua culpa. O pior com que você tinha de lidar eram os idiotas dos irmãos Chengelpet.

– Você só está dizendo isso porque nunca teve que lidar com eles – eu disse. – Deveria ter tentado, ao menos uma vez.

– Se eu tivesse lidado com eles, uma vez teria bastado – falou Jane.

– Como foi seu encontro com o general Szilard hoje? – quis saber, mudando de assunto antes que minha competência pudesse ser questionada mais ainda.

– Foi bom – respondeu Jane. – Na verdade, ele disse algumas das coisas que Trujillo estava lhe dizendo hoje.

– Que o DC quer que a colônia falhe? – perguntei.

– Não. Que há muitas manobras políticas acontecendo das quais você e eu não sabemos muito.

– Como o quê?

– Ele não entrou em detalhes – disse Jane. – Falou que era porque estava confiante em nossa capacidade de lidar com as coisas. Me perguntou se eu queria o meu antigo corpo das Forças Especiais de volta, só para garantir.

– Esse general Szilard. Um piadista de primeira.

– Ele não estava só brincando – disse Jane e levantou a mão tranquilizadora, em seguida, quando lhe lancei meu melhor olhar confuso. – Ele não está com meu antigo corpo. Não é isso que quero dizer. Ele só quis dizer que preferiria não me mandar para esta colônia com um corpo humano não modificado.

– Que ideia animadora – falei. Percebi que Jane havia começado a suar. Toquei sua testa. – Acho que você está realmente com febre. Essa é nova.

– Corpo não modificado– disse ela. – Tinha que acontecer um dia.

– Vou pegar mais um pouco de água – eu disse.

– Não. Não estou com sede. Mas acho que estou morrendo de fome.

– Vou ver se consigo pegar algo da cozinha. O que você quer?

– O que eles têm? – quis saber Jane.

– Quase tudo – respondi.

– Ótimo – disse Jane. – Eu querer um pouco de tudo.

Peguei meu PDA para entrar em contato com a cozinha.

– Que bom que a *Magalhães* está levando um carregamento duplo de comida.

– Do jeito que me sinto agora, essa carga não vai durar muito tempo.

– Tudo bem – falei. – Mas acho que vale lembrar a velha superstição: se está resfriada, fique bem alimentada. Se a febre não some, mate ela de fome.

– Neste caso – disse Jane –, a velha superstição está mais que errada.

4_

– É como uma festa de Ano-Novo – disse Zoë, passando os olhos pelo convés de recreação do nosso lugar em um pequeno palanque para a massa de colonos que comemoravam ao redor. Após uma semana de viagem com a *Magalhães*, estávamos a menos de cinco minutos do salto para Roanoke.

– É *exatamente* como uma festa de Ano-Novo – comentei. – Quando saltarmos, o relógio da colônia começa a girar oficialmente. Será o primeiro segundo do primeiro minuto do primeiro dia do primeiro ano no tempo de Roanoke. Prepare-se para dias de 25 horas e 8 minutos de duração e anos com 305 dias.

– Vou fazer aniversários mais vezes – disse Zoë.

– Sim – concordei. – E seus aniversários vão durar mais tempo.

Ao meu lado e de Zoë, Savitri e Jane discutiam algo que Savitri questionara em seu PDA. Pensei em caçoar sobre essa história de pôr o trabalho em dia justamente naquele momento, mas ponderei melhor.

As duas se transformaram sem demora no nexo organizacional da liderança colonial, o que não era nem um pouco surpreendente. Se sentiam a necessidade de lidar com o assunto naquele momento, provavelmente era preciso.

Jane e Savitri eram os cérebros da organização; eu era o cara das relações públicas. No decorrer da semana, passei várias horas com cada grupo de colonos, respondendo a perguntas sobre Roanoke, sobre mim e Jane e sobre qualquer outra coisa que quisessem saber. Cada grupo tinha suas peculiaridades e curiosidades. Os colonos de Erie pareciam um pouco distantes (possivelmente refletindo a opinião de Trujillo, que se sentou ao fundo do grupo enquanto eu falava), mas ficaram mais entusiasmados quando banquei o idiota e arranhei o espanhol manco que aprendi no ensino médio, o que levou a uma discussão sobre as palavras do "novo espanhol" que foram cunhadas em Erie para plantas e animais nativos.

Os menonitas de Kyoto, por outro lado, começaram de um jeito genial ao me presentear com uma torta de frutas. Depois dessa gentileza, me interrogaram impiedosamente em todos os aspectos da administração colonial, o que divertiu muito Hiram Yoder.

– Vivemos uma vida simples, mas não somos simplórios – ele me contou depois.

Os colonos de Khartoum ainda estavam chateados por não terem sido alocados de acordo com a origem planetária. Os de Franklin queriam saber quanto apoio teríamos da União Colonial e se poderiam viajar de volta a Franklin para visitas. Os colonos de Albion perguntaram quais seriam os planos se Roanoke fosse atacado. Os de Fênix queriam saber se eu achava que teriam tempo suficiente, após um dia cheio de colonização, para começar uma liga de *softball*.

Perguntas e problemas, grandes e pequenos, imensos e triviais, críticos e frívolos, todos lançados para mim, e era meu trabalho agarrá-los heroicamente e tentar ajudar as pessoas a sair, se não satisfeitas com as respostas, ao menos satisfeitas por terem suas preocupações levadas a sério. Nisso, minha recente experiência como ombudsman acabou sendo inestimável. Não apenas porque eu tinha experiência em encontrar respostas e resolver problemas, mas porque tinha vários anos de prática em ouvir as pessoas e garantir a elas que algo seria feito. No final de nossa semana na *Magalhães*, eu tinha colonos vindo até mim para ajudá-los a resolver apostas de bar e pequenos aborrecimentos, como nos velhos tempos.

As sessões de perguntas e respostas e as questões feitas individualmente pelos colonos também me foram úteis: eu precisava ter uma noção de quem eram todas essas pessoas e de como elas se misturariam. Não engoli a teoria de Trujillo de uma colônia poliglota como tática de sabotagem burocrática, mas também não era Polyana quanto à harmonia. No dia em que a *Magalhães* decolou, tivemos pelo menos um incidente de alguns adolescentes de um mundo tentando arranjar briga com outros. Gretchen Trujillo e Zoë fizeram os garotos pararem na base da chacota e foram efetivas, provando que nunca devemos subestimar o poder do desprezo adolescente, mas quando Zoë contou o acontecido durante o jantar, Jane e eu tomamos nota. Os adolescentes podem ser idiotas e estúpidos, mas também modelam seu comportamento a partir dos sinais que recebem dos adultos.

No dia seguinte, anunciamos um torneio de queimada para os adolescentes com base na teoria de que a queimada era um jogo mais ou menos universal em todas as colônias. Sugerimos aos representantes de cada uma que seria legal se conseguissem que seus filhos aparecessem. Como a *Magalhães* não tinha tanta coisa para eles fazerem, mesmo depois de só um dia, conseguimos colocar em campo dez equipes de oito integrantes, que criamos através de seleção aleatória, frustrando qualquer tentativa de formar equipes por colônia.

Então, criamos uma programação de jogos que culminaria com a final antes do salto para Roanoke. Assim, manteríamos os adolescentes ocupados e, por coincidência, os misturaríamos com as crianças de outros lugares.

No final do primeiro dia, os adultos estavam assistindo aos jogos; também não havia muito para *eles* fazerem. No final do segundo dia, vi adultos de uma colônia conversando com adultos de outras sobre quais equipes tinham a melhor chance de chegar às finais. Estávamos progredindo.

No final do terceiro dia, Jane teve que desmanchar um esquema de apostas. Tudo bem, talvez *nem tudo* tenha sido avanço. Mas o que se pode fazer?

Nem Jane nem eu tínhamos a ilusão de ser capazes de criar uma harmonia universal através da queimada, claro. É um pouco demais atribuir essa responsabilidade a um jogo com uma bola vermelha saltitante. O cenário de sabotagem de Trujillo não receberia um cartão vermelho com esse bate-bola. E a harmonia universal poderia esperar. Nos contentamos com pessoas se encontrando e se acostumando umas com as outras. Nosso pequeno torneio de queimada fez isso muito bem.

Após a final de queimada e a cerimônia de premiação – os azarões dos Dragões conseguiram uma vitória dramática sobre os invictos Bolores Limosos, que só pelo nome eu adorava –, a maioria dos colonos ficou no convés de recreação, esperando por alguns instantes até o salto. Os múltiplos monitores de anúncio no convés estavam todos transmitindo a visão frontal da *Magalhães*, que estava totalmente preta naquele momento, mas seria preenchida com a imagem de Roanoke assim que acontecesse o salto. Os colonos estavam empolgados e felizes; quando Zoë disse que era como uma festa de Ano-Novo, ela acertou em cheio.

– Quanto tempo? – Zoë me perguntou.

Eu chequei meu PDA.

– Opa. Um minuto e vinte segundos.

– Deixe-me ver isso – disse Zoë e pegou meu PDA. Então, pegou o microfone que eu tinha usado quando estava parabenizando os Dragões pela vitória. – Galera – ela disse, a voz amplificada por todo o convés de recreação. – Falta um minuto até o salto!

Os colonos comemoraram, e Zoë se encarregou de contar o tempo em intervalos de cinco segundos. Gretchen Trujillo e alguns garotos correram para o palco e subiram para tomar lugar ao lado de Zoë; um dos garotos passou o braço em volta da cintura da minha filha.

– Ei – falei para Jane e apontei Zoë. – Você está vendo aquilo?

Jane deu uma olhada.

– Deve ser o Enzo – ela comentou.

– Enzo? – perguntei. – Existe um Enzo?

– Relaxa, pai de 90 anos – disse Jane e, de um jeito pouco habitual, passou o braço pela minha cintura. Ela geralmente reservava as demonstrações de afeto para nossa intimidade. Mas também estava mais alegre desde que havia superado a febre.

– Sabe que eu não gosto quando você faz isso. Isso acaba com a minha autoridade.

– Cala a boca – disse Jane. Eu abri um sorrisão.

Zoë chegou à marca de dez segundos; ela e seus amigos contaram cada segundo, acompanhados pelos colonos. Quando todos chegaram ao zero, houve um súbito silêncio conforme olhos e cabeças se voltavam para as telas do monitor. A escuridão completa durou o que parecia uma eternidade, e então lá estava ele, um mundo grande, verde e novo.

O convés explodiu em vivas. As pessoas começaram a se abraçar e se beijar e, por falta de uma canção mais apropriada, entoaram "Adeus ano velho, feliz ano novo".

Eu me virei para a minha esposa e a beijei.

– Feliz mundo novo – eu disse.

– Feliz mundo novo para você também – disse ela. Ela me beijou novamente, e então nós dois fomos quase derrubados por Zoë pulando entre nós e tentando nos beijar.

Depois de alguns minutos, me desvencilhei de Zoë e Jane e vi Savitri olhando fixamente para o monitor mais próximo.

– O planeta não vai a lugar nenhum – eu lhe disse. – Pode relaxar agora.

Demorou um segundo até que Savitri parecesse ter me ouvido.

– Quê? – Ela parecia irritada.

– Eu disse… – comecei a falar, mas ela voltou a encarar o monitor, distraída. Cheguei mais perto dela. – O que foi? – quis saber.

Savitri olhou para mim e, de repente chegou perto, como se fosse me beijar. Não beijou; em vez disso, se aproximou da minha orelha.

– Esse planeta não é Roanoke – disse ela em voz baixa, mas com urgência.

Recuei e pela primeira vez dei atenção total ao planeta no monitor. Era verde e exuberante como Roanoke. Através das nuvens, pude ver o contorno das massas abaixo. Tentei me lembrar de um mapa de Roanoke, mas só vinha um espaço em branco. Concentrei-me principalmente no delta do rio, onde a colônia viveria, não nos mapas dos continentes.

Virei de novo para Savitri, então nossas cabeças ficaram próximas.

– Tem certeza?

– Sim – confirmou ela.

– Certeza *mesmo*? – insisti.

– Sim – repetiu ela.

– Que planeta é este? – perguntei.

– Não sei – disse Savitri. – É essa a questão. Não acho que *alguém* saiba.

– Como...

Zoë se aproximou e exigiu um abraço de Savitri. Savitri lhe deu um abraço, mas sem tirar os olhos de mim.

– Zoë – disse eu –, posso ver meu PDA?

– Claro – disse Zoë e me deu um beijo rápido na bochecha enquanto me entregava o aparelho. Quando o peguei, o aviso de mensagem começou a piscar. Era Kevin Zane, capitão da *Magalhães*.

– Não está no registro – disse Zane. – Fizemos uma leitura rápida de tamanho e massa para buscar correspondência. A mais próxima é Omagh, e definitivamente não é Omagh. Não há nenhum satélite da UC em órbita. Ainda não circulamos uma órbita inteira, mas até agora não há sinais de vida inteligente, nossa ou de qualquer outro ser.

– Não há outra maneira de dizer que planeta é este? – perguntou Jane. Eu a havia tirado da celebração o mais discretamente possível e deixei Savitri explicar nossa ausência ao restante dos colonos.

– Estamos mapeando estrelas agora – disse Zane. – Começaremos com as posições relativas das estrelas e veremos se correspondem com algum dos céus que conhecemos. Se isso não funcionar, começaremos a fazer análises espectrais. Se conseguirmos encontrar duas estrelas que conhecemos, podemos triangular nossa posição. Mas é provável que leve algum tempo. Neste momento, estamos perdidos.

– Correndo o risco de parecer um idiota: você não pode dar marcha à ré nessa coisa? – perguntei.

– Normalmente poderíamos – disse Zane. – É preciso saber aonde se está indo antes de saltar, então é possível usar essa informação para programar uma viagem de volta. Mas programamos as informações para Roanoke. Deveríamos estar lá. Mas não estamos.

– Alguém invadiu os sistemas de navegação – comentou Jane.

– Mais que isso – explicou Brion Justi, oficial administrativo da *Magalhães*. – Depois que saltamos, a engenharia foi bloqueada nos motores primários. Podemos monitorar os motores, mas não podemos dar comandos, seja aqui na ponte de comando ou nas salas de máquinas. Podemos saltar para perto de um planeta, mas, para saltarmos no sentido oposto, precisamos nos afastar do poço gravitacional do planeta. Estamos presos.

– Estamos à deriva? – perguntei. Eu não era especialista nessas coisas, mas sabia que uma espaçonave não saltava necessariamente para órbitas perfeitamente estáveis.

– Temos motores de manobra – respondeu Justi. – Não vamos cair no planeta. Mas nossos motores de manobra não vão nos deixar em distância de salto tão cedo. Mesmo se soubéssemos onde estamos, não temos como voltar para casa agora.

– Acho que ainda não devemos levar este fato ao conhecimento do público – disse Zane. – Neste momento, a tripulação da ponte sabe sobre o planeta e os motores; a equipe de engenharia sabe apenas dos motores. Eu informei vocês assim que confirmei os dois problemas. Mas, no momento, acho que só isso.

– Quase isso – falei. – Nossa assistente sabe.

– Vocês contaram para a *assistente*? – questionou Justi.

– Ela nos contou – respondeu Jane, brusca. – Antes de *vocês*.

– Savitri não vai contar a ninguém – eu disse. – Está contido por enquanto. Mas não é algo que vamos conseguir esconder das pessoas.

– Entendo – disse Zane. – Mas precisamos de tempo para recuperar nossos motores e descobrir onde estamos. Se contarmos às pessoas antes disso, vai gerar pânico.

– Isso se você conseguir mesmo voltar à operação normal – disse Jane. – E você está ignorando a questão maior, que é a sabotagem desta nave.

– Não estamos ignorando – retrucou Zane. – Quando retomarmos o controle dos motores, teremos uma ideia melhor de quem fez isso.

– Vocês não executaram os diagnósticos nos computadores antes de partirmos? – questionou Jane.

– Claro que executamos – disse Zane, irritado. – Seguimos todos os procedimentos-padrão. É isso que estamos tentando dizer. Tudo estava de acordo. Tudo *ainda* está de acordo. Meu oficial de tecnologia fez um diagnóstico completo do sistema. Segundo ele, está tudo bem. No que diz respeito aos computadores, estamos em Roanoke e temos controle total dos motores.

Eu pensei naquela observação.

– Seus sistemas de navegação e motores não estão corretos. E os outros sistemas?

– Até agora, tudo bem – respondeu Zane. – Mas, se quem fez isso pode tirar a nossa navegação e motores e enganar nossos computadores para eles pensarem que não há problema, podem derrubar *qualquer* um dos sistemas.

– Desligue o sistema – sugeriu Jane. – Os de emergência são descentralizados. Devem continuar funcionando até você reiniciar tudo.

– Não vai ser muito útil se quisermos evitar pânico – disse Justi. – E não há garantia de que voltaremos a ter controle depois de reiniciarmos. Nossos computadores acham que está tudo bem agora; só vão reverter para o *status* atual.

– Mas, se não reiniciarmos, corremos o risco de a pessoa que estiver ferrando com seus motores e navegações bagunce com os sistemas vitais ou com a gravidade – alertei.

– Tenho a sensação de que, seja lá quem tenha feito isso, se quisesse mexer nos sistemas vitais ou na gravidade, nós já estaríamos mortos – disse Zane. – Essa é minha opinião. Vou manter os sistemas como estão enquanto tentamos erradicar o que quer que esteja nos impedindo de controlar a navegação e os motores. Eu sou capitão desta nave. É meu dever decidir o curso de ação. Estou pedindo a vocês dois para me dar tempo para consertar tudo antes de informar os colonos.

Olhei para Jane. Ela deu de ombros.

– Levaremos pelo menos um dia para preparar os contêineres de suprimentos para o transporte até a superfície do planeta – ela disse. – Mais alguns dias antes que a maioria dos colonos esteja pronta para ir. Não há motivo para não começarmos a preparar os contêineres.

– Isso significa colocar seu pessoal do porão de carga para trabalhar – falei para Zane.

– Pelo que eles saibam, estamos onde deveríamos estar – disse o capitão.

– Comece sua preparação de carga amanhã de manhã, então – eu disse. – Nós lhe daremos tempo até que os primeiros contêineres estejam prontos para fazer a viagem ao planeta. Se ainda não tiver descoberto o problema, falaremos com os colonos mesmo assim. Tudo bem?

– É justo – disse Zane. Um dos oficiais se aproximou para falar com ele, que desviou sua atenção. Voltei a minha para Jane.

– Me diga no que você está pensando – falei baixinho.

– Estou pensando no que Trujillo disse para você – disse Jane, também mantendo a voz baixa.

– Quando ele disse que o Departamento de Colonização estava sabotando a colônia, não acho que pensava que fariam algo assim.

– Fariam se quisessem enfatizar que a colonização é um negócio perigoso, e se alguém estivesse preocupado com o fato de que ela poderia ter sucesso quando queriam que fracassasse – comentou Jane. – Dessa forma, eles têm uma colônia perdida logo de cara.

– Colônia perdida – falei e então levei a mão aos olhos. – Meu Deus.

– Quê? – Jane quis saber.

– *Roanoke* – respondi. – Havia uma colônia Roanoke na Terra. Primeiro povoado inglês na América.

– E daí?

– Ela desapareceu. O governador voltou para a Inglaterra para pedir ajuda e suprimentos, mas, quando voltou, todos os colonos tinham sumido. A famosa colônia perdida de Roanoke.

– Parece um pouco óbvio.

– É. Se planejaram mesmo nos perder, não acho que dariam tanto assim na cara.

– De qualquer forma, somos a colônia Roanoke e estamos perdidos.

– Ironia é foda.

– Perry, Sagan – disse Zane. – Venham até aqui.

– O que foi? – perguntei.

– Encontramos alguém lá fora – disse ele. – Feixe estreito codificado. Está perguntando por vocês.

– Mas que boa notícia – afirmei.

Zane grunhiu sem concordar nem discordar e apertou um botão para colocar o interlocutor no intercomunicador.

– Aqui é John Perry. – falei. – Jane Sagan e eu estamos aqui.

– Olá, major Perry – disse a voz. – E olá, tenente Sagan! Uau, uma honra conversar com vocês dois. Sou o tenente Stross, Forças Especiais. Fui designado para dizer o que vocês devem fazer agora.

– Você sabe o que aconteceu aqui? – perguntei.

– Vejamos – disse Stross. – Vocês saltaram para o que pensavam ser a colônia de Roanoke e acabaram orbitando ao redor de um planeta completamente diferente, e agora acham que estão completamente perdidos. E seu capitão Zane descobriu que não pode usar os motores. É isso?

– É – respondi.

– Excelente – disse Stross. – Bem, temos boas e más notícias. A boa notícia é que vocês não estão perdidos. Nós sabemos exatamente onde vocês estão. A má notícia é que vocês não vão a lugar nenhum tão cedo. Darei todos os detalhes quando nos encontrarmos, vocês dois, o capitão Zane e eu. Que tal daqui a quinze minutos?

– O que quer dizer com nos encontrarmos? – questionou Zane. – Não detectamos naves na área. Não temos como verificar quem você diz que é.

– A tenente Sagan pode confirmar quem sou – respondeu Stross. – Quanto a onde estou, veja sua câmera externa quatorze e acenda uma luz.

Zane, parecendo exasperado e confuso, acenou para um de seus oficiais da ponte. O monitor do capitão acendeu, mostrando uma parte do casco a estibordo. Estava escuro, até que um holofote estalou e lançou um cone de luz.

– Não estou vendo nada além do casco – disse Zane.

Algo cintilou e, de repente, surgiu um objeto parecido com uma tartaruga na câmera, flutuando próximo ao casco.

– Que merda é essa? – perguntou ele.

A tartaruga acenou.

– Filho da puta – disse Jane.

– Você sabe o que é essa coisa? – questionou Zane.

Jane assentiu com a cabeça.

– É um Gamerano – respondeu ela, virando-se para o capitão. – Este é o tenente Stross. Ele está dizendo a verdade sobre quem é. E acho que acabamos de entrar em um mundo de merda.

– Uau, ar – disse o tenente Stross, acenando com a mão para trás e para a frente na extensão do ancoradouro. – Não estou acostumado a sentir tanto.

Stross flutuava preguiçosamente no ar em que estava se revirando, graças a Zane ter cortado a gravidade no ancoradouro para acomodá-lo, que vivia essencialmente em situações de microgravidade.

Jane explicou isso para mim e para Zane enquanto pegávamos o elevador até o ancoradouro. Gameranos eram humanos – ou, pelo menos, seu DNA se originava de genes humanos e com outras coisas misturadas – radicalmente moldados e projetados para viver e prosperar em um espaço sem ar. Para tanto, tinham corpos encouraçados para protegê-los do vácuo e dos raios cósmicos, algas simbióticas geneticamente modificadas armazenadas em um órgão especial para fornecer oxigênio, faixas fotossintéticas para aproveitar a energia solar, e mãos nas extremidades de todos os membros. E eram soldados das Forças Especiais. Todos os rumores na infantaria geral das FCD sobre Forças Especiais com mutações radicais acabaram sendo mais que rumores. Pensei em meu amigo Harry Wilson, que conheci quando entrei nas FCD; ele amava esse tipo de coisa. Eu teria que lhe contar sobre isso da próxima vez que o visse. Se eu o visse de novo.

Apesar de ser um soldado das Forças Especiais, Stross agia com profunda informalidade, desde seus maneirismos vocais (*vocal* sendo um termo figurativo; cordas vocais eram inúteis no espaço, então ele não as tinha; sua "voz" era gerada pelo BrainPal na cabeça e transmitida a nossos PDAs) até sua aparente tendência a se distrair. Havia uma palavra para descrever o que ele era.

Avoado.

Zane não perdeu tempo com cortesias.

– Quero saber como você tomou o controle da porra da minha nave – disse ele a Stross.

– Pílula azul – falou Stross, ainda acenando com a mão ao redor. – É o código que cria uma máquina virtual em seu hardware. Seu software roda sobre ele, e ele não percebe que não está rodando no hardware. Por isso não dá para dizer que tem algo errado.

– Tire isso dos meus computadores – exigiu Zane. – E depois saia da minha nave.

Stross estendeu três de suas mãos; a outra ainda cortava o ar.

– Pareço um programador para você? – perguntou. – Não sei fazer o código, só operá-lo. E minhas ordens vêm de alguém de patente mais alta que a sua. Desculpe, capitão.

– Como você chegou aqui? – perguntei. – Sei que está adaptado ao espaço. Mas tenho certeza de que não tem um propulsor de salto aí dentro.

– Peguei uma carona com vocês – disse Stross. – Estou sentado no casco há dez dias, esperando vocês saltarem. – Ele bateu no próprio casco. – Nanocamuflagem embutida. Truque razoavelmente novo. Se eu não quiser que me note, você não vai notar.

– Você ficou no casco por dez dias? – perguntei.

– Não é tão ruim assim – respondeu Stross. – Eu aproveitei para estudar pro meu doutorado. Literatura comparada. Me mantém ocupado. Ensino a distância, claro.

– Que ótimo para você – disse Jane. – Mas prefiro me concentrar em *nossa* situação. – A voz dela saiu fria, um contraponto à fúria fervente de Zane.

– Tudo bem – disse Stross. – Acabei de enviar os arquivos e pedidos relevantes aos seus PDAs para que vocês possam lê-los no devido momento. Mas o negócio é o seguinte: o planeta que vocês achavam que era Roanoke era uma isca. O planeta sobre o qual vocês estão agora é a *verdadeira* colônia Roanoke. É ele que vocês vão colonizar.

– Mas não sabemos nada sobre este planeta – comentei.

– Está tudo nos arquivos – disse Stross. – Em princípio, é um planeta melhor para vocês que o outro. A química da vida está alinhada às nossas necessidades alimentares. Bem, a *suas* necessidades alimentares. Não às minhas. Vocês podem começar a petiscar imediatamente.

– Você disse que o outro planeta era uma isca – disse Jane. – Uma isca para quê?

– Isso é complicado – respondeu Stross.

– Desembucha – disse Jane.

– Tudo bem – disse Stross. – Para começar, vocês sabem o que é o Conclave?

5_

Jane parecia ter sido esbofeteada.

— O quê? O que é isso? O que é o Conclave? — perguntei. Olhei para Zane, que abriu as mãos como se pedisse desculpas. Ele também não sabia.

— Eles tiraram a coisa do papel — falou Jane após uma pausa.

— Ah, sim — falou Stross.

— O que é o Conclave? — repeti.

— É uma organização de raças — comentou Jane, ainda olhando para Stross. — A ideia era se unir para controlar esta parte do espaço e impedir que outras raças a colonizassem. — Ela se virou para mim. — A última vez que ouvi falar disso foi antes de você e eu irmos para Huckleberry.

— Você sabia disso e não me contou.

— Ordens — explicou Jane, de um jeito que saiu ríspido. — Foi parte do acordo que fiz. Consegui sair das Forças Especiais nos meus termos, desde que eu esquecesse tudo que já tinha ouvido sobre o Conclave. Não poderia ter contado mesmo que quisesse. E, de qualquer maneira, não havia nada para contar. Tudo ainda estava em um estágio preliminar e, até onde eu sabia, não ia a lugar nenhum. Descobri isso por Charles Boutin, que não era um observador de política interestelar dos mais confiáveis.

Jane parecia genuinamente irritada; eu não sabia se comigo ou com a situação. Decidi não forçar a barra e me voltei para Stross.

– Mas agora essa coisa de Conclave é uma preocupação crescente.

– É – disse Stross. – Há mais de dois anos. A primeira coisa que ele fez foi alertar a todas as espécies que não faziam parte do Conclave para não colonizar mais.

– Ou o quê? – perguntou Zane.

– Ou o Conclave acabaria com as novas colônias – respondeu Stross. – Essa é a razão para este troca-troca planetário aqui. Levamos o Conclave a acreditar que estávamos formando uma colônia e estabelecendo-a em um mundo. Mas, na verdade, enviamos a colônia para outro mundo. Um que não estivesse nos registros ou nos mapas, um do qual ninguém soubesse, além de algumas pessoas do alto escalão. E eu, porque estou aqui para contar a vocês. E agora vocês. O Conclave estava pronto para atacar a colônia de Roanoke antes que vocês pudessem aterrissar com seu pessoal. Agora não podem atacá-los porque não podem encontrar vocês. O Conclave vai parecer bobo e fraco. E isso faz com que *nós* pareçamos melhores. Essa é a linha de pensamento, pelo que entendo.

Então, foi a minha vez de ficar irritado.

– Quer dizer que a União Colonial está brincando de esconde--esconde com esse Conclave? Que *alegria*.

– *Alegria* é a palavra – falou Stross. – Não acho que vai ser muito alegre se eles encontrarem vocês.

– E quanto tempo vai demorar? – perguntei. – Se isso for um golpe tão grande para o Conclave quanto você diz, eles virão nos procurar.

– Você tem razão – respondeu Stross. – E quando encontrarem, vão acabar com vocês. Então, agora nosso trabalho é dificultar a busca. E eu acho que essa é a parte de que vocês realmente não vão gostar.

– Ponto número um – falei aos representantes da colônia de Roanoke. – Nenhum contato entre a nossa colônia e o resto da União Colonial.

A mesa irrompeu em caos.

Jane e eu nos sentamos nas pontas, esperando que a briga se acalmasse. Demorou alguns minutos.

– Isso é insano – falou Marie Black.

– Concordo inteiramente – disse eu. – Mas toda vez que há um contato entre Roanoke e qualquer outro mundo de colônia, ele deixa um rastro até nós. As naves espaciais têm tripulações que chegam às centenas. Não é realista que nenhum deles comente com amigos ou cônjuges. E todos vocês já sabem que estarão nos procurando. Seus ex-governos, suas famílias e a imprensa correrão atrás de alguém que possa lhes dar uma pista de onde estamos. Se alguém puder apontar um dedo para nós, esse Conclave vai nos encontrar.

– E quanto à *Magalhães*? – perguntou Lee Chen. – Ela vai voltar.

– Na verdade, não, não vai – respondi. Essa notícia recebeu um ofegar baixo. Me lembrei da fúria absoluta no rosto do capitão Zane quando Stross contou a ele essa informação. Zane ameaçou desobedecer a ordem; Stross lembrou-lhe que ele não tinha controle sobre os motores da nave e que, se ele e a tripulação não seguissem para a superfície com o restante dos colonos, também descobririam que não tinham controle sobre os sistemas vitais. Foi um momento bastante feio.

Ficou pior quando Stross contou a Zane que o plano era se livrar da *Magalhães*, mandando-a direto para o sol.

– A tripulação da *Magalhães* tem famílias na UC – comentou Hiram Yoder. – Cônjuges. Filhos.

– Têm mesmo – concordei. – Isso vai lhes dar uma ideia de como a situação é séria.

– Conseguimos absorvê-los? – perguntou Manfred Trujillo. – Não estou dizendo que nos recusamos. Mas os estoques da colônia eram destinados a 2 500 colonos. Agora estamos adicionando, o quê, mais duzentos?

– Duzentos e seis – respondeu Jane. – Isso não é um problema. Embarcamos com 50% a mais do volume de estoque de alimentos que seria normal para uma colônia deste tamanho, e este mundo tem vida vegetal e animal que podemos comer. Assim espero.

– Quanto tempo esse isolamento vai durar? – questionou Black.

– Indefinidamente – expliquei. Outro resmungo. – Nossa sobrevivência depende do isolamento. Simples assim. Mas, de certa forma, isso facilita as coisas. As colônias iniciais precisam se preparar para a próxima onda de colonos, dois ou três anos depois. Não temos que nos preocupar com isso agora. Podemos nos concentrar em nossas necessidades. Isso fará diferença.

Houve uma concordância triste para isso. No momento, era o melhor que eu podia esperar.

– Ponto dois – falei, ficando tenso pela reação. – Não usaremos tecnologia que possa revelar do espaço a existência de nossa colônia.

Desta vez eles não se acalmaram depois de alguns minutos.

– Isso é ridículo – acabou retrucando Paulo Gutierrez. – *Qualquer coisa* que tenha uma conexão sem fio é potencialmente detectável. Basta procurar com um sinal de espectro amplo. Vai tentar se conectar com qualquer coisa e lhe dizer o que encontrou.

– Eu sei – expliquei.

– Toda nossa tecnologia é sem fio – disse Gutierrez. Ele levantou seu PDA. – Veja isto. Nem uma única maldita entrada para fio. Não seria possível conectar um fio a ele nem que tentássemos. Todo nosso equipamento automatizado no compartimento de carga é sem fio.

– Esqueça o equipamento – retrucou Lee Chen. – Todos os meus colonos carregam um localizador implantado.

– Os meus também – falou Marta Piro. – E eles não têm um botão de desligar.

– Então, vão ter que arrancá-los – insistiu Jane.

– Vai precisar de um procedimento cirúrgico – disse Piro.

– Onde diabos você os colocou? – questionou Jane.

– Nos ombros de nossos colonos – respondeu Piro. Chen assentiu com a cabeça; seus colonos também tinham implantes nos ombros. – Não é uma cirurgia complicada, mas ainda assim teríamos que cortá-los.

– A alternativa é expor todos os outros colonos ao risco de serem encontrados e mortos – retorquiu Jane, comendo sílabas. – Acho que seu povo vai ter que sofrer.

Piro começou a abrir a boca para responder, mas depois pareceu pensar melhor.

– Mesmo se arrancarmos os localizadores, ainda temos todos os outros equipamentos – falou Gutierrez, trazendo a conversa de volta para si. – É tudo sem fio. Equipamentos agrícolas. Equipamentos médicos. Tudo. O que está nos dizendo é que não poderemos usar *nenhum* dos equipamentos de que precisamos para sobreviver.

– Nem todos os equipamentos no porão de carga têm uma conexão sem fio – disse Hiram Yoder. – Nenhum dos equipamentos que trouxemos tem. É tudo equipamento não inteligente. Tudo precisa de uma pessoa por trás dos controles. Funciona muito bem para nós.

– Vocês têm os equipamentos – afirmou Gutierrez. – Nós não. Todos os outros não.

– Vamos compartilhar tudo o que pudermos – prometeu Yoder.

– Não é uma questão de compartilhar – Gutierrez vociferou. Levou um segundo para se acalmar. – Tenho certeza de que vocês tentariam nos ajudar – disse ele a Hiram. – Mas vocês trouxeram equipamento suficiente para *seus* colonos. Nós somos dez vezes mais numerosos.

– Nós temos os equipamentos – explicou Jane. Todos na mesa olharam para ela. – Mandei a todos vocês uma cópia do manifesto da nave. Vocês verão que, além de todos os equipamentos modernos que temos, também nos forneceram um conjunto completo de ferramentas e implementos que eram, até hoje, obsoletos. Isso nos indica duas coisas: que a União Colonial pretendia que ficássemos por nossa conta; e também que não pretendiam que *morrêssemos*.

– Essa é uma versão da história – falou Trujillo. – A outra é que sabiam que nos abandonariam frente a esse Conclave e, em vez de nos dar qualquer coisa que pudéssemos usar para nos defender, falaram para ficarmos quietos e mantermos a cabeça baixa, e talvez o Conclave não nos ouça. – Houve murmúrios de concordância ao redor da mesa.

– Agora não é a hora para essa discussão – disse eu. – Qualquer que seja a lógica da uc, o fato é que estamos aqui e não vamos a lugar nenhum. Quando estivermos no planeta e tivermos ordenado a colônia, poderemos ter uma discussão sobre o significado da estratégia da uc. Mas, por enquanto, temos que nos concentrar no que é preciso fazer para sobreviver. Agora, Hiram – falei, entregando-lhe meu pda. – Entre todos nós, você é quem tem a melhor ideia da capacidade destes equipamentos para as nossas necessidades. Isso é viável?

Hiram pegou o pda e percorreu o manifesto por vários minutos.

– É difícil dizer – falou ele por fim. – Eu precisaria ver os equipamentos na minha frente. E precisaria ver as pessoas que os operariam. E existem muitos outros fatores. Mas acho que poderíamos fazer funcionar. – Ele olhou de um lado a outro da mesa. – Uma coisa eu digo a todos vocês: o que eu puder fazer para ajudar, vou fazer. Não posso falar por todos os meus irmãos sobre a questão, mas posso lhes dizer que, pela minha experiência, todos estarão prontos para fazer sua parte. Podemos fazer isso. Podemos fazer funcionar.

– Há outra opção – comentou Trujillo. Todos os olhos se voltaram para ele. – *Não* nos escondermos. Usarmos todos os equipamentos que temos, todos os recursos que temos, para nossa sobrevivência. Quando *e se* esse Conclave vier nos procurar, diremos que somos uma colônia clandestina. Sem afiliação com a uc. A guerra é com a União Colonial, não com uma colônia clandestina.

– Estaríamos desobedecendo ordens – concluiu Marie Black.

– A desconexão funciona nos dois sentidos – explicou Trujillo. – Se precisarmos ficar isolados, a uc não poderá nos checar. E, mesmo se estivermos desobedecendo ordens, e daí? Estamos nas fcd? Vão atirar em nós? Vão nos *demitir*? E, além disso, nós, aqui nesta mesa, sentimos sinceramente que essas ordens são legítimas? A União Colonial nos abandonou. Mais do que isso: *planejaram* nos abandonar. Quebraram nossa confiança. Estou dizendo para fazermos o mesmo. Para sermos clandestinos.

– Não acho que você entenda o que está dizendo quando diz que devemos virar clandestinos – disse Jane a Trujillo. – A última colônia clandestina em que eu estive teve todos os colonos abatidos para virarem alimento. Encontramos corpos de crianças empilhados, esperando para ser esquartejados. Não se engane. Ser uma colônia clandestina é uma sentença de morte. – A afirmação de Jane pairou no ar por vários segundos, desafiando qualquer um a refutá-la.

– Há riscos – admitiu Trujillo por fim, aceitando o desafio. – Mas estamos *sozinhos*. Somos uma colônia clandestina em tudo, menos no nome. E não sabemos se este seu Conclave é tão horrível quanto a União Colonial pintou. A uc vem nos enganando esse tempo todo. Não tem credibilidade. Não podemos confiar que estejam defendendo nossos interesses.

— Então, você quer uma prova de que o Conclave pretende nos fazer mal — falou Jane.

— Seria bom — confirmou Trujillo.

Jane virou-se para mim.

— Mostre para eles.

— Mostrar o quê? — perguntou Trujillo.

— Isso — falei. Do meu PDA (que em breve eu não poderia mais usar), liguei o grande monitor de parede e enviei para ele um arquivo de vídeo. Mostrava uma criatura em uma colina ou penhasco. Para além da criatura, havia o que parecia uma cidadezinha banhada inteiramente por uma luz ofuscante.

— A aldeia que vocês veem é uma colônia — expliquei. — Foi estabelecida pelos Whaids, não muito depois de o Conclave ter dito às raças não afiliadas que parassem de colonizar. O Conclave se precipitou, porque não conseguia impor o decreto na época. Então, algumas das raças não afiliadas colonizaram mesmo assim. Mas agora o Conclave está correndo atrás do prejuízo.

— De onde vem essa luz? — perguntou Lee Chen.

— Vem das naves do Conclave em órbita — respondeu Jane. — É uma tática de terror. Desorienta o inimigo.

— Deve haver muitas naves lá em cima — comentou Chen.

— Sim — disse Jane.

Os feixes de luz que iluminavam a colônia de Whaids se apagaram de repente.

— Lá vem — falei.

A princípio, os feixes de morte eram difíceis de detectar; eram feitos para a destruição, não para exibição, e quase toda a energia deles foi para seus alvos, não para a câmera. Houve apenas uma oscilação no ar devido ao calor súbito, visível mesmo à distância em que a câmera estava.

Em seguida, numa fração de segundo, toda a colônia se incendiou e explodiu. O ar superaquecido soprou os fragmentos e a poeira dos edifícios, estruturas, veículos e habitantes da colônia para o céu, em uma demonstração rodopiante que iluminava o poder dos próprios raios. Os fragmentos cintilantes da matéria imitavam e espelhavam as chamas que agora estavam se aproximando dos céus.

Uma onda de choque de calor e poeira se expandiu dos restos carbonizados da colônia. Os raios voltaram a piscar. O show de luzes no céu desapareceu, deixando para trás fumaça e chamas. Nos arredores da destruição, uma erupção solitária de chamas aparecia ocasionalmente.

– O que é isso? – questionou Yoder.

– Achamos que alguns dos colonos estavam fora da colônia quando foi destruída – respondi. – Então, estão terminando a limpeza.

– Jesus amado! – exclamou Gutierrez. – Com a colônia destruída, essas pessoas provavelmente estariam mortas de qualquer maneira.

– Estavam mostrando a que vieram – falou Jane.

Desliguei o vídeo. A sala estava em silêncio.

Trujillo apontou para o meu PDA.

– Como conseguimos isso? – perguntou.

– O vídeo? – Ele fez que sim com a cabeça. – Aparentemente, foi entregue em mãos ao Departamento de Estado da UC e a todos os governos não afiliados ao Conclave por mensageiros do próprio Conclave.

– Por que eles fariam isso? – questionou Trujillo. – Por que se mostrariam cometendo uma... *atrocidade* dessas?

– Para que não haja dúvida de que estão falando sério – respondi. – O que isso me diz é que, não importa o que pensemos sobre a União Colonial no momento, não podemos nos dar ao luxo de supor que o Conclave vai agir de forma razoável em relação a nós. A uc está zombando desses caras, e eles não vão conseguir ignorar esse fato. Vão nos procurar. Não queremos dar a eles a oportunidade de nos encontrar. – Essa fala foi recebida com mais silêncio.

– O que faremos agora? – perguntou Marta Piro.

– Acho que vocês precisam de uma votação – respondi.

Trujillo ergueu os olhos, com um leve olhar de incredulidade no rosto.

– Me desculpe – disse ele. – Quase pensei ter ouvido *você* dizer que *nós* deveríamos fazer uma votação.

– O plano disponível agora é o que acabamos de apresentar – expliquei. – O que foi dado a Jane e a mim. Na atual conjuntura, acho o melhor plano que temos por ora. Mas não vai funcionar se todos vocês não concordarem. Vão ter que convocar seus colonos para explicar. Vão ter que convencê-los da ideia. Se for para esta colônia funcionar, todo mundo tem que estar de acordo. E isso começa com todos vocês.

Eu me levantei; Jane fez o mesmo.

– Esta é uma discussão que vocês precisam ter sem nós – eu disse. – Estaremos esperando do lado de fora.

Nós saímos.

– Há algo de errado? – perguntei a Jane quando saímos.

– Isso é uma pergunta séria? – Jane retrucou. – Estamos presos fora do espaço conhecido, esperando o Conclave nos encontrar e nos incinerar, e você está me perguntando se há algo *de errado*.

– Estou perguntando se há algo de errado com *você* – insisti. – Você estava pulando na garganta de todo mundo lá dentro. Estamos em uma situação ruim, mas você e eu precisamos nos manter focados. E diplomáticos, se for possível.

– Você é o diplomático.

– Tudo bem. Mas você não está ajudando.

Jane parecia estar contando até dez mentalmente. E, então, mais uma vez.

– Desculpe. Você tem razão. Me desculpe.

– Diga o que está acontecendo – pedi.

– Agora não. Mais tarde. Quando estivermos sozinhos.

– *Estamos* sozinhos.

– Dê meia-volta – pediu Jane. Eu dei. Savitri estava lá. Voltei a atenção para Jane, mas ela se afastara por um momento.

– Tudo bem? – perguntou Savitri, observando Jane sair.

– Se eu soubesse, eu lhe diria – falei. Esperei por uma resposta sarcástica de Savitri. Não veio, o que por si só revelou o estado de espírito dela. – Alguém notou nosso problema com o planeta?

– Acho que não – disse Savitri. – A maioria das pessoas é como você... desculpe... e não sabem de fato como é o planeta. Agora, sua ausência foi notada. A sua e a de todos os representantes da colônia também. Mas ninguém parece achar que haja nada de sinistro nisso. Afinal, é de se esperar que vocês se encontrem e conversem sobre a colônia. Sei que Kranjic está procurando você, mas acho que está só querendo uma citação sua sobre a celebração e o salto.

– Tudo bem.

– Quando quiser me contar o que mais está acontecendo, será ótimo também – disse ela. Comecei a dar uma resposta mecânica e me senti paralisado quando vi o olhar dela.

– Em breve, Savitri – respondi. – Prometo. Só temos que resolver algumas coisas primeiro.

– Tudo bem, chefe – falou Savitri. Ela relaxou um pouco.

– Me faça um favor – pedi. – Encontre Hickory ou Dickory para mim. Preciso ter uma palavrinha com um deles.

– Acha que sabem alguma coisa sobre isso? – questionou Savitri.

– Eu sei que eles sabem alguma coisa sobre isso. Só preciso descobrir o quanto sabem. Diga a eles para me encontrarem no meu quarto mais tarde.

– Certo – concordou Savitri. – Vou procurar Zoë. Estão sempre dentro de um raio de 30 metros dela. Acho que isso está começando a irritá-la também. Parece que eles deixam o namorado novo dela nervoso.

– Seria aquele tal de Enzo?

– O próprio – disse Savitri. – É um bom garoto.

– Quando pousarmos, acho que vou pedir para Hickory e Dickory levarem-no para uma boa e longa caminhada – comentei.

– Acho interessante que, no meio de uma crise, você ainda consiga pensar em maneiras de atazanar um menino interessado na sua filha – disse Savitri. – De uma maneira bizarra, é quase admirável.

Eu abri um sorrisinho. Savitri sorriu de volta, o que era minha esperança e intenção.

– É preciso ter prioridades – falei. Savitri revirou os olhos e saiu.

Poucos minutos depois, Jane reapareceu, carregando duas xícaras. Ela entregou uma para mim.

– Chá. Para fazer as pazes.

– Obrigado – falei, aceitando a xícara.

Jane apontou para a porta onde estavam os representantes da colônia.

– Alguma novidade?

– Nada – respondi. – Eu sequer estive ouvindo.

– Tem algum plano para o que você vai fazer se eles decidirem que nosso plano é uma merda? – quis saber Jane.

– Fico feliz que tenha perguntado. Não tenho a menor ideia do que fazer.

– Ah, já com planos para o futuro, entendi – comentou Jane, e tomou um gole de chá.

– Não enche – brinquei. – Esse é o trabalho de Savitri.

– Olhe, lá vem Kranjic – disse Jane, apontando para o corredor, onde o repórter havia aparecido com Beata no encalço. – Se quiser, posso apagá-lo para você.

– Mas isso deixaria Beata viúva.

– Não acho que ela vá se importar.

– Vamos deixá-lo viver por enquanto.

– Perry, Sagan – cumprimentou Kranjic. – Olha, sei que não sou o favorito de vocês, mas acham que poderiam me dar uma ou duas palavrinhas sobre o salto? Prometo que vou fazer vocês parecerem legais.

A porta da sala de conferências se abriu e Trujillo olhou para fora.

– Um momento, Jann – falei para Kranjic. – Converso com você em um minuto.

Jane e eu voltamos para a sala de conferências; ouvi Kranjic dar um suspiro alto antes de fecharmos a porta.

Eu me virei para os representantes dos colonos.

– Bem?

– Não havia muito a discutir – respondeu Trujillo. – Decidimos que, pelo menos por ora, deveríamos fazer o que a União Colonial sugeriu.

– Ok, ótimo – falei. – Obrigado.

– O que queremos saber de vocês agora é o que devemos dizer ao nosso povo – questionou Trujillo.

– Diga a verdade – respondeu Jane. – Toda a verdade.

– Você acabou de dizer que a UC nos enganou – falei para Trujillo. – Não vamos seguir esse exemplo.

112   A ÚLTIMA COLÔNIA

– Quer que a gente conte tudo – afirmou Trujillo.

– Tudo – confirmei. – Segure aí. – Abri a porta e chamei Kranjic. Ele e Beata entraram na sala. – Comece com ele – falei, apontando para Kranjic.

Todos olhavam para o repórter.

– Então, o que está acontecendo? – perguntou Kranjic.

– A tripulação da *Magalhães* será o último grupo a descer – falei a Jane. Tinha acabado de voltar de uma reunião de logística com Zane e Stross; Jane e Savitri estavam ocupadas repriorizando os equipamentos da colônia com base em nossa nova situação. Mas, no momento, estávamos só eu, Jane e Babar, que, como um cão, resistia alegremente ao estresse ao seu redor. – Depois que descerem, Stross fará com que a *Magalhães* parta em direção ao Sol. Sem confusão, sem bagunça, sem sinal de nós.

– O que vai acontecer com Stross? – Jane quis saber. Ela não olhava para mim; estava sentada à mesa da cabine, tamborilando os dedos suavemente nela.

– Ele disse que "daria um rolê" – respondi. Jane ergueu os olhos, irônica. Dei de ombros. – Ele está adaptado à vida no espaço. É isso que vai fazer. Falou que sua pesquisa de doutorado o manteria ocupado até alguém vir buscá-lo.

– Ele acha que alguém vai vir buscá-lo – falou Jane. – Isso é que é otimismo.

– É bom que alguém seja otimista. Embora Stross não parecesse realmente fazer o tipo pessimista.

– É verdade – disse Jane. Seu tamborilar mudou de ritmo. – E quanto aos Obins?

– Ah, sim – falei, lembrando da minha conversa anterior com Hickory e Dickory. – Tem *isso*. Parece que os dois sabem tudo sobre o Conclave, mas foram proibidos de compartilhar as informações porque *nós* não sabíamos nada sobre eles. Basicamente igual a algumas esposas minhas cujo nome eu poderia mencionar.

– Não vou pedir desculpas por isso – comentou Jane. – Era parte do acordo que fiz para estar com você e com Zoë. Pareceu justo na época.

– Não estou pedindo para você se desculpar – comentei com o máximo de gentileza que pude. – Estou só frustrado. Segundo os arquivos que Stross nos deu, esse Conclave inclui centenas de raças. É a maior organização na história do universo, pelo que eu posso ver. Está se unindo há décadas, desde o meu tempo na Terra. E eu soube da existência dele apenas agora. Não sei como é possível.

– Não era para você saber.

– Isso é algo que abrange todo o nosso espaço conhecido. Não é possível esconder algo assim.

– Claro que é – disse Jane, e seu tamborilar repentinamente parou. – A União Colonial vive fazendo isso. Pense em como as colônias se comunicam. Elas não conseguem falar umas com as outras diretamente; há espaço demais entre elas. Precisam compilar sua comunicação e enviá-la em naves espaciais de uma colônia para outra. A União Colonial controla todas as viagens de nave no espaço humano. Todas as informações se concentram na União Colonial. Quando se controla a comunicação, pode-se ocultar qualquer coisa.

– Não acho que seja assim. Mais cedo ou mais tarde, tudo vaza. Lá na Terra... – Jane de repente bufou. – O quê? – perguntei.

– Você – disse ela. – "Lá na Terra." Se algum lugar no espaço humano pode ser descrito como profundamente ignorante, esse lugar é a Terra. – Ela gesticulou, cercando a sala. – Quanto de tudo isso você sabia na Terra? Pense. Você e todos os outros recrutas das FCD se alistaram completamente alheios a como as coisas são por aqui. Nem sabiam como fariam para vocês lutarem. A União Colonial mantém a Terra isolada, John. Nenhuma comunicação com o resto dos mundos humanos. Nenhuma informação. A União Colonial não apenas esconde o resto do universo da Terra. Ela esconde a Terra do resto do universo.

– É o lar da humanidade. É claro que a uc quer mantê-la afastada.

– Pelo amor de Deus – retrucou Jane, genuinamente irritada. – Você não pode ser tão idiota a ponto de acreditar nisso. A uc não esconde a Terra porque tem *valor sentimental*. A uc esconde a Terra porque é um *recurso*. É uma fábrica que cospe um suprimento infinito de colonos e soldados, nenhum dos quais tem a menor ideia do que há *aqui fora*. Porque não é do interesse da União Colonial que saibam. Então, não sabem. *Você* não sabia. Era tão ignorante quanto os outros. Então, não me diga que não é possível esconder essas coisas. Não surpreende que a União Colonial tenha escondido o Conclave de você. O mais surpreendente é que ela esteja *falando* com você sobre isso.

Jane retomou o tamborilar por um momento e depois bateu a mão na mesa, com força.

– Caralho! – ela falou, colocou a cabeça entre as mãos e ficou lá, sentada, claramente furiosa.

– Agora quero saber o que está acontecendo com você – exigi.

– Não é você – afirmou ela. – Não estou brava com você.

– Bom saber. Mesmo que, depois de você ter me chamado de ignorante e estúpido, talvez possa entender por que não sei se você está mesmo dizendo a verdade.

Jane estendeu a mão para mim.

– Vem cá.

Andei até a mesa. Jane colocou minha mão sobre ela.

– Quero que me faça um favor – pediu. – Quero que você bata na mesa o mais forte que puder.

– Por quê?– perguntei.

– Por favor – insistiu Jane. – Só bata.

A mesa era de fibra de carbono padrão com o chapeado de madeira impressa: barato, durável e nada fácil de quebrar. Fechei minha mão e desci forte com ela sobre a mesa. Ela soltou um som abafado, e meu antebraço doeu um pouco com o impacto. A mesa sacudiu um pouco, mas ficou firme. Da cama, Babar olhou para ver a idiotice que eu estava fazendo.

– Ai.

– Sou mais ou menos tão forte quanto você – falou Jane, indiferente.

– Acho que sim – falei. Eu me afastei da mesa, esfregando o braço. – Mas você está em melhor forma que eu. Talvez seja um pouco mais forte.

– Sim – disse ela e, de sua posição sentada, socou a mesa. A mesa quebrou com um estalo como tiro de fuzil. Metade do tampo da mesa quebrou e voou girando pela sala, causando um arranhão na porta. Babar choramingou e recuou na cama.

Eu fiquei de boca aberta para a minha esposa, que olhava impassível para o que restava da mesa.

– Aquele filho da puta do Szilard – rosnou ela, invocando o nome do chefe das Forças Especiais. – Ele sabia o que tinham planejado para nós. Stross é do pessoal dele. Então, tinha que saber. Sabia contra o que estaríamos lutando. E decidiu me dar um corpo das Forças Especiais, quisesse eu ou não.

– Como? – perguntei.

– Nós almoçamos juntos. Ele deve tê-los colocado na minha comida. – Os corpos das Forças de Defesa Colonial eram modificáveis (até certo ponto), e as modificações eram frequentemente realizadas com injeções ou infusões de nanorrobôs que reparavam e melhoravam os tecidos. As FCD não usavam nanorrobôs para reparar corpos humanos normais, mas não havia barreiras técnicas para fazê-lo, nem para usar nanorrobôs em mudanças corporais. – Deve ter sido uma quantia minúscula. Apenas o suficiente para fazer com que entrassem em mim, onde mais deles poderiam crescer.

Uma luz se acendeu na minha cabeça.

– Você teve febre.

Jane assentiu, ainda sem olhar para mim.

– A febre. E eu fiquei com fome e desidratada o tempo todo.

– Quando percebeu?

– Ontem – respondeu ela. – Não parei de entortar e quebrar as coisas. Dei um abraço em Zoë e tive que parar porque ela reclamou que eu a estava machucando. Dei um tapinha no ombro de Savitri e ela quis saber por que bati nela. Me senti desajeitada o dia todo. E então vi *Stross* – Jane quase cuspiu o nome – e percebi o que era. Eu não estava desajeitada, estava *alterada*. Alterada para voltar a ser o que eu era. Não te contei, porque não achei que importasse. Mas, desde então, isso ficou na minha cabeça. Não consigo deixar de lado. Estou diferente.

Finalmente, Jane olhou para mim. Seus olhos estavam rasos d'água.

– Não quero isso – vociferou ela. – Abri mão disso quando escolhi ter uma vida com Zoë e com você. Foi a minha escolha deixar isso para trás, e *doeu*. Deixar todo mundo que eu conhecia. – Ela bateu na lateral da cabeça para indicar o BrainPal que não carregava mais. – Deixar as *vozes* das pessoas para trás depois de levá-las comigo. Estar sozinha desse jeito pela primeira vez. Doeu aprender os limites desses corpos, saber de todas as coisas que eu não podia mais fazer. Mas eu *escolhi*. Aceitei. Tentei ver a beleza disso. E pela primeira vez eu soube que minha vida era mais do que aquilo que estava bem na minha frente. Aprendi a enxergar as constelações, não só as estrelas.

Minha vida é sua vida e a de Zoë. Todas as nossas vidas. Tudo isso. Valeu a pena tudo o que eu deixei para trás.

Fui até Jane e a abracei.

– Está tudo bem.

– Não, não está – respondeu Jane, dando uma risada baixa e amarga. – Sei no que Szilard estava pensando, sabe. Achou que estivesse me ajudando, *nos* ajudando, ao me tornar mais que humana. Simplesmente não sabe o que eu sei. Quando se torna alguém mais que humano, também o torna menos que humano. Passei todo esse tempo aprendendo a ser humana. E ele tira isso de mim sem pensar duas vezes.

– Você ainda é você – comentei. – Isso não muda.

– Espero que você tenha razão – falou Jane. – Espero que baste.

6_

– Este planeta cheira a sovaco – disse Savitri.

– Legal – respondi. Ainda estava calçando minhas botas quando Savitri se aproximou. Por fim, puxei-as de uma vez e me levantei.

– Estou errada? – perguntou ela. Babar ficou empolgado e foi até ela, que lhe fez um cafuné.

– Não é que você esteja errada – falei. – Só pensei que você talvez fosse ficar um pouco mais admirada por estar em um mundo totalmente novo.

– Estou vivendo em uma barraca e fazendo xixi em um balde – retrucou Savitri. – Depois, tenho que atravessar o acampamento inteiro carregando o balde até um tanque de processamento para que possamos extrair a ureia como fertilizante. Talvez eu tivesse mais admiração pelo planeta se não gastasse boa parte do dia carregando minhas necessidades nele.

– Tente não fazer tanto xixi.

– Ah, obrigada. Acabou de cortar o nó górdio com *essa* solução. Não surpreende você estar no comando.

– Além disso, a coisa do balde é só temporária.

– Você me disse isso duas semanas atrás – comentou Savitri.

– Olha, sinto muito, Savitri. Devia ter percebido que duas semanas é tempo mais que suficiente para uma colônia inteira ir da fundação à indolência barroca.

– Não precisar fazer xixi em baldes não é indolência. É uma das marcas da civilização, junto com paredes sólidas. Aliás, tomar banhos também, que todos nesta colônia têm tomado muito pouco ultimamente.

– Agora você sabe por que o planeta cheira a sovaco.

– Cheira a sovaco desde o início – rebateu ela. – Só estamos aumentando o fedor.

Fiquei lá parado e inalei forte pelas narinas para demonstrar que estava apreciando o ar. Infelizmente para mim, no entanto, Savitri estava certa: Roanoke cheirava demais a sovaco, então tive que me esforçar para não vomitar depois de encher os pulmões. Dito isso, eu estava gostando demais da cara feia de Savitri para me permitir desmaiar com o fedor.

– Aah – falei, exalando. Consegui não tossir.

– Espero que engasgue – falou Savitri.

– Por falar nisso – falei, abaixando-me e voltando à barraca para pegar meu baldinho noturno –, eu tenho alguns negócios para resolver. Vamos comigo despejar isso aqui?

– Prefiro não ir – respondeu Savitri.

– Desculpe. Fiz parecer uma pergunta. Vamos.

Savitri suspirou e caminhou comigo pela rua de nossa pequena aldeia de Croatoan em direção ao digestor de dejetos, com Babar no nosso encalço, exceto quando ele parava para cumprimentar as crianças. Babar era o único cão pastor da colônia; teve tempo para fazer amigos, o que o deixou popular e gorducho.

– Manfred Trujillo me falou que nossa pequena aldeia é baseada em um acampamento de legiões romanas – comentou Savitri enquanto caminhávamos.

– É mesmo – confirmei. – Foi ideia dele, na verdade.

E uma boa ideia. A aldeia era retangular, com três vias correndo paralelas umas às outras e uma quarta rua (a rua Dare) dividindo-as. No centro havia um refeitório comunitário (no qual nosso suprimento de comida cuidadosamente monitorado era distribuído em turnos), uma pequena praça, onde crianças e adolescentes tentavam se manter ocupados, e a tenda administrativa, que servia de lar para mim, Jane e Zoë.

Em cada lado da rua Dare, havia fileiras de barracas que abrigavam até dez pessoas cada, geralmente um par de famílias, além de quaisquer outros solteiros ou casais que pudéssemos juntar. Claro, era inconveniente, mas tudo estava lotado. Savitri estava em uma barraca com três famílias de três crianças, todas com filhos pequenos e bebês; parte da razão de sua disposição azeda era que ela estava tendo cerca de 3 horas de sono por noite. Como os dias em Roanoke tinham 25 horas e 8 minutos, isso não era bom.

Savitri apontou para a borda da aldeia.

– Acho que as legiões romanas não usavam contêineres de armazenamento como barreira perimetral.

– Provavelmente não, mas esse foi um erro deles.

Usar os contêineres de armazenamento como perímetro foi ideia de Jane. No tempo dos romanos, o acampamento dos legionários era cercado por uma vala e uma paliçada para impedir os hunos e os lobos de entrarem. Não tínhamos nenhum huno, ou seu equivalente (ainda), mas houve alguns relatos de grandes animais vagando pelo mato, e nós também não queríamos crianças ou adolescentes (ou certos adultos incautos, que já haviam marcado sua presença) vagando pela vegetação a um quilômetro da aldeia. Os contêineres de armazenamento eram ideais para esse fim; eram altos, resistentes e havia muitos deles, o suficiente para circundar o acampamento duas vezes, com espaço apropriado entre as duas camadas para permitir que a nossa tripulação de carga isolada e irritada descarregasse o estoque quando necessário.

Savitri e eu chegamos à fronteira ocidental de Croatoan, depois da qual havia um riacho pequeno e rápido. Por essa razão, essa borda da aldeia manteve seu único encanamento até agora. No canto noroeste, um cano transportava água para uma cisterna de filtragem, que produzia água potável para beber e cozinhar; também alimentava dois chuveiros nos quais um limite de tempo de 1 minuto para os indivíduos (e 3 minutos para as famílias) era rigorosamente aplicado a todos que esperavam na fila. Na esquina sudoeste, havia um digestor séptico – um pequeno, não o que o chefe Ferro enfatizou para mim – no qual todos os colonos despejavam seus baldes. Durante o dia, usavam os banheiros portáteis que cercavam o digestor. Havia quase sempre uma fila neles também.

Fui até o digestor e despejei o conteúdo em uma rampa, prendendo a respiração enquanto o fazia; o digestor não cheirava a rosas. Ele levava nossos resíduos e os processava para virarem fertilizantes estéreis, que estavam sendo coletados e armazenados, e também água limpa, a maioria despejada no riacho. Discutiu-se o direcionamento da água processada de volta aos tanques de suprimento do campo; o sentimento geral era de que, limpa ou não, os colonos estavam sob estresse suficiente sem ter que beber ou tomar banho no próprio xixi processado. Foi uma alegação justa. No entanto, uma pequena quantidade de água era retida para enxaguar e limpar os baldes. É a vida na cidade grande.

Savitri apontou o polegar para a parede oeste enquanto eu caminhava de volta para ela.

– Está planejando tomar banho em breve? – perguntou. – Digo, sem ofensa, mas para você cheirar a sovaco precisaria melhorar um pouco.

– Até quando você planeja continuar assim? – perguntei.

– Até o dia em que tiver encanamento interno – respondeu Savitri. – O que, por si só, implicaria em ter um interior onde instalá-lo.

– É o sonho de Roanoke – comentei.

– Que não será capaz de *começar* até tirarmos todos esses colonos desta cidade de tendas e os colocarmos em suas propriedades – afirmou Savitri.

– Você não é a primeira a me dizer isso – falei. Estava prestes a dizer mais, mas fui interrompido quando Zoë cruzou nosso caminho.

– Aí está você – disse ela e depois estendeu a mão para mim, que estava cheia de alguma coisa. – Olha. Encontrei um animal de estimação.

Olhei para aquela coisa em sua mão. A coisa me olhou de volta. Parecia um pouco um rato que tinha ficado preso em uma máquina de puxar caramelo. Suas características mais marcantes eram os quatro olhos ovais, dois de cada lado da cabeça, e o fato de que, como todas as outras criaturas vertebradas que havíamos visto em Roanoke até então, contava com polegares opositores nas mãos de quatro dedos. Ele os estava usando para se equilibrar na mão da minha filha.

– Ele não é fofo? – Zoë perguntou. A coisa pareceu arrotar, o que ela tomou como um sinal para lhe dar um biscoito que levava no bolso. Ele o pegou e começou a mastigar.

– Se você diz – falei. – Onde o encontrou?

– Tem um monte na frente do refeitório – respondeu Zoë, mostrando o bichinho a Babar. Ele cheirou a coisa; a coisa sibilou em resposta. – Ficam observando enquanto comemos. – Aquilo fez cair a ficha; de repente, percebi que também os tinha visto na última semana. – Acho que estavam com fome – continuou Zoë. – Gretchen e eu saímos para alimentá-los, mas todos fugiram. Exceto por este carinha aqui. Veio e pegou um biscoito de mim. Acho que vou ficar com ele.

– Melhor não – falei. – Você não sabe onde ele esteve.

– Claro que sei – disse Zoë. – Rodeando o refeitório.

– Você não me entendeu.

– Entendi, pai de 90 anos. Mas fala sério. Se ele fosse me injetar veneno e tentar me comer, provavelmente já teria feito. – A coisa na mão dela terminou o biscoito e voltou a arrotar, antes de pular de repente da mão de Zoë e correr na direção da barricada de contêineres de armazenamento. – Ei! – gritou ela.

– Leal como um cachorrinho, essa coisa aí – comentei.

– Quando ele voltar, vou contar todas as coisas horríveis que você falou – disse Zoë. – E depois vou deixar que ele faça cocô na sua cabeça.

Eu bati no meu balde.

– Não, não – falei. – É para isso que serve o balde.

Zoë franziu os lábios ao ver o balde; não era uma grande fã.

– Credo. Obrigada pela imagem.

– Não há de quê – falei. Do nada, me ocorreu que faltavam algumas sombras junto a Zoë. – Onde estão Hickory e Dickory?

– Mamãe pediu para eles a acompanharem para olhar alguma coisa – explicou Zoë. – Na verdade, é por isso que vim procurar você. Ela queria que você fosse olhar alguma coisa. Ela está do outro lado da barricada. Pela entrada norte.

– Tudo bem. Onde você vai ficar?

– Na praça, claro – respondeu Zoë. – Onde mais dá para *ficar*?

– Desculpe, querida – falei. – Sei que você e seus amigos estão entediados.

– Não brinca – disse Zoë. – Todos sabíamos que a colonização seria difícil, mas ninguém nos contou que seria *chata*.

– Se está procurando algo para fazer, podemos começar uma escola – comentei.

– Estamos entediados e você sugere uma *escola*? – questionou Zoë. – Que *ideia*. Além disso, nem dá, já que você confiscou todos os nossos PDAS. Vai ser difícil ensinar sem material.

– Os menonitas têm livros – lembrei. – À moda antiga. Com páginas e tudo mais.

– Eu sei. São os únicos que não estão loucos de tédio. Meu Deus, sinto tanta falta do meu PDA.

– A ironia deve ser devastadora – eu disse.

– Vou embora agora – falou Zoë. – Antes que eu jogue uma pedra em você.

Apesar da ameaça, ela deu um rápido abraço em mim e em Savitri antes de se afastar. Babar saiu com ela; ela era mais divertida.

– Sei como ela se sente – disse Savitri quando voltamos a caminhar.

– Quer jogar uma pedra em mim também?

– Às vezes – respondeu Savitri. – Não agora. Não, sobre sentir falta do PDA. Também sinto falta do meu. Olha só. – Savitri enfiou a mão no bolso da calça e tirou um caderno espiral, um maço pequeno de folhas que fora um presente de Hiram Yoder e dos menonitas a ela. – Fui reduzida a isso.

– Que selvagem – brinquei.

– Tire sarro o quanto quiser – disse Savitri e devolveu o caderninho para o bolso. – É *difícil* ir de um PDA para um bloquinho de notas.

Resolvi não discutir. Em vez disso, saímos pelo portão norte da aldeia, onde encontramos Jane com Hickory e Dickory, além de dois membros da segurança complementar da *Magalhães* que ela havia contratado.

– Venham ver isso – chamou Jane, e caminhou até um dos contêineres de armazenamento no perímetro.

– O que tenho que ver? – perguntei.

– Isso – respondeu Jane, e apontou para o contêiner perto do topo, cerca de 3 metros acima.

Estreitei os olhos.

– São arranhões – falei.

– Isso. Também os encontramos em outros contêineres. E tem mais – disse Jane, e foi até dois outros contêineres. – Tem alguma coisa cavoucando aqui. Parece que algo está tentando cavar embaixo desses contêineres.

– Boa sorte para a tal coisa – falei. Os contêineres tinham mais de 2 metros de largura.

– Encontramos um buraco do outro lado do perímetro que tinha quase um metro de comprimento. Tem alguma coisa tentando entrar à noite. Não consegue saltar sobre os contêineres, então está tentando passar por baixo. E não é apenas um. Temos muita vegetação pisoteada por aqui, além de muitas pegadas de diferentes tamanhos nos contêineres. O que quer que sejam, estão em bando.

– São esses os animais grandes que as pessoas viram no matagal? – perguntei.

Jane deu de ombros.

– Ninguém viu nenhum de perto, e nada passa por aqui durante o dia. Em uma situação normal, colocaríamos câmeras infravermelho no topo dos contêineres, mas aqui não podemos. – Jane não precisou explicar por quê; as câmeras de vigilância, como quase todas as outras tecnologias que possuíamos, tinham comunicação sem fio, e comunicação sem fio era um risco de segurança. – E, o que quer que forem, estão evitando ser vistos pela sentinela noturna. Mas a sentinela noturna também não está usando dispositivo de visão noturna.

– O que quer que sejam, você acha que são perigosos.

Jane assentiu.

– Não creio que herbívoros tentariam entrar. O que quer que esteja lá fora, nos vê e nos cheira e quer entrar para ver como somos. Precisamos descobrir o que são e quantos existem.

– Se são predadores, o número deles é limitado – comentei. – Muitos predadores esgotariam a oferta de presas.

– Claro – disse Jane. – Mas isso ainda não nos diz quantos existem ou que tipo de ameaça são. Tudo o que sabemos é que estão aqui à noite, são grandes o suficiente para quase serem capazes de pular os contêineres e inteligentes o bastante para tentar escavar um túnel. Não podemos deixar as pessoas começarem a montar casas até sabermos que tipo de ameaça os bichos representam.

– Nosso pessoal está armado – falei. Entre os suprimentos havia um estoque de fuzis antigos simples e munição não nanorrobótica.

– Nosso pessoal tem armas de fogo – concordou Jane. – Mas a maioria não tem a menor ideia de como usá-las. Vão acabar atirando em si mesmos antes de acertarem qualquer outra coisa. E não são apenas os humanos em risco. Estou mais preocupada com nosso gado. Não podemos nos dar ao luxo de perder muitos para os predadores. Não tão cedo.

Olhei para o mato. Entre mim e a fileira de árvores, um dos menonitas estava instruindo um grupo de outros colonos sobre as minúcias de dirigir um trator antiquado. Mais adiante, alguns colonos estavam coletando solo para podermos verificar a compatibilidade dele com nossas plantações.

– Não vai ser um posicionamento muito popular – comentei com Jane. – As pessoas já estão reclamando por ficarem confinadas na cidade.

– Não vai demorar tanto tempo para encontrá-los – disse Jane. – Hickory, Dickory e eu vamos assumir a vigilância hoje à noite em cima dos contêineres. A visão deles chega ao espectro do infravermelho, então poderão vê-los chegando.

– E você? – perguntei. Jane deu de ombros. Depois de sua revelação na *Magalhães* sobre ter sofrido reengenharia, praticamente se absteve de comentar a gama completa de suas habilidades. Mas não era um exagero supor que seu alcance visual se expandira como o resto de suas habilidades. – O que você vai fazer quando identificá-los?

– Hoje à noite, nada – respondeu Jane. – Quero ter uma ideia do que são e quantos são. Podemos decidir o que fazer a partir daí. Mas, até lá, devemos garantir que todos estejam dentro do perímetro uma hora antes do pôr do sol e que qualquer pessoa fora do perímetro durante o dia tenha um guarda armado. – Ela acenou para seus representantes humanos. – Estes dois aqui têm treino com armas, e há vários outros na tripulação da *Magalhães* que também têm. Já é um começo.

– E sem casa própria até conseguirmos saber o que são essas coisas.

– Exato.

– Vai ser uma reunião do conselho divertida – falei.

– Vou explicar para eles – disse Jane.

– Não. É melhor eu explicar. Você já tem a reputação de assustadora. Não quero que seja sempre aquela com as más notícias.

– Não me incomoda.

– Eu sei. Mas isso não significa que deva fazer isso sempre.

– Tudo bem. Você pode dizer que espero que saibamos com rapidez suficiente se essas coisas representam uma ameaça. Isso deve ajudar.

– Esperemos que sim – falei.

– Não temos informações sobre essas criaturas? – questionou Manfred Trujillo. Ele e o capitão Zane caminhavam ao meu lado enquanto eu me dirigia ao centro de informações da aldeia.

– Não – respondi. – Nem sabemos como são ainda. Jane vai descobrir hoje à noite. Até agora, as únicas criaturas das quais sabemos alguma coisa são aqueles bichos do refeitório que parecem ratos.

– Os feiaralhos – disse Zane.

– Os o quê? – perguntei.

– Feiaralhos – repetiu ele. – Os adolescentes estão chamando assim, porque são feios pra caralho.

– Bom nome – falei. – A questão é a seguinte: não acho que possamos afirmar que temos uma compreensão completa da nossa biosfera somente a partir dos feiaralhos.

– Sei que você acha importante ser cauteloso – disse Trujillo. – Mas as pessoas estão ficando inquietas. Trouxemos esse pessoal para um lugar que ninguém conhece, dissemos que nunca mais poderiam falar com familiares e amigos, e depois não lhes demos nada para fazer durante duas semanas inteiras. Estamos no limbo. Precisamos levar as pessoas para a próxima fase de suas vidas, ou vão continuar insistindo no fato de que suas vidas, como elas as conheciam, foram inteiramente tiradas.

– Eu sei – falei. – Mas vocês sabem tão bem quanto eu que não sabemos *nada* sobre este mundo. Vocês dois viram os mesmos arquivos que eu. Quem quer que tenha feito a tal pesquisa deste planeta aparentemente não se deu ao trabalho de passar mais de 10 minutos trabalhando nisso. Temos a bioquímica básica do planeta e só. Quase não temos informações sobre flora e fauna. O relatório nem *aborda* esse assunto. Não sabemos se o solo aceitará nossas plantações. Não sabemos o que, da vida nativa, podemos comer ou usar. Não temos nenhuma das informações que o DC geralmente fornece a uma nova colônia. Precisamos descobrir tudo isso sozinhos *antes* de começarmos e, infelizmente, nesse ponto, estamos com uma grande desvantagem.

Chegamos ao centro de informações, que era um nome grandioso para o contêiner de carga que havíamos modificado para esse fim.

– Depois de vocês – falei, segurando o primeiro conjunto de portas para Trujillo e Zane. Assim que entramos todos, fechei a porta, permitindo que a malha nanorrobótica envolvesse completamente a porta externa, transformando-a em uma placa preta uniforme, antes de abrir a porta interna. A malha nanorrobótica foi programada para absorver e encobrir ondas eletromagnéticas de todos os tipos. Cobria as paredes, o chão e o teto do contêiner. Era inquietante pensar naquilo: era como estar no centro exato do nada.

O homem que projetou a malha esperava dentro da porta interna do centro.

– Administrador Perry – disse Jerry Bennett. – Capitão Zane. Sr. Trujillo. É bom ver vocês de novo na minha caixinha preta.

– Como a malha está se saindo? – perguntei.

– Bem – respondeu Bennett, e apontou para o teto. – Nenhuma onda entra, nenhuma onda sai. Schrödinger ficaria com inveja. Porém, preciso de mais células. É inacreditável como a malha suga força. Sem contar todo o resto desses equipamentos. – Bennett apontou para o restante de tecnologia no centro. Por causa da malha, era o único lugar em Roanoke onde havia tecnologia que não seria possível encontrar antes de meados do século XX na Terra, exceto a tecnologia energética que não funcionava com combustíveis fósseis.

– Vou ver o que posso fazer – falei. – Você é um milagreiro, Bennett.

– Não – ele disse. – Sou apenas seu *geek* mediano. Consegui aqueles relatórios de solo que você queria. – Ele entregou um PDA, que eu acariciei por um momento antes de olhar para a tela. – A boa notícia é que as amostras de solo que vi até agora parecem boas para as nossas plantas de modo geral. Não há nada no solo que possa matá-las ou impedir o crescimento delas, ao menos quimicamente. Cada uma das amostras estava cheia de pequenas criaturas também.

– Isso é ruim? – perguntou Trujillo.

– Me pegou – respondeu Bennett. – O que eu sei sobre gerenciamento de solo li enquanto estava processando essas amostras. Minha esposa fez um pouco de jardinagem em Fênix e pareceu ser da opinião de que ter um monte de insetos era bom porque eles arejavam o solo. Quem sabe ela esteja certa.

– Ela está – confirmei. – Ter uma quantidade saudável de biomassa geralmente faz bem. – Trujillo olhou para mim de um jeito cético. – Ei, eu fui agricultor. Mas também não sabemos como essas criaturas reagirão às nossas plantas. Estamos introduzindo novas espécies a uma biosfera.

– Você está oficialmente além de qualquer coisa que eu saiba sobre o assunto, então vou continuar – disse Bennett. – Você me perguntou se havia alguma maneira de eu adaptar a tecnologia que temos para desligar componentes de comunicação sem fio. Quer a resposta longa ou curta?

– Vamos começar com a curta – pedi.

– Na verdade, não – disse Bennett.

– Tudo bem – falei. – Agora preciso da longa.

Bennett aproximou-se e pegou um PDA que havia separado antes, levantou a tampa e me entregou.

– Este PDA é uma peça bastante normal da tecnologia da União Colonial. Aqui dá para ver todos os componentes; o processador, o monitor, o disco de armazenamento de dados, o transmissor sem fio que permite que ele converse com outros PDAS e computadores. Nenhum deles está fisicamente conectado a nenhuma das outras partes. Cada parte deste PDA conecta-se sem fio a todas as outras.

— Por que fazem desse jeito? – perguntei, virando o PDA nas mãos.

— Porque é barato – respondeu Bennett. – É possível fazer pequenos transmissores de dados por quase nada. Custa menos que usar materiais físicos, que também não custam muito, mas, em larga escala, há um diferencial no custo real. Então, quase todo fabricante segue esse caminho. Quem manda no design é o contador. As únicas conexões físicas no PDA são da célula de energia para os componentes individuais, e, de novo, porque é mais barato fazer dessa maneira.

— É possível usar essas conexões para enviar dados? – quis saber Zane.

— Não vejo como – disse Bennett. – Quer dizer, enviar dados por conexão física não é problema. Mas entrar em cada um desses componentes e instruir seu núcleo de comando para fazê-lo dessa maneira vai além do meu talento. Além das habilidades de programação, há o fato de que cada fabricante bloqueia o acesso ao núcleo de comando. São dados proprietários. E, mesmo que eu pudesse fazer tudo isso, não há garantia de que funcionaria. Além do mais, você estaria encaminhando tudo através da célula de energia. Não tenho certeza de como fazer isso funcionar.

— Então, mesmo se desligássemos todos os transmissores sem fio, cada um deles ainda estaria vazando sinais sem fio – concluí.

— Isso – confirmou Bennett. – Através de distâncias muito curtas, não mais do que alguns centímetros, mas sim. Se alguém estiver realmente procurando esse tipo de coisa, vai detectá-lo.

— Há um momento em que tudo se torna fútil – disse Trujillo. – Se alguém estiver ouvindo sinais de rádio tão fracos, há uma boa chance de estarem examinando o planeta opticamente também. Vão simplesmente nos *ver*.

— Esconder-nos da vista é uma solução difícil – eu falei a Trujillo. – Esta é uma solução fácil. Vamos trabalhar com as soluções fáceis. –

Eu me virei para Bennett e devolvi o PDA. – Deixe eu te perguntar outra coisa – falei. – Você poderia *fazer* PDAS com fio? Uns sem peças ou transmissores sem fio?

– Tenho certeza de que eu poderia encontrar um projeto para um – disse Bennett. – Existem projetos em domínio público. Mas não estou exatamente preparado para fabricar. Posso vasculhar tudo o que temos e montar alguma coisa. Peças sem fio são a regra, mas existem algumas coisas que ainda estão ligadas com fio. No entanto, nunca chegaremos a um ponto no qual todos estarão andando por aí com um computador, e muito menos sendo capazes de substituir computadores de bordo na maioria dos equipamentos que temos. Sinceramente, fora desta caixa preta, não sairemos do início do século XX tão cedo.

Todos digerimos aquelas palavras por um momento.

– Podemos ao menos expandir *isso*? – finalmente perguntou Zane, gesticulando ao redor.

– Acho que deveríamos – respondeu Bennett. – Em especial, acho que precisamos construir uma baia médica de caixa preta, porque a dra. Tsao fica me distraindo quando estou tentando fazer meu trabalho.

– Ela está monopolizando seu equipamento – falei.

– Não, ela é muito gata – disse Bennett. – E isso vai me deixar em apuros com minha esposa. Mas, também, só tenho algumas das máquinas de diagnóstico de que ela precisa aqui, e se algum dia tivermos um problema médico de verdade, vamos precisar de mais disponíveis.

Assenti. Já tínhamos tido um braço quebrado, de um adolescente que subira na barreira e escorregara. Fora uma sorte ele não ter quebrado o pescoço.

– Temos malha suficiente? – perguntei.

– Este é praticamente todo o nosso estoque – informou Bennett. – Mas posso programá-lo para se replicar. Precisaria de mais matéria-prima.

– Vou pedir para Ferro entrar no circuito – disse Zane, referindo-se ao chefe de carga. – Vamos ver o que temos no estoque.

– Toda vez que eu o vejo, ele parece muito chateado – comentou Bennett.

– Talvez seja porque deveria estar em casa, e não aqui – disparou Zane. – Talvez não goste muito de ter sido sequestrado pela União Colonial. – Duas semanas não bastaram para amaciar o capitão quanto à destruição de sua nave ou o abandono de sua tripulação.

– Sinto muito – disse Bennett.

– Estou pronto para ir – anunciou Zane.

– Duas coisas rápidas – falou Bennett para mim. – Estou quase terminando de imprimir a maioria dos arquivos de dados que vocês receberam quando chegamos aqui, então poderá tê-los em cópia impressa. Não consigo imprimir os arquivos de vídeo e áudio, mas vou executá-los em um processador para obter transcrições.

– Ok, ótimo – disse eu. – Qual era a segunda coisa?

– Andei pelo acampamento com um monitor, como você pediu, e procurei sinais sem fio – disse Bennett. Trujillo levantou uma sobrancelha. – O monitor é de estado sólido – Bennett explicou para ele. – Não envia, apenas recebe. De qualquer forma, acho que deveria saber que há três dispositivos sem fio ainda por aí. E ainda estão transmitindo.

– Não tenho a menor ideia do que você está falando – disse Jann Kranjic.

Não era a primeira vez que eu continha a vontade de dar um soco na cabeça de Kranjic.

– Precisamos mesmo fazer isso da maneira mais difícil, Jann? – perguntei. – Gostaria de fingir que não temos 12 anos e que não estamos tendo uma conversa do tipo "fez sim, não fiz não".

– Entreguei meu PDA assim como todo mundo – disse Kranjic, e então fez um sinal para Beata, que estava deitada em sua cama, uma toalha sobre os olhos. Beata estava aparentemente propensa a ter enxaquecas. – E Beata entregou o PDA e a câmera de cabeça. Vocês estão com tudo o que temos.

Eu olhei para Beata.

– Bem, Beata? – questionei.

Beata levantou o canto da toalha e olhou para ele, estremecendo. Então, suspirou e abaixou a toalha. – Olhe a cueca dele – disse ela.

– Como? – perguntei.

– Beata – disse Kranjic.

– A cueca dele – repetiu Beata. – Pelo menos uma tem um bolsinho no elástico que esconde um gravadorzinho. Tem um broche da bandeira da Úmbria que é uma entrada de áudio e vídeo. Provavelmente está com ele neste momento.

– Sua vaca – disse Kranjic, inconscientemente cobrindo o alfinete. – Você está demitida.

– Que engraçado – falou Beata, pressionando a toalha contra os olhos. – Estamos a 1000 anos-luz de qualquer lugar, não temos chance de voltar para Úmbria, você passa os dias recitando notas exageradas na sua cueca para um livro que nunca vai escrever, e eu estou *demitida*. Se toca, Jann.

Kranjic levantou-se para fazer uma saída dramática.

– Jann – falei e estendi a mão. Jann arrancou o broche e apertou-o na palma da minha mão.

– Quer minha cueca agora? – zombou ele.

– Fique de cueca, só me dê o gravador.

– Daqui a alguns anos, as pessoas vão querer conhecer a história desta colônia – disse Kranjic enquanto remexia na cueca por dentro das calças. – Vão querer conhecer a história e, quando a procurarem, não encontrarão nada. E não vão encontrar nada porque seus líderes gastaram seu tempo censurando o único membro da imprensa em toda a colônia.

– Beata é um membro da imprensa – corriji.

– Ela é *operadora de câmera* – disse Kranjic, batendo no gravador. – Não é a mesma coisa.

– Não estou censurando você – expliquei. – Só não posso permitir que você coloque em risco a colônia. Vou levar este gravador e pedir a Jerry Bennett para imprimir uma transcrição das notas, em uma fonte bem pequena, porque não quero desperdiçar papel. Então, você terá suas notas. E, se encontrar Savitri, pode dizer a ela que pedi que ela dê a você um bloco de anotações. *Um*, Jann. Ela precisa do resto para o nosso trabalho. Depois, se precisar de mais, pode ver o que os menonitas têm a dizer sobre isso.

– Quer que eu escreva minhas anotações – disse Kranjic. – À mão.

– Funcionou para Samuel Pepys – falei.

– Acha mesmo que Jann sabe escrever? – resmungou Beata lá no catre.

– Vaca – xingou Kranjic, e saiu da barraca.

– Está sendo um casamento tempestuoso – falou Beata, lacônica.

– É o que parece – concordei. – Você quer o divórcio?

– Depende – respondeu ela, levantando novamente a toalhinha. – Acha que sua assistente toparia um encontro?

– Durante todo o tempo em que a conheço, não a vi sair com ninguém – respondi.

– Então, isso é um "não" – concluiu Beata.

– Isso é um "sei lá".

– Hummm – disse ela, soltando a toalhinha para trás. – Tentador. Mas vou ficar casada por ora. Isso irrita Jann. Depois de toda a irritação que ele me causou ao longo dos anos, é bom retribuir o favor.

– Casamento tempestuoso – comentei.

– É o que parece.

– Temos que recusar – falou Hickory para mim. Ele, Dickory e eu estávamos na Caixa Preta. Considerei que, quando eu dissesse aos dois Obins que precisavam abrir mão de seus implantes de consciência sem fio, eles deveriam ter a permissão de ouvir conscientemente.

– Vocês nunca recusaram uma ordem minha antes.

– Nenhuma de suas ordens jamais violou nosso tratado – respondeu Hickory. – Nosso tratado com a União Colonial permite que nós dois fiquemos com Zoë. Também nos permite gravar essas experiências e compartilhá-las com outros Obins. Ordenar que entreguemos nossa consciência interfere nessa questão, o que viola nosso tratado.

– Vocês podem optar por entregar seus implantes – expliquei. – Isso resolveria o problema.

– Não optaríamos – disse Hickory. – Seria abdicar de nossa responsabilidade para com os outros Obins.

– Eu poderia dizer a Zoë para pedir que vocês abram mão deles – falei. – Não consigo imaginar vocês ignorando um pedido dela.

Hickory e Dickory inclinaram-se juntos por um momento, depois se endireitaram de novo.

– Seria angustiante – disse Hickory. Refleti que era a primeira vez que ouvia aquela palavra trazendo uma seriedade tão apocalíptica.

– Vocês entendem que não quero fazer isso – afirmei. – Mas nossas ordens vindas da União Colonial são claras. Não podemos deixar que nada ofereça indícios fáceis de que estamos neste mundo. O Conclave vai nos exterminar. A todos nós, inclusive vocês dois e Zoë.

– Consideramos a possibilidade – afirmou Hickory. – Acreditamos que o risco seja insignificante.

– Lembre-me de mostrar a vocês um pequeno vídeo que tenho – comentei.

– Já assistimos – disse Hickory. – Ele foi fornecido ao nosso governo, assim como ao seu.

– Como podem ter visto e *não* enxergar que o Conclave representa uma ameaça para nós?

– Vimos o vídeo com cuidado – insistiu Hickory. – Acreditamos que o risco seja insignificante.

– A decisão não é sua – informei.

– É, sim – disse Hickory. – Pelo nosso tratado.

– Eu sou a autoridade legal neste planeta – falei.

– O senhor é – afirmou ele. – Mas não pode revogar um tratado para sua conveniência.

– Impedir que uma colônia inteira seja abatida não é uma *conveniência*.

– Remover todos os dispositivos sem fio para evitar a detecção é uma conveniência – insistiu Hickory.

– Por que você nunca fala? – falei para Dickory.

– Ainda não tive que discordar de Hickory – disse Dickory.

Fervi de raiva.

– Temos um problema – falei. – Não posso forçá-los a entregar seus implantes, mas também não posso deixar vocês andarem por aí com eles. Respondam o seguinte: é uma violação de seu tratado eu exigir que vocês fiquem aqui, nesta sala, contanto que eu faça Zoë visitá-los regularmente?

Hickory pensou na proposta.

– Não – respondeu ele. – Não é o que preferimos.

– Não é o que prefiro também – respondi. – Mas eu não acho que tenho escolha.

Hickory e Dickory conversaram mais uma vez por vários minutos.

– Esta sala está coberta de material que mascara ondas – disse Hickory. – Nos dê um pouco desse material. Podemos usá-lo para cobrir nossos dispositivos e a nós mesmos.

– Não temos mais agora – expliquei. – Precisamos fazer mais. Pode levar algum tempo.

– Contanto que o senhor concorde com esta solução, vamos nos ajustar ao tempo de produção – disse Hickory. – Durante esse tempo, não usaremos nossos implantes fora desta sala, mas o senhor pedirá a Zoë que nos visite aqui.

– Tudo bem – garanti. – Obrigado.

– De nada – disse Hickory. – Talvez seja o melhor. Desde que chegamos aqui, notamos que ela não teve tanto tempo para nós.

– Ela é uma adolescente – disse eu. – Novos amigos. Novo planeta. Novo namorado.

– Sim. Enzo – confirmou Hickory. – Temos sentimentos profundamente ambivalentes em relação a ele.

– Somos três – falei.

– Podemos exterminá-lo – ofereceu Hickory.

– Sério: não.

– Talvez mais tarde – insistiu Hickory.

– Em vez de matar potenciais pretendentes de Zoë, prefiro que vocês dois se concentrem em ajudar Jane a encontrar o que quer que esteja por aí arranhando nosso perímetro. É provavelmente menos emocionalmente satisfatório, mas, no grande esquema das coisas, vai ser mais útil.

Jane jogou a coisa no chão no meio da reunião do conselho. Parecia vagamente um grande coiote, se coiotes tivessem quatro olhos e patas com polegares opositores.

– Dickory encontrou este dentro de uma das escavações. Havia mais dois, mas eles fugiram. Dickory matou este enquanto tentava fugir.

– Ele deu um tiro na coisa? – perguntou Marta Piro.

– Ele matou com uma faca – respondeu Jane. Isso causou alguns murmúrios incômodos; a maior parte do conselho e dos colonos ainda se sentia profundamente desconfortável com os Obins.

– Vocês acham que este é um dos predadores com que vocês estavam preocupados? – perguntou Manfred Trujillo.

– Pode ser – disse Jane.

– Pode ser – repetiu Trujillo.

– As patas têm o formato condizente com as marcas que vimos – afirmou Jane. – Mas parece pequeno para mim.

– Mas, pequeno ou não, algo assim poderia ter feito as marcas – comentou Trujillo.

– É possível – concordou Jane.

– Vocês viram algum maior? – quis saber Lee Chen.

– Não – disse Jane e olhou para mim. – Fiquei na vigilância noturna nos últimos três dias e ontem à noite foi a primeira vez que vimos algo se aproximar da barreira.

– Hiram, você tem ido para além da barreira quase todos os dias – disse Trujillo. – Já viu algo assim?

– Vi alguns animais – disse Hiram. – Mas eram herbívoros, até onde pude ver. Não vi nada parecido com essa coisa. Mas também não fui além da barreira à noite, e a administradora Sagan acha que esses daí estão ativos durante a noite.

– Mas ela não viu mais nenhum deles – comentou Marie Black. – Estamos impedindo a colonização por causa de fantasmas.

– Os arranhões e buracos eram bem reais – falei.

– Não estou discutindo isso – disse Black. – Mas talvez tenham sido incidentes isolados. Talvez um bando desses animais estivesse passando por aqui vários dias atrás e tenha ficado curioso sobre a barreira. Depois que não conseguiram passar, seguiram em frente.

– É possível – repetiu Jane. Pelo seu tom, percebi que não dava muita importância à teoria de Black.

– Por quanto tempo vamos adiar a colonização por causa disso? – inquiriu Paulo Gutierrez. – Tenho pessoas que estão ficando loucas esperando que a gente pare de enrolar. Nos últimos dias, as pessoas começaram a brigar umas com as outras por besteiras. E estamos correndo contra o tempo agora, não estamos? É primavera aqui, e temos que começar a plantar e a preparar pastos para o gado. Já consumimos duas semanas de comida. Se não começarmos a colonizar, vamos ficar na merda.

– Não estamos enrolando – falei. – Fomos jogados em um planeta sobre o qual não sabemos nada. Tivemos que reservar tempo para garantir que ele não nos mataria.

– Ainda não estamos mortos – disse Trujillo, interpondo-se. – Isso é um bom sinal. Paulo, reflita por um minuto. Perry está absolutamente certo. Não poderíamos simplesmente vagar por este planeta e começar a erguer fazendas. Mas Paulo também está certo, Perry. Estamos num momento em que não podemos ficar presos atrás de uma barricada. Sagan teve três dias para encontrar mais provas dessas criaturas, e nós matamos uma delas. Precisamos ser cautelosos, sim. E precisamos continuar estudando Roanoke. Mas também precisamos começar a colonizar.

Todo o conselho estava olhando para mim, esperando para ouvir o que eu diria. Olhei para Jane, que deu uma de suas quase imperceptíveis encolhidas de ombros. Não estava inteiramente convencida de que não havia uma ameaça real lá fora, mas, além da única criatura morta, não tinha nada definitivo. E Trujillo tinha razão; era hora de colonizar.

– Concordo – falei.

– Você deixou Trujillo tomar aquela reunião de você – disse Jane enquanto nos preparávamos para ir para a cama. Ela manteve a voz baixa; Zoë já estava dormindo. Hickory e Dickory estavam impassíveis do outro lado da nossa tela, na tenda administrativa. Eles vestiam roupas de corpo inteiro feitas a partir da primeira leva da malha nanorrobótica recém-produzida. As vestes bloqueavam os sinais sem fio e transformavam os Obins em sombras ambulantes. Talvez também estivessem dormindo; era difícil dizer.

— Creio que sim — concordei. — Trujillo é um político profissional. Vai fazer isso às vezes. Especialmente quando está certo. Precisamos seguir em frente para tirar as pessoas da aldeia.

— Quero ter certeza de que cada onda de colonos tenha algum treinamento com armas.

— Eu acho que é uma ótima ideia. Mas vai ser difícil convencer os menonitas.

— Isso me preocupa.

— Vai ter que continuar preocupada.

— Eles são nossa base de conhecimento — disse Jane. — São os que sabem operar todas as máquinas não automatizadas e fazer coisas sem apertar botões. Não quero que eles sejam devorados.

— Se quiser ficar especialmente de olho nos menonitas, não tenho problema com isso — falei. — Mas se acha que vai fazer com que eles parem de ser quem são, vai se surpreender. E é por causa de quem eles são que estão em posição de salvar nossa comunidade.

— Eu não entendo religião — comentou Jane.

— Faz mais sentido quando se faz parte dela — disse eu. — De qualquer forma, você não precisa entender. Só tem que respeitar.

— Eu respeito — disse Jane. — Também respeito o fato de que este planeta tem maneiras de nos matar que ainda não descobrimos. Será que outras pessoas respeitam isso?

— Há uma maneira de descobrir.

— Você e eu não conversamos sobre se planejamos plantar alguma coisa nós mesmos.

– Não acho que seja um uso inteligente do nosso tempo. Somos administradores da colônia agora e não temos equipamentos automatizados aqui que possamos usar. Estaremos bem ocupados. Depois que Croatoan esvaziar um pouco, vamos construir uma casinha bonita. Se quiser plantar, podemos ter uma horta. Seria bom termos uma horta, de qualquer maneira, para nossas próprias frutas e legumes. Podemos colocar Zoë no comando disso, dar alguma coisa para ela fazer.

– Também quero flores – disse Jane. – Rosas.

– Sério? Você nunca foi de gostar de coisas bonitas antes.

– Não é isso – explicou ela. – Este planeta cheira a sovaco.

7_

Roanoke gira em torno de seu sol a cada 305 dias. Decidimos dar 11 meses ao ano de Roanoke, 7 com 29 dias e 4 com 30. Demos a cada mês o nome dos mundos coloniais de onde vieram nossos colonos, mais um para a *Magalhães*. Datamos como o primeiro dia do ano o dia em que chegamos acima de Roanoke e nomeamos o primeiro mês de "magalhães". A tripulação da *Magalhães* ficou tocada, o que foi bom, mas quando nomeamos os meses, já era dia 29 de magalhães. Seu mês já estava quase no fim. Não ficaram lá muito satisfeitos com isso.

Logo após nossa decisão de começar a permitir que os colonos se instalassem, Hiram Yoder se aproximou de mim para uma reunião em particular. Ficou claro, disse ele, que a maioria dos colonos não estava habilitada a cultivar; todos haviam treinado em equipamentos agrícolas modernos e estavam tendo dificuldades com o equipamento agrícola mais laborioso que os menonitas conheciam. Nossas lojas de sementes geneticamente modificadas de rápido crescimento nos permitiriam começar a colheita dentro de dois meses, mas somente se soubéssemos o que estávamos fazendo. Não sabíamos e estávamos na iminência de uma crise de fome em potencial.

Yoder sugeriu que permitíssemos que os menonitas plantassem as safras para toda a colônia, garantindo assim que a colônia não se transformasse em uma malfadada Expedição Donner interestelar três meses depois; os menonitas preparariam os outros colonos para que pudessem receber treinamento no trabalho. Aceitei de pronto. Na segunda semana de albion, os menonitas haviam assumido nossos estudos de solo e usado para plantar campos de trigo, milho e uma porção de outros vegetais; despertaram as abelhas da hibernação para começarem a fazer a dança da polinização, pastorearam o gado e ensinaram aos colonos de outros nove mundos (e de uma nave) as vantagens do plantio intensivo e associado, cultivo eficiente de carbono e calorias e os segredos da maximização dos rendimentos no campo no menor espaço possível. Comecei a relaxar um pouco; Savitri, que vinha fazendo piadas sobre "deliciosos pratos com carne humana", encontrou algo novo para zombar.

Em úmbria, os feiaralhos descobriram que as batatas de crescimento rápido eram boas de comer, e nós perdemos vários acres em 3 dias. Foi a nossa primeira praga agrícola. Também concluímos a baia médica, com todos os equipamentos em uma caixa preta própria. A dra. Tsao ficou encantada quando, em poucas horas, estava usando um robô cirúrgico para reimplantar um dedo que um colono inadvertidamente cortara com uma serra de fita durante a construção de um celeiro.

No primeiro fim de semana de zhong guo, presidi o primeiro casamento de Roanoke entre Katherine Chao, anteriormente de Franklin, e Kevin Jones, anteriormente de Rus. Houve muita alegria. Duas semanas depois, presidi o primeiro divórcio de Roanoke, felizmente não de Chao e Jones. Beata finalmente se enchera de antagonizar Jann Kranjic e o liberara. Houve muita alegria.

Em dez de erie, terminamos nossa primeira grande colheita. Declarei feriado nacional e dia de ação de graças. Os colonos celebraram construindo uma casa de reunião aos menonitas, pedindo apenas conselhos ocasionais aos próprios menonitas no processo. O segundo conjunto de plantio foi para o solo menos de uma semana depois.

Em cartum, Patrick Kazumi foi com os amigos brincar ao lado do córrego atrás da muralha ocidental de Croatoan. Enquanto corria ao longo do córrego, escorregou, bateu a cabeça em uma pedra e se afogou. Tinha 8 anos de idade. A maior parte da colônia compareceu ao funeral. No último dia de cartum, Anna Kazumi, mãe de Patrick, roubou um casaco pesado de uma amiga, colocou pedras nos bolsos e entrou no riacho para seguir seu filho. Conseguiu.

Em quioto, chovia forte de quatro em cada cinco dias, estragando as safras e interferindo na segunda colheita da colônia do ano. Zoë e Enzo tiveram um rompimento um tanto dramático, como acontece frequentemente quando os primeiros amores finalmente dão nos nervos um do outro. Hickory e Dickory, superestimulados pela angústia de Zoë causada pelo relacionamento, começaram a discutir abertamente como resolver o problema de Enzo. Zoë enfim disse aos dois para pararem; eles a estavam assustando.

Em elísio, os iotes, os predadores parecidos com coiotes que havíamos descoberto em nossa barreira, voltaram à colônia e tentaram chegar ao rebanho de ovelhas, uma fonte pronta de comida. Em troca, os colonos começaram a tentar chegar aos predadores. Savitri cedeu após três meses e foi a um encontro com Beata. No dia seguinte, Savitri descreveu a noite como um "fracasso interessante" e se recusou a discutir mais o assunto.

Com o outono de Roanoke a todo o vapor, as últimas tendas temporárias foram desmontadas para sempre, substituídas por casas simples e aconchegantes em Croatoan e nas propriedades fora de suas muralhas. Metade dos colonos ainda vivia em Croatoan, aprendendo os ofícios dos menonitas; a outra metade montou suas propriedades e esperou o ano novo para plantar seus campos e produzir suas safras.

O aniversário de Savitri – conforme datado em Huckleberry, traduzido para datas de Roanoke – ocorreu no dia 23 de elísio; dei-lhe de presente um banheiro interno para sua casinha minúscula, conectado a uma fossa séptica pequena e de fácil drenagem. Savitri chorou de verdade.

No dia 13 de rus, Henri Arlien espancou Therese, sua esposa, pois acreditava que ela estava tendo um caso com um ex-colega de barraca. Therese reagiu golpeando o marido com uma frigideira pesada, quebrando a mandíbula e arrancando três dentes dele. Henri e Therese visitaram a dra. Tsao; Henri, então, foi levado à prisão improvisada, antigamente um confinamento de gado. Therese pediu o divórcio e depois foi morar com o ex-colega de tenda. Ela disse que não estava tendo um caso com ele antes, mas que agora essa ideia parecia de fato muito boa.

O colega de tenda era um sujeito chamado Joseph Loong. No dia 20 de fênix, Loong desapareceu.

– Vamos começar do começo – eu disse a Jane depois que Therese Arlien apareceu para relatar o desaparecimento de Loong. – Onde Henri Arlien esteve recentemente?

– Ele tem licença para trabalhar durante o dia – expôs Jane. – A única hora que pode ficar sozinho é quando tem que fazer xixi. À noite, ele volta ao seu cercado na prisão.

– Esse cercado não é exatamente à prova de fuga – falei. Em sua vida pregressa, havia confinado um cavalo.

– Não – concordou Jane. – Mas o confinamento de gado é. Uma porta com fechadura que fica do lado de fora. Ele não consegue ir a lugar nenhum durante a noite.

– Talvez tenha pedido a um amigo para visitar Loong.

– Não acho que Arlien tenha amigos. Chad e Ari pegaram depoimentos dos vizinhos. Praticamente todos disseram que aquela pancada que ele levou de Therese foi merecida. Vou pedir que Chad dê uma olhada por aí, mas acho que não vamos conseguir muita coisa.

– O que você acha que houve, então? – perguntei.

– A propriedade de Loong faz fronteira com a floresta – respondeu Jane. – Therese disse que os dois tinham saído para passear. Os fantes estão migrando pela área, e Loong queria dar uma olhada mais de perto. – Os fantes eram animais desajeitados que algumas pessoas viram às margens da floresta pouco tempo depois de pousarmos; aparentemente migravam, procurando comida. Tínhamos flagrado o fim de sua permanência quando chegamos; agora era o início. Eu achava que não se pareciam nada com elefantes, mas o nome pegou, gostasse eu ou não.

– Então, Loong saiu para olhar os fantes e desapareceu – eu disse.

– Ou foi pisoteado. Os fantes são animais grandes.

– Bem, vamos juntar uma equipe de busca. Se Loong simplesmente se perdeu, e se tiver alguma noção, vai ficar parado e esperar ser encontrado.

– Se ele tivesse alguma noção, não sairia perseguindo fantes, para começo de conversa.

– Não seria divertido um safári com você – comentei.

– A experiência me ensinou a não sair da trilha para perseguir criaturas alienígenas – disse Jane. – Elas costumam perseguir a gente também. Vou reunir uma equipe de busca em uma hora. Você deveria vir conosco.

*   *   *

A equipe de busca começou seu trabalho pouco antes do meio-dia. Foi uma força de 150 voluntários; Henri Arlien talvez não fosse popular, mas Therese e Loong tinham vários amigos. Therese veio se juntar à equipe, mas eu a mandei para casa com duas amigas dela. Não queria correr o risco de ela deparar com o corpo de Joe. Jane delimitou as áreas de busca para pequenos grupos e exigiu que cada grupo permanecesse em contato de voz um com o outro. Savitri e Beata, que tinham virado amigas apesar do fracasso interessante do encontro, procuraram comigo, Savitri mantendo um controle firme sobre uma bússola antiga que havia negociado com um menonita algum tempo antes. Jane, um tanto embrenhada na floresta, foi acompanhada por Zoë, Hickory e Dickory. Não fiquei muito entusiasmado com Zoë fazer parte do esquadrão de buscas, mas entre Jane e os Obins, provavelmente estava mais segura na floresta do que dentro de casa, em Croatoan.

Três horas depois da busca, Hickory saltou, sombreado em seu traje de nanomalha.

– A tenente Sagan deseja vê-lo – disse.

– Tudo bem – falei e fiz sinal para que Savitri e Beata nos acompanhassem.

– Não – disse Hickory. – Apenas o senhor.

– Por quê? – questionei.

– Não posso dizer – respondeu Hickory. – Por favor, major. O senhor tem que vir agora.

– Estamos presas nesta floresta assustadora, então – disse Savitri para mim.

– Vocês podem seguir em frente, se quiserem. Mas falem com os grupos dos dois lados para que eles se aproximem. – E com isso, corri atrás de Hickory, que manteve um ritmo agressivo.

Vários minutos depois chegamos aonde Jane estava com Marta Piro e outros dois colonos, todos os três com expressões vazias e entorpecidas. Atrás deles estava a enorme carcaça de um fante, lotada com pequenos insetos voadores, e uma carcaça bem menor além da primeira. Jane me olhou e falou algo para Piro e os outros dois; eles olharam para mim, acenaram para o que quer que Jane estivesse dizendo e depois voltaram para a colônia.

— Onde está Zoë? — perguntei.

— Mandei Dickory levá-la de volta — respondeu Jane. — Não quis que ela visse isso. Marta e sua equipe encontraram uma coisa.

Apontei para a carcaça menor.

— Joseph Loong, ao que parece — eu disse.

— Não é só isso — falou Jane. — Venha cá.

Caminhamos até o cadáver de Loong. Era uma carnificina.

— Me diga o que você vê — pediu Jane.

Inclinei-me e dei uma boa olhada, forçando um estado de espírito neutro.

— Ele foi comido — respondi.

— Foi o que eu disse a Marta e aos outros — explicou Jane. — E é nisso que quero que eles acreditem por ora. *Você* precisa olhar mais de perto.

Fiz uma careta e olhei para o cadáver outra vez, tentando enxergar o que obviamente eu havia deixado passar. De repente, tudo se encaixou.

Tive um calafrio.

— Santo Deus — falei e me afastei de Loong.

Jane olhou para mim, séria.

— Você também viu — disse ela. — Ele não foi comido. Ele foi *estripado*.

O conselho lotou a baia médica com desconforto, junto com a dra. Tsao.

— Não vai ser agradável — avisei e puxei o lençol daquilo que restara de Joe Loong. Apenas Lee Chen e Marta Piro pareciam estar propensos a vomitar, o que foi um percentual melhor do que eu esperava.

– Cristo. Alguma coisa comeu o cara – disse Paulo Gutierrez.

– Não – falou Hiram Yoder. Ele se aproximou de Loong. – Veja – falou, apontando. – Os tecidos estão cortados, não rasgados. Aqui, aqui e aqui. – Ele olhou para Jane. – É por isso você precisava nos mostrar isso – disse ele. Jane assentiu.

– Por quê? – perguntou Gutierrez. – Não estou entendendo. O que você está tentando nos mostrar?

– Este homem foi estripado – respondeu Yoder. – Quem fez isso com ele usou algum tipo de ferramenta de corte para tirar a carne. Possivelmente uma faca ou um machado.

– Como você pode dizer isso? – Gutierrez perguntou para Yoder.

– Eu matei animais o suficiente para saber como é – disse Yoder, e olhou para Jane e para mim. – E eu acredito que nossos administradores viram o suficiente da violência da guerra para saber que tipo de violência foi praticado aqui.

– Mas não dá para ter certeza – comentou Marie Black.

Jane olhou para a dra. Tsao e assentiu.

– Há estriamentos no osso que casam com um instrumento de corte – explicou Tsao. – Eles estão posicionados com precisão. Não se parecem com o que se veria se um osso fosse roído por um animal. *Alguém* fez isso, não *algo*.

– Então vocês querem dizer que há um assassino na colônia – disse Manfred Trujillo.

– Assassino? – questionou Gutierrez. – Bosta nenhuma. Temos um canibal desgraçado à solta por aí.

– Não – interveio Jane.

– Como? – quis saber Gutierrez. – Você mesma falou que esse homem foi fatiado como se fosse gado. Um de nós fez isso.

Jane olhou para mim.

– Tudo bem – falei. – Vou ter que fazer isso formalmente.

Como administrador da Colônia de Roanoke, da União Colonial, declaro que todos nesta sala estão sob os efeitos da Lei de Segredo de Estado.

— Assino embaixo — disse Jane.

— Significa que nada dito ou feito aqui agora pode ser compartilhado fora desta sala a ninguém, sob pena de traição — concluí.

— Essa porra não pode ser séria — retrucou Trujillo.

— Essa porra é muito séria — falei. — Não é brincadeira. Se falar qualquer coisa antes que Jane e eu permitamos, você vai estar na merda até o pescoço.

— Defina "merda até o pescoço" — disse Gutierrez.

— Eu te dou um tiro — respondeu Jane. Gutierrez sorriu incerto, esperando que Jane indicasse que estava brincando. E continuou esperando.

— Tudo bem — concordou Trujillo. — Entendemos. Não vamos falar.

— Obrigado — falei. — Nós trouxemos vocês aqui por dois motivos. O primeiro era mostrá-lo a vocês — apontei para Loong, que a dra. Tsao havia escondido de novo sob o lençol —, e o segundo era para mostrar o seguinte. — Estendi a mão para a mesa do laboratório, peguei um objeto debaixo de uma toalha e entreguei-o a Trujillo.

Ele examinou.

— Parece a cabeça de uma lança — disse ele.

— E é — falei. — Achamos isso ao lado da carcaça de fante perto de onde achamos Loong. Suspeitamos que tenha sido atirado no fante e que o bicho conseguiu retirá-lo e quebrá-lo, ou talvez tenha quebrado e depois arrancado.

Trujillo, que estava entregando a ponta de lança para Lee Chen, parou e deu outra olhada nela.

— Vocês não estão sugerindo a sério o que eu acho que estão sugerindo — disse ele.

– Não foi apenas Loong que foi estripado – informou Jane. – O fante também foi. Havia pegadas em torno de Loong, de Marta e seu grupo de busca, minhas e de John. Havia pegadas ao redor do fante também. Essas não eram nossas.

– O fante foi derrubado por alguns iotes – afirmou Marie Black. – Os iotes se movem em bandos. Poderia acontecer.

– Você não está prestando atenção – disse Jane. – O fante foi estripado. Quem quer que tenha feito isso com o fante quase certamente fez com Loong. E quem estripou o fante não era humano.

– Você está dizendo que há algum tipo de espécie inteligente aborígene aqui em Roanoke – disse Trujillo.

– Sim – respondi.

– Inteligente quanto? – quis saber Trujillo.

– Inteligente o suficiente para fazer isso – respondi, apontando a lança. – É uma lança simples, mas ainda é uma lança. E são inteligentes o suficiente para fazer facas para estripar.

– Estamos há quase um ano aqui em Roanoke – disse Lee Chen. – Se essas coisas existem, por que não as vimos antes?

– Acho que vimos – comentou Jane. – Acho que, seja lá o que essas coisas forem, foram as que tentaram entrar em Croatoan pouco depois de chegarmos. Quando não conseguiram escalar a barreira, tentaram cavar por baixo.

– Pensei que os iotes tivessem feito isso – disse Chen.

– Nós matamos um iote em um dos buracos – falou Jane. – Não significa que o iote tenha cavado o buraco.

– Os buracos surgiram na época em que vimos os fantes pela primeira vez – falei. – Agora, os fantes estão de volta. Talvez essas coisas sigam o rebanho. Se não há fantes, não há homens das cavernas de Roanoke. – Apontei para Loong. – Acho que essas coisas estavam caçando um fante. Mataram e estavam eviscerando quando Loong deparou-se com o que eles estavam fazendo. Talvez o tenham matado por medo e estripado depois.

— Eles o viram como presa — afirmou Gutierrez.

— Não sabemos — ponderei.

— Corta essa — retorquiu Gutierrez, acenando para Loong. — Porra, os filhos da puta transformaram ele em um punhado de *bifes*.

— Sim — concordei. — Mas não sabemos se ele foi caçado. Prefiro não tirar conclusões precipitadas. E preferiria que não começássemos a entrar em pânico sobre o que essas coisas são ou quais são as intenções delas em relação a nós. Pelo que sabemos, elas não têm intenções. Pode ter sido um encontro aleatório.

— Não está sugerindo que finjamos que Joe *não foi* morto e devorado — disse Marta Piro. — Isso já é impossível. Jun e Evan sabem, porque estavam comigo quando o encontramos. Jane nos falou para ficarmos quietos, e fizemos isso até agora. Mas não dá para ficar quieto para sempre sobre uma coisa dessas.

— Não precisamos manter essa parte em segredo — disse Jane. — Pode contar ao seu pessoal quando sair daqui. Só precisa manter sigilo sobre as criaturas que fizeram isso.

— Eu não vou fingir para meu povo que foi apenas uma espécie de ataque aleatório de animais — afirmou Gutierrez.

— Ninguém está dizendo para você fazer isso — disse eu. — Diga a seu povo a verdade: que há predadores seguindo o rebanho de fantes, que são perigosos e que, até segunda ordem, ninguém sai para passear na floresta ou sai sozinho de Croatoan, se puderem evitar. Não precisa dizer nada mais além disso por ora.

— Por que não? — questionou Gutierrez. — Essas coisas representam um perigo real. Já mataram um de nós. Comeram um de nós. Precisamos preparar nosso pessoal.

— Não vamos falar porque as pessoas agem irracionalmente se

acham que estão sendo caçadas por algo com um cérebro – explicou Jane. – Assim como você está agindo agora.

Gutierrez encarou Jane.

– Não gostei da insinuação de que estou agindo irracionalmente – disse ele.

– Então não aja irracionalmente – retrucou Jane –, porque haverá consequências. Lembre-se de que você está sob a Lei de Segredo de Estado, Gutierrez.

Gutierrez cedeu, claramente insatisfeito.

– Olha – falei. – Se essas coisas *forem* inteligentes, então, entre outras coisas, acho que temos algumas responsabilidades para com elas, principalmente *não* as eliminar pelo que talvez tenha sido um mal-entendido. E se forem inteligentes, talvez possamos encontrar uma maneira de fazê-las saber que seria melhor nos evitar. – Fiz sinal para que me dessem a ponta de lança; Trujillo a entregou. – Eles estão usando *isto aqui*, pelo amor de Deus – sacudi a lança –, e mesmo com as armas não inteligentes que temos que usar aqui, provavelmente poderíamos acabar com eles cem vezes. Mas gostaria de tentar *não* fazer isso, se conseguirmos.

– Vou tentar explicar as coisas de outra maneira – disse Trujillo a Hiram Yoder. – Você está pedindo para que a gente esconda informações essenciais de nosso povo. Eu, e acho que o Paulo aqui também, tenho a preocupação de que reter essas informações prejudica a segurança do nosso povo porque ninguém terá uma noção completa de com o que vai lidar. Veja onde estamos *agora*. Estamos enfiados em um contêiner de carga envolto em tecido de camuflagem para ficarmos escondidos, e isso porque nosso governo escondeu da gente informações essenciais. O governo colonial *nos* fez de idiotas, e é por isso que estamos vivendo desse jeito. Sem querer ofender.

– Sem problema – disse Yoder.

– O que quero dizer é que nosso governo *nos* ferrou com segredos – disse Trujillo. – Por que vamos querer fazer o mesmo com *nosso* povo?

– Não quero manter isso em segredo para sempre – expliquei. – Mas agora ainda nos faltam informações para saber se essas pessoas são uma ameaça genuína, e gostaria de poder obtê-las sem que as pessoas ficassem meio loucas por medo dos neandertais de Roanoke que estão vagueando no matagal.

– Você está achando que as pessoas vão ficar meio loucas – disse Trujillo.

– Eu ficaria feliz se me provassem o contrário – afirmei. – Mas, por enquanto, vamos pecar pelo excesso de zelo.

– Considerando que não temos escolha, vamos pecar mesmo – falou Trujillo.

– Meu Deus – disse Jane. Notei um tom incomum em sua voz: exasperação. – Trujillo, Gutierrez, pensem um pouco, caramba. *Nós não precisávamos contar nada disso para vocês.* Marta não sabia o que estava olhando quando encontrou Loong; o único de vocês que percebeu sozinho foi Yoder, e só porque veio aqui ver. Se não tivéssemos contado tudo agora, vocês nunca saberiam. Eu poderia ter escondido tudo isso e nenhum de vocês saberia de nada. Mas não quisemos que fosse assim; sabíamos que tínhamos que contar a todos vocês. Confiamos em vocês o suficiente para compartilhar algo que não precisávamos compartilhar. Confiem em nós quando dizemos que precisamos de tempo antes de contar aos colonos. Não é pedir muito.

– Tudo o que estou dizendo é protegido pela Lei de Segredo de Estado – eu disse.

– Temos um Estado? – perguntou Jerry Bennett.

– Jerry – falei.

– Desculpe – disse Jerry. – O que foi?

Contei a Jerry sobre as criaturas e lhe dei uma atualização sobre a reunião do conselho da noite anterior.

– Isso é bem louco – comentou Jerry. – O que quer que eu faça?

– Revise os arquivos que recebemos sobre este planeta – respondi. – Diga se vê alguma coisa que indique que a União Colonial sabia algo sobre esses caras. Digo, *qualquer coisa*.

– Não há nada sobre eles diretamente – afirmou Bennett. – Sei muito bem disso. Li os arquivos enquanto os imprimia para você.

– Não estou procurando referências diretas. Quero dizer qualquer coisa nos arquivos que sugira que esses caras estavam aqui – falei.

– Acha que a UC omitiu o fato de que este planeta tem uma espécie inteligente? – questionou Bennett. – Por que fariam isso?

– Não sei – respondi. – Não faria sentido nenhum. Mas nos mandar a um planeta completamente diferente daquele em que deveríamos estar e depois nos isolar completamente também não faz sentido nenhum, certo?

– Meu irmão, você tem razão – disse Bennett, e pensou por um momento. – A qual profundidade você quer que eu chegue?

– O mais fundo que puder – respondi. – Por quê?

Bennett pegou um PDA de sua bancada e abriu um arquivo.

– A União Colonial usa um formato de arquivo padrão para todos os documentos – disse ele. – Texto, imagens, áudio, todos eles são colocados no mesmo tipo de arquivo. Uma das coisas que é possível fazer com esse formato de arquivo é fazer com que ele acompanhe as alterações de edição. Você escreve um rascunho de algo, envia para a chefe, ela faz mudanças, e o documento volta e você pode ver onde e como sua chefe fez as mudanças. Ele rastreia quantas alterações forem feitas, armazenando o material excluído nos metadados. Não é possível ver, a menos que você ative o controle de versões.

– Então, todas as edições que foram feitas ainda estariam no documento.

– Talvez estejam – disse Bennett. – É uma regra da UC que os metadados em documentos finais sejam removidos. Mas uma coisa é a obrigação, e outra é fazer as pessoas se lembrarem dela.

– Faça isso, então. Quero que olhe tudo. Desculpe pela encheção de saco.

– Que nada. Comandos em lote facilitam a vida. Depois disso, é só usar os parâmetros de pesquisa certos. É o que eu faço.

– Te devo uma, Jerry.

– É mesmo? Se está falando sério, pode me dar um assistente. Ser o cara da tecnologia de uma colônia inteira dá muito trabalho. E eu passo o dia todo fechado em uma caixa. Seria bom ter companhia.

– Vou cuidar disso. E você cuida disso daí.

– Certo – falou Bennett e fez um aceno para que eu saísse da caixa. Jane e Hiram Yoder estavam se aproximando quando saí.

– Temos um problema – disse Jane. – Um dos grandes.

– Qual? – perguntei.

Jane meneou a cabeça para Hiram.

– Paulo Gutierrez e quatro outros homens passaram pela minha fazenda hoje – explicou Hiram. – Carregando fuzis e indo em direção à floresta. Perguntei o que ele estava fazendo e ele falou que estava saindo com seus amigos em um passeio de caça. Perguntei o que ele ia caçar, e ele respondeu que eu sabia muito bem o que eles estavam planejando caçar. Me perguntou se eu queria acompanhar. Falei para ele que minha religião proibia exterminar vida inteligente e pedi para que ele reconsiderasse o que estava fazendo, pois estava indo contra sua vontade e planejando matar outra criatura. Ele riu e saiu em direção à margem da floresta. Estão dentro dela agora, administrador Perry. Acho que eles querem matar o máximo de criaturas que puderem encontrar.

Yoder nos levou até onde viu os homens entrarem na floresta e nos disse que esperaria por nós ali. Jane e eu entramos e começamos a procurar a trilha dos homens.

– Aqui – disse Jane, apontando para marcas de botas no chão da floresta. Paulo e seus rapazes não estavam sequer tentando se esconder, ou, se estavam, eram muito ruins nisso. – Idiotas – falou Jane, e foi atrás deles, sem pensar, usando sua nova e melhorada velocidade. Corri atrás dela, nem tão rápido nem tão silencioso.

Alcancei-a cerca de um quilômetro depois.

– Não faça isso de novo – falei. – Estou prestes a botar os bofes para fora.

– Silêncio – disse Jane. Eu calei a boca. A audição de Jane sem dúvida melhorou como sua velocidade. Tentei puxar o oxigênio para meus pulmões o mais silenciosamente possível. Ela começou a andar para o oeste quando ouvimos um tiro, seguido por mais três. Jane começou a correr novamente, na direção dos tiros. Eu a segui o mais rápido que pude.

Um quilômetro depois, entrei numa clareira. Jane estava ajoelhada sobre um corpo que tinha sangue acumulado debaixo dele; outro homem estava sentado perto, apoiado no tronco de madeira de um arbusto. Corri até Jane e o corpo, cuja frente estava salpicada de sangue. Ela mal olhou para cima.

– Já está morto – disse ela. – Alvejado entre a costela e o esterno. Através do coração, pelas costas. Provavelmente morto antes de atingir o chão.

Eu olhei para o rosto do homem. Demorei um minuto para reconhecê-lo: Marco Flores, um dos colonos de Gutierrez, de Cartum.

Deixei Flores com Jane e fui até o outro homem, que estava olhando fixamente à frente. Era outro colono de Cartum, Galen DeLeon.

– Galen – eu disse, me agachando para ficar no nível dos olhos. Ele não registrou meu chamado. Estalei os dedos algumas vezes para chamar atenção. – Galen – falei de novo. – Me conte o que aconteceu.

– Eu atirei em Marco – contou DeLeon, em uma voz branda com tom de conversa. Ele estava olhando além de mim, para o nada. – Foi sem querer. Eles saíram do nada, e eu atirei em um, e Marco ficou no caminho. Eu atirei nele. Ele caiu. – DeLeon colocou as mãos na testa e começou a agarrar os cabelos. – Foi sem querer. De repente eles estavam lá na nossa frente.

– Galen – repeti. – Você veio aqui com Paulo Gutierrez e alguns outros homens. Para onde eles foram?

DeLeon apontou indistintamente na direção oeste.

– Eles fugiram. Paulo, Juan e Deit foram atrás deles. Eu fiquei. Para ver se poderia ajudar Marco. Ver... – Ele parou novamente. Eu me levantei.

– Eu não quis matá-lo – disse DeLeon, ainda naquele tom brando. – Eles simplesmente estavam lá. E se moviam tão rápido. Você devia ter visto. Se você os visse, saberia por que eu tive que atirar. Se tivesse visto como eles eram.

– Como eles eram? – perguntei.

DeLeon sorriu tragicamente e pela primeira vez olhou para mim.

– Como lobisomens. – Ele fechou os olhos e colocou a cabeça de volta entre as mãos.

Voltei para Jane.

– DeLeon está em choque – informei. – Um de nós tem que levá-lo de volta.

– O que ele disse que aconteceu? – perguntou Jane.

– Disse que as coisas vieram do nada e correram para lá – respondi, apontando para o oeste. – Gutierrez e o restante deles foram atrás das coisas. – Aquilo me trouxe um lampejo. – Estão indo direto para uma emboscada – falei.

– Venha – chamou Jane e apontou para o rifle de Flores. – Pegue isto – falou ela e correu. Peguei o rifle de Flores, verifiquei a munição e mais uma vez comecei a correr atrás da minha esposa.

Soou outro tiro de fuzil, seguido pelo som de homens gritando. Aumentei a velocidade e subi para encontrar Jane em uma trilha de árvores de Roanoke, ajoelhada nas costas de um dos homens, que estava gritando de dor. Paulo Gutierrez apontava seu fuzil para Jane e ordenava que ela saísse de cima do homem. Jane não se movia. Um terceiro homem estava ao lado, parecendo prestes a molhar as calças.

Eu ergui meu fuzil para Gutierrez.

– Largue o fuzil, Paulo – ordenei. – Largue ou vou derrubar você.

– Diga para sua esposa sair de cima de Deit – disse Gutierrez.

– Não – falei. – Agora, solte a arma.

– Porra, ela está quebrando o braço dele!

– Se ela quisesse, o braço dele já estaria quebrado – garanti. – E se ela quisesse matar cada um de vocês, vocês já estariam mortos. Paulo, não vou repetir. Largue o fuzil.

Paulo largou o fuzil. Olhei para o terceiro homem, que seria Juan. Ele largou o dele também.

– No chão – falei para os dois. – Joelhos e palmas no chão. – Eles se abaixaram.

– Jane – eu disse.

– Este aqui atirou em mim – explicou Jane.

– Eu não sabia que era você! – disse Deit.

– Cale a boca – disse Jane. Ele calou.

Fui até os fuzis de Juan e Gutierrez e os peguei.

— Paulo, onde estão seus outros homens? – perguntei.

— Eles estão atrás de nós em algum lugar – respondeu Gutierrez. – Aquelas coisas surgiram do nada e começaram a correr daquele jeito, e nós viemos atrás delas. Marco e Galen provavelmente foram para outra direção.

— Marco morreu – falei.

— Aqueles filhos da puta o pegaram – disse Deit.

— Não. Galen atirou nele. Assim como você quase atirou nela.

— Santo Cristo – disse Gutierrez. – Marco.

— Foi *exatamente* por isso que eu queria manter isso em segredo – falei com Gutierrez. – Para evitar que algum idiota fizesse isso. Vocês, imbecis, não têm a menor ideia do que estão fazendo, e agora um de vocês morreu, um de vocês o matou, e o restante estava correndo para uma emboscada.

— Ai, meu Deus – falou Gutierrez. Tentou sair da posição de quatro no chão e se sentar, mas perdeu o equilíbrio e desabou em uma pilha de tristeza.

— Vamos sair daqui agora, todos nós – eu disse, caminhando até Gutierrez. – Vamos voltar por onde viemos e buscar Galen e Marco no caminho. Paulo, sinto muito... – Flagrei o movimento de soslaio; era Jane, dizendo-me para parar de falar. Estava ouvindo alguma coisa. Olhei para ela. *O que foi?*, fiz com a boca.

Jane olhou para Deit.

— Para que lado aquelas coisas que você perseguia fugiram?

Deit apontou para o oeste.

— Para lá. Estávamos perseguindo eles, aí todos desapareceram e então você veio correndo.

— O que quer dizer com "desapareceram"? – perguntou Jane.

— Em um minuto nós os vimos e, no seguinte, não vimos mais – respondeu Deit. – Aqueles filhos da puta são rápidos.

Jane saiu de cima de Deit.

– Levante-se. Agora – ela disse. Ela olhou para mim. – Eles não estavam correndo para uma emboscada. *Esta* é a emboscada.

Então, escutei o que Jane estava ouvindo: uma porção suave de cliques vindo das árvores. Vindo bem de cima de nós.

– Ai, merda – falei.

– Que porra é essa? – perguntou Gutierrez e olhou para cima quando a lança desceu, expondo o pescoço à ponta, que deslizou naquele espaço macio no topo do esterno e se afundou nas vísceras. Rolei, evitando uma lança, e olhei para cima enquanto rolava.

Estava chovendo lobisomens.

Dois caíram perto de mim e de Gutierrez, que ainda estava vivo, tentando arrancar a lança. Um agarrou a lança perto da ponta e empurrou-a mais fundo no peito de Gutierrez, sacudindo-a violentamente. Gutierrez cuspiu sangue e morreu. O segundo me golpeou com as garras enquanto eu rolava, rasgando minha jaqueta, mas não atingindo a carne. Eu estava com meu fuzil e o ergui com uma mão; a coisa agarrou o cano com as duas patas, garras ou mãos e se preparou para arrancá-lo de mim. Não parecia saber que um projétil poderia sair de sua ponta, mas eu mostrei como funcionava. A criatura que brutalizava Gutierrez soltou um estalido agudo, que achei ser de horror, e correu para a esquerda, tomando impulso até uma árvore, a qual escalou e depois da qual se arremessou, pousando em outra árvore e desaparecendo na folhagem.

Olhei em volta. Eles sumiram. *Todos* sumiram.

Algo se moveu; apontei o fuzil para o vulto. Era Jane. Estava arrancando a faca de um dos lobisomens. Outro estava por perto. Procurei Juan e Deit e vi os dois no chão, sem vida.

– Tudo bem? – perguntou Jane. Fiz que sim com a cabeça. Jane levantou-se, segurando o flanco com sangue escorrendo pelos dedos.

– Você está machucada – falei.

– Estou bem. Parece pior do que é.

De longe veio um grito muito humano.

– DeLeon – disse Jane e começou a correr, ainda segurando o flanco. Fui atrás dela.

Grande parte de DeLeon havia sumido. Alguns pedaços foram deixados para trás. Onde quer que o restante dele estivesse, ainda estava vivo e gritando. Uma trilha de sangue ia de onde ele estava sentado até uma das árvores. Veio outro grito.

– Estão levando DeLeon para o norte – falei. – Vamos.

– Não – disse Jane e apontou. Havia movimento nas árvores no lado leste.

– Estão usando DeLeon como isca para nos distrair. A maioria está indo para o leste. De volta para a colônia.

– Não podemos deixar DeLeon. Ele ainda está vivo.

– Vou buscá-lo. Você volta. Tome cuidado. Observe as árvores e o chão.

Então, ela partiu.

Quinze minutos depois, irrompi da borda da floresta e voltei para o terreno da colônia. Encontrei quatro lobisomens em um semicírculo e Hiram Yoder em silêncio no foco dos animais. Eu me joguei no chão.

Os lobisomens não me notaram; eles estavam totalmente absortos em Yoder, que continuava parado. Dois dos lobisomens tinham lanças apontadas para ele, prontas para empalá-lo se ele se mexesse. Ele não se mexeu. Todos os quatro estalaram a língua e assobiaram, os silvos entrando e saindo de meu alcance sônico; foi por isso que Jane os ouviu antes de todos nós.

Um dos lobisomens se aproximou de Yoder, sibilando e estalando a língua para ele; era corpulento e musculoso, ao contrário de Yoder, que era alto e magro. Estava com uma simples faca de pedra. Estendeu a mão e cutucou Yoder com força no peito; Yoder não reagiu e ficou em silêncio. A coisa agarrou seu braço direito e começou a cheirá-lo e examiná-lo; Yoder não oferecia resistência. Era um menonita, um pacifista.

O lobisomem de repente acertou Yoder com força no braço, talvez testando-o. Yoder cambaleou um pouco com o golpe, mas permaneceu em pé. O lobisomem soltou uma série rápida de chiados e depois os outros também o fizeram; suspeitei que eles estivessem rindo.

O lobisomem passou as garras pelo rosto de Yoder, rasgando a bochecha direita do homem com um som audível de raspagem. Sangue escorreu pelo rosto de Yoder; involuntariamente, ele apertou o ferimento com a mão. O lobisomem arrulhou e olhou para Yoder, os quatro olhos sem piscar, esperando para ver o que ele faria.

Yoder soltou a mão do rosto arruinado e olhou diretamente para o lobisomem. Devagar, ele virou a cabeça para oferecer a outra face.

O lobisomem se afastou de Yoder e voltou para o seu bando, piando. Os dois que tinham lanças apontadas para Yoder deixaram que abaixassem um pouco. Dei um suspiro de alívio e olhei para baixo por um segundo, percebendo meu suor frio. Yoder manteve-se vivo por não oferecer resistência; as criaturas, o que quer que fossem, foram espertas o bastante para enxergar que ele não era uma ameaça.

Levantei a cabeça de novo e encontrei um dos lobisomens olhando diretamente para mim.

O bicho deixou escapar um grito estridente. O lobisomem mais próximo de Yoder olhou para mim, rosnou e enfiou a faca de pedra em Yoder. Yoder ficou rígido. Levantei meu fuzil e atirei na cabeça do lobisomem, que caiu; os outros lobisomens entraram em disparada na floresta.

Corri até Yoder, que desmoronara no chão e agarrava com cuidado a faca de pedra.

– Não toque – ordenei. Se a faca tivesse cortado qualquer vaso sanguíneo importante, retirá-la poderia fazer com que ele se esvaísse em sangue.

– Está doendo – disse Yoder. Ele olhou para mim e sorriu, cerrando os dentes. – Bem, quase funcionou.

– Funcionou – falei. – Sinto muito, Hiram. Isso não teria acontecido se não fosse por mim.

– Não foi sua culpa – disse Hiram. – Vi você cair e se esconder. Vi você me dar uma chance. Você fez a coisa certa. – Ele estendeu a mão em direção ao cadáver do lobisomem, tocando a perna esparramada. – Gostaria que você não tivesse que atirar.

– Sinto muito – repeti. Hiram não tinha mais nada a dizer.

– Hiram Yoder. Paulo Gutierrez. Juan Escobedo. Marco Flores. Deiter Gruber. Galen DeLeon – disse Manfred Trujillo. – Seis mortos.

– É – confirmei, sentando-me à mesa da minha cozinha. Zoë tinha ido dormir na casa de Trujillo a convite de Gretchen. Hickory e Dickory estavam com ela. Jane estava na enfermaria; além do corte em seu flanco, ela se arranhara feio perseguindo DeLeon. Babar estava descansando a cabeça no meu colo. Eu fazia carinho nele distraidamente.

– Nenhum corpo – falou Trujillo. Olhei para frente com essa frase. – Fomos em cem para a floresta, onde você nos disse para ir. Encontramos sangue, mas nenhum corpo. Essas coisas os levaram com eles.

– E quanto a Galen? – perguntei. Jane me contou que tinha encontrado partes dele, deixando uma trilha enquanto ela avançava. Parou de seguir depois que ele parou de gritar, e quando seus ferimentos a impediram de ir mais adiante.

– Encontramos algumas coisas. – respondeu Trujillo. – Não o suficiente para considerarmos um corpo.

– Ótimo – eu disse. – Maravilha.

– Como você se sente?

– Meu Deus, Man – falei. – Como acha que me sinto? Perdemos seis pessoas hoje. Perdemos, caralh… perdemos Hiram Yoder. Estaríamos todos mortos se não fosse por ele. Ele *salvou* esta colônia, ele e os menonitas. Agora ele está morto, e a culpa é minha.

– Foi Paulo quem juntou esse grupo – disse Trujillo. – Ele agiu contra suas ordens e levou outras cinco pessoas à morte. E colocou você e Jane em perigo. Se alguém tem que levar a culpa, esse alguém é ele.

– Não quero culpar Paulo.

– Sei que não quer. Por isso que estou dizendo. Paulo era meu amigo, um dos melhores que eu tinha aqui. Mas fez besteira e matou aqueles homens. Devia ter dado ouvido a vocês.

– Sim. Bem – falei. – Pensei que tornar essas criaturas um segredo de estado *impediria* um acontecimento desses. Por isso fiz o que fiz.

– Todo segredo dá um jeito de vazar – disse Trujillo. – Você sabe disso. Ou deveria saber.

– Eu deveria ter anunciado para todo mundo sobre a existência dessas coisas – falei.

– Talvez – disse Trujillo. – Você teve que tomar uma decisão aqui e tomou. Não foi o que eu teria pensado que você faria, sinceramente. Não foi do seu feitio. Se não se importa que eu diga, você não é muito bom com segredos. E as pessoas aqui também não estão acostumadas com você cheio deles.

Eu grunhi em concordância e acariciei meu cachorro. Trujillo se mexeu na cadeira por alguns minutos, desconfortável.

– O que vai fazer agora? – perguntou.

– Porra, sei lá – respondi. – O que eu gostaria de fazer agora era dar um murro na parede.

– Aconselho a não fazer isso – disse Trujillo. – Sei que, no geral, você não gosta de seguir meus conselhos. Mas eu lhes dou mesmo assim.

Eu sorri para esse conselho. Meneei a cabeça na direção da porta.

– Como estão as pessoas?

– Assustadas pra cacete – respondeu Trujillo. – Um homem morreu ontem, mais seis morreram hoje, dos quais cinco desapareceram, e as pessoas estão se perguntando se serão as próximas. Suspeito que a maioria vá dormir dentro da vila nas próximas duas noites. Aliás, temo que já corra à boca pequena que as criaturas são inteligentes. Gutierrez contou para um monte de gente enquanto estava tentando recrutar membros para seu grupo.

– Estou surpreso que outro grupo não tenha saído à procura dos lobisomens – comentei.

– Você os chama de lobisomens?

– Você viu o que matou Hiram. Diga que não parece.

– Faça o favor de não compartilhar esse nome – pediu Trujillo. – As pessoas já estão assustadas o bastante.

– Tudo bem.

– E, sim, havia outro grupo que queria sair e tentar se vingar. Um punhado de garotos idiotas. O namorado da sua filha, Enzo, era um dos eles.

– Ex-namorado. Você os persuadiu a não cometerem uma tolice?

– Enfatizei que cinco homens adultos foram caçar aquelas coisas e nenhum deles voltou. Acho que isso os acalmou um pouco.

– Ótimo.

– Você precisa aparecer hoje à noite no salão comunitário – disse Trujillo. – As pessoas estarão lá. Precisam ver você.

– Eu não estou em condições de ver ninguém.

– Você não tem escolha. É o líder da colônia. As pessoas estão de luto, John. Você e sua esposa são os únicos que saíram disso vivos, e ela está na baia médica. Se passar a noite inteira se escondendo aqui, o recado para todo mundo lá fora é que ninguém se livrará com vida dessas coisas. E você escondeu uma informação deles. Precisa começar a compensar esse fato.

— Não sabia que você era psicólogo, Man — falei.

— Não sou. Sou político. E você também é, queira admitir isso ou não. Esse é o trabalho de um líder de colônia.

— Vou abrir o jogo com você, Man. Se você pedisse o emprego de líder da colônia, eu lhe daria. Neste momento, eu daria. Sei que acha que você *deveria* ter sido líder da colônia. Então. O trabalho é seu. Quer?

Trujillo fez uma pausa para considerar suas palavras.

— Tem razão — disse ele. — Eu achava que deveria ter sido o líder da colônia. Às vezes, ainda acho. E, algum dia, creio que provavelmente serei. Mas agora *não* é meu trabalho. É o seu. Meu trabalho é ser sua oposição leal. E o que sua oposição leal pensa é isto: seu povo está com medo, John. Você é o líder deles. Lidere essa porcaria. Senhor.

— Essa é a primeira vez que você me chama de senhor — falei depois de um longo minuto.

Trujillo sorriu.

— Eu estava guardando para um momento especial.

— Nesse caso — eu disse. — Muito bem. Muito bem mesmo.

Trujillo levantou-se.

— Então, vejo você por aí esta noite.

— Isso aí. Vou tentar ser tranquilizador. Obrigado, Man.

Ele dispensou o agradecimento com um aceno e saiu quando alguém veio andando até a minha varanda. Era Jerry Bennett.

Acenei para ele entrar.

— O que tem aí para mim? — perguntei.

— Sobre as criaturas, nada — disse Bennett. — Fiz todos os tipos de parâmetros de pesquisa e não deu em nada. Não há para onde avançar. Não exploraram muito este planeta.

– Me conte alguma coisa que eu não saiba – pedi.

– Tudo bem – disse Bennett. – Sabe o arquivo de vídeo do Conclave explodindo aquela colônia?

– Sim – respondi. – O que isso tem a ver com este planeta?

– Não tem – comentou Bennett. – Como lhe disse, verifiquei todos os arquivos de dados quanto às edições em um comando em lote. Ele pegou esse arquivo com todos os outros.

– O que tem o arquivo? – questionei.

– Bem, acontece que o arquivo de vídeo que você tem é apenas parte de outro arquivo de vídeo. Os metadados apresentam códigos de tempo para o arquivo de vídeo original. Os códigos de tempo dizem que seu vídeo é apenas o final desse outro vídeo. Tem mais vídeo lá.

– Quanto mais? – eu quis saber.

– *Muito* mais – respondeu Bennett.

– Consegue recuperar? – perguntei

Bennett sorriu.

– Já recuperei.

Seis horas e algumas dúzias de conversas tensas com colonos depois, entrei na Caixa Preta. O PDA em que Bennett tinha salvado o arquivo de vídeo estava em sua mesa, como prometido. Peguei. O vídeo já estava na fila e parado no início. Sua primeira imagem era de duas criaturas em uma colina, com vista para um rio. Eu reconheci a colina e uma das criaturas do vídeo que eu já tinha visto. O outro, eu não tinha visto antes. Apertei os olhos para enxergar melhor, então me xinguei por ser estúpido e ampliei a imagem. A outra criatura entrou em foco.

Era um Whaid.

– Olá – falei com a criatura. – O que você está fazendo, conversando com o cara que acabou com a sua colônia?

Iniciei o vídeo para descobrir.

8___

Os dois estavam perto da beira de um penhasco com vista para um rio, observando o pôr do sol sobre o prado distante.

— Vocês têm lindos pores do sol aqui — disse o general Tarsem Gau a Chan orenThen.

— Obrigado — respondeu orenThen. — São os vulcões.

Gau lançou um olhar de divertimento para o orenThen. A planície ondulante era interrompida apenas pelo rio, seus penhascos e a pequena colônia que ficava onde os desfiladeiros se inclinavam em direção à água.

— Não *aqui* — disse orenThen, sentindo a observação silenciosa de Gau. Apontou para o oeste, onde o sol havia acabado de descer no horizonte. — A meio planeta de distância, naquela direção. Muita atividade tectônica. Há um círculo de vulcões em todo o oceano ocidental. Houve erupção de um deles no final do outono. Ainda tem poeira na atmosfera.

– Deve ter contribuído para um inverno rigoroso – comentou Gau.

OrenThen fez um movimento que sugeria o contrário.

– Erupção grande o suficiente para belos pores do sol. Não para uma mudança climática. Temos invernos suaves. É uma das razões pelas quais nos instalamos aqui. Verões quentes, mas bons para plantar. Solo rico. Excelente abastecimento de água.

– E sem vulcões – disse Gau.

– Nenhum vulcão – concordou orenThen. – Nenhum terremoto, porque estamos bem no meio de uma placa tectônica. Mas com tempestades. E, no verão passado, tornados com granizos do tamanho de sua cabeça. Perdemos colheitas com isso. Mas nenhum lugar é inteiramente perfeito. Resumindo, é um bom lugar para começar uma colônia e construir um novo mundo para o meu povo.

– Concordo. E, pelo que posso dizer, você fez um trabalho maravilhoso liderando esta colônia.

OrenThen inclinou a cabeça ligeiramente.

– Obrigado, general. Vindo de você, isso é um grande elogio.

Os dois voltaram a atenção para o pôr do sol, observando o anoitecer prematuro se aprofundar ao redor deles.

– Chan – disse Gau. – Você sabe que não posso deixar você manter esta colônia.

– Ah – reagiu orenThen com um sorriso, ainda olhando para o pôr do sol. – Lá se vão minhas esperanças de esta ser uma visita social.

– Você sabe que não é – afirmou Gau.

– Eu sei. Você ter derrubado meu satélite de comunicações foi minha primeira pista. – OrenThen apontou para o declive do penhasco, onde estava um pelotão de soldados de Gau, cautelosamente observados pela escolta de camponeses de orenThen.– Eles foram minha segunda.

– Eles são apenas uma exibição – disse Gau. – Precisava ser capaz de falar com você sem a distração de tomar um tiro.

— E explodir meu satélite? — questionou orenThen. — Acho que isso não foi uma exibição.

— Foi necessário, para o seu bem — explicou Gau.

— Disso eu duvido — comentou orenThen.

— Se eu deixasse seu satélite, você ou alguém de sua colônia teria enviado um drone de salto para informar seu governo que vocês estavam sob ataque. Mas não é por isso que estou aqui.

— Você acabou de me dizer que não posso manter esta colônia.

— Não pode. Mas isso não é a mesma coisa que estar sob ataque.

— Não entendo a distinção, general — disse orenThen. — Especialmente devido à explosão de um satélite muito caro por suas armas e aos seus soldados no meu território.

— Há quanto tempo nos conhecemos, Chan? — perguntou Gau. — Há muito tempo, como amigos e adversários. Você viu de perto como eu faço as coisas. Já me viu dizer uma coisa e querer dizer outra?

OrenThen ficou quieto por um momento.

— Não — respondeu ele por fim. — Você pode ser um babaca arrogante, Tarsem. Mas sempre disse o que queria dizer.

— Então, confie em mim mais uma vez — pediu Gau. — Mais do que qualquer coisa, quero que isso termine pacificamente. É por isso que eu estou aqui, e não outra pessoa. Porque o que você e eu fazemos aqui é importante, além do planeta e desta colônia. Não posso deixar sua colônia permanecer aqui. Você sabe disso. Mas isso não significa que você ou qualquer um do seu povo tenha que sofrer por isso.

Houve outro momento de silêncio de orenThen.

— Tenho que admitir que fiquei surpreso por ser você naquela nave — disse ele a Gau. — Sabíamos que havia o risco de que o Conclave viesse atrás de nós. Você não passou todo esse tempo lutando contra todas as raças e declarando o fim da colonização só para nos deixar escapar pelas frestas. Planejamos considerando essa possibilidade. Mas presumi que seria uma nave com um oficial subalterno no timão. Em vez disso, recebemos o líder do Conclave.

— Somos amigos. Você merece a cortesia.

— Gentil de sua parte dizer isso, general. Mas, amigo ou não, é um exagero.

Gau sorriu.

— Bem, é possível que seja. Ou talvez seja mais correto dizer que *seria* um exagero. Mas sua colônia é mais importante do que você pensa, Chan.

— Eu não vejo como — disse orenThen. — Eu gosto dela. Existem pessoas boas aqui. Mas somos uma colônia inicial. Há no máximo 2 mil de nós. Estamos no nível de subsistência. Tudo o que fazemos é cultivar comida para nós mesmos e nos preparar para a próxima onda de colonos. E tudo o que eles farão é se preparar para a onda de colonos seguinte. Não há nada importante nisso.

— Agora é você quem não está sendo sincero. Sabe muito bem que a importância não está naquilo que sua colônia planta ou cria. É o simples fato de existir, em violação ao Acordo do Conclave. Haverá novas colônias não administradas pelo Conclave. O fato de seu povo ignorar o acordo é um desafio explícito à legitimidade do Conclave.

— Nós não *ignoramos* — disse orenThen, a irritação tomando sua voz aos poucos. — Ele simplesmente não se aplica a nós. Não assinamos o Acordo do Conclave, general. Nós não assinamos, nem algumas centenas de outras raças. Estamos livres para colonizar como quisermos. E foi o que fizemos. O senhor não tem o direito de questionar isso, general. Somos um povo soberano.

— Está ficando formal comigo — comentou Gau. — Lembro que este é um sinal claro de que te irritei.

— Não ache que tem tanta intimidade assim, general — retrucou orenThen. — Éramos amigos, sim. Talvez ainda sejamos. Mas o senhor não deve questionar de que lado fica minha lealdade. Só porque enredou a maioria das raças em seu Conclave, não pense que tem uma grande autoridade moral. Antes do Conclave, se o senhor atacasse minha colônia, seria uma conquista de território, pura e simples. Mesmo com seu precioso Conclave, ainda é uma conquista de território, pura e simples.

— Eu me lembro de quando você achava que o Conclave era uma boa ideia. Eu me lembro de você discutindo com outros diplomatas whaids. Me lembro de você convencê-los, e deles convencendo seu ataFuey a fazer com que os Whaids participassem do Conclave.

— O ataFuey foi assassinado — retrucou orenThen. — O senhor sabe disso. O filho dele tinha uma mentalidade bem diferente.

— É, ele tinha — concordou Gau. — É estranho como foi conveniente para ele o momento em que o pai foi assassinado.

— Não posso comentar sobre isso — explicou orenThen. — E, depois que o novo ataFuey assumiu o trono, não era meu papel ir contra a vontade dele.

— O filho do ataFuey era um idiota, e você sabe disso.

— Talvez. Mas, como eu disse, o senhor não deve questionar de que lado está minha lealdade.

— Não questiono. Nunca questionei. Ela está com o povo whaid. É por isso que você lutou pelo Conclave. Se os Whaids tivessem se juntado ao Conclave, você poderia ter colonizado este planeta com mais de quatrocentas outras raças apoiando seu direito de estar aqui.

— *Temos* o direito de estar aqui. E temos o planeta.

— Vão perdê-lo.

— E nunca teríamos tido este planeta sob o Conclave — continuou orenThen, atropelando as palavras de Gau. — Porque seria território do Conclave, não whaid. Seríamos apenas meeiros, compartilhando o planeta com outras raças do Conclave. Isso ainda faz parte da mentalidade do Conclave, não é? Múltiplas raças em mundos únicos? Construir uma identidade planetária que não seja baseada em espécies, mas em fidelidade ao Conclave, para criar uma paz duradoura. Ou pelo menos é nisso que o senhor acredita.

— Você costumava achar que era uma boa ideia também.

— Surpresas da vida. As coisas mudam.

— Mudam mesmo. Você se lembra do que me colocou no caminho do Conclave.

— A Batalha de Amin, ou pelo menos é o que você gosta de dizer — orenThen falou. — Quando tomou de volta o planeta dos Kies.

— Inteiramente desnecessário. Eles habitam na água. Não havia razão racional para não termos compartilhado o planeta. Mas *nós* não queríamos. *Eles* não queriam. E ambos perdemos mais do que poderíamos ter ganhado. Antes daquela batalha, eu era tão xenofóbico quanto o desgraçado de seu ataFuey, tanto quanto você está fingindo ser agora. Depois disso, fiquei com vergonha de como envenenamos aquele planeta quando o pegamos de volta. *Vergonha*, Chan. E eu sabia que isso nunca acabaria. A menos que eu fizesse acabar. A menos que eu fizesse as coisas mudarem.

— E aqui está o senhor, com seu grande Conclave, sua suposta esperança pela paz nesta parte do espaço — comentou orenThen com sarcasmo. — E, com isso, o senhor está tentando arrancar minha colônia deste planeta. O senhor *não fez* nada acabar, general. Não fez as coisas mudarem.

— Não, não fiz — admitiu Gau. — Ainda não. Mas estou chegando lá.

— Ainda estou esperando para ouvir por que isso torna minha colônia tão importante.

— O Acordo do Conclave diz que as raças membros do Conclave não podem ter novos mundos para si; elas colonizam os mundos que descobrem, mas outros membros do Conclave vão colonizar também. O acordo também diz que, quando o Conclave encontra um planeta colonizado por uma espécie não membro do Conclave segundo o Acordo, ele toma esse planeta para o Conclave. Ninguém pode colonizar, a menos que seja por meio do Conclave. Nós avisamos as espécies não membros do Conclave sobre isso.

— Eu lembro — falou orenThen. — Eu fui escolhido para liderar esta colônia pouco tempo depois que vocês anunciaram isso.

— E ainda assim vocês colonizaram.

— O Conclave não era algo certo, general. Apesar de sua noção de destino, o senhor ainda poderia ter fracassado.

— Muito justo. Mas não fracassei. Agora o Conclave existe, e agora temos que fazer cumprir o acordo. Várias dezenas de colônias foram fundadas após a criação do Acordo. Incluindo esta aqui.

— Agora entendo. Somos os primeiros em uma série de conquistas para a glória do Conclave.

— Não — retrucou Gau. — Não conquistas. Já lhe disse isso. Estou esperando algo completamente diferente.

— E o que seria? — questionou orenThen.

— Vocês saírem por conta própria.

OrenThen encarou Gau.

— Velho amigo, o senhor perdeu completamente a razão — disse ele.

— Escute, Chan — falou Gau, insistente. — Há uma razão para começar aqui. Eu *conheço* você. Sei de que lado está sua lealdade, do seu povo, não de seu ataFuey e sua política de suicídio racial. O Conclave *não* permitirá que os Whaids colonizem. Simples assim. Vocês serão limitados aos planetas que tinham antes do Acordo. Mais nenhum. E desses poucos planetas, você verá o restante do espaço se encher sem você. Você ficará *isolado*; sem comércio e sem viagens a outros mundos. Ficará retido, meu amigo. E, retido, vai murchar e morrer. Sabe que o Conclave pode fazer isso. Sabe que *eu* posso fazer isso.

OrenThen não disse uma palavra. Gau continuou.

— Não posso obrigar o ataFuey a mudar de ideia. Mas você pode me ajudar a mostrar aos outros que o Conclave preferiria trabalhar por meio da paz. Desista da sua colônia. Convença seus colonos a sair. Você pode retornar a sua terra natal. Prometo um salvo-conduto.

— O senhor sabe que é uma oferta vazia — disse orenThen. — Se abandonarmos esta colônia, seremos tachados de traidores. Todos nós.

— Então, junte-se ao Conclave, Chan — ofereceu Gau. — Não os Whaids. Você. Você e seus colonos. O primeiro mundo das colônias do Conclave está prestes a se abrir para emigrantes. Seus colonos podem estar entre eles. Ainda podem ser os primeiros em um novo mundo. Ainda podem ser colonos.

— E o senhor daria um golpe de boa imagem ao não massacrar uma colônia inteira.

— Sim — admitiu Gau. — Claro. É um dos motivos. Será mais fácil convencer outras colônias a deixarem seus mundos se puderem ver que eu poupei vocês desta vez. Evitar derramamento de sangue aqui pode nos ajudar a evitar a mesma coisa em outros lugares. Você vai salvar mais vidas do que a de seus colonos.

— É um dos motivos, o senhor disse — observou orenThen. — Qual é o outro motivo?

— Não quero que você morra — afirmou Gau.

— O senhor quer dizer que não quer me matar.

— Isso mesmo.

— Mas *vai* — insistiu orenThen. — A mim e a cada um de meus colonos.

— Sim.

OrenThen bufou.

— Às vezes, eu queria mesmo que o senhor não quisesse sempre dizer o que diz.

— Não posso evitar.

— Nunca pôde. É parte do que parece ser seu charme.

Gau não disse nada e olhou para as estrelas, que começavam a aparecer no céu que escurecia. OrenThen seguiu seu olhar.

— Procurando sua nave?

— Encontrei — disse Gau e apontou para cima. — A *Estrela Gentil*. Você se lembra dela.

— Lembro. Era pequena e velha quando conheci o senhor. Fico surpreso por ainda comandá-la.

— Uma das coisas boas de administrar o universo é que se tem permissão para afetações — disse Gau.

OrenThen apontou de novo para o pelotão de Gau.

— Se a lembrança serve, o senhor tem espaço suficiente na *Gentil* para uma pequena companhia de soldados. Não duvido que seja suficiente para fazer o trabalho aqui. Mas, se está determinado a mostrar a que veio, parece decepcionante.

— Primeiro é um exagero, e agora é decepcionante — falou Gau.

— *Sua presença* aqui é um exagero — corrigiu orenThen. — É de seus soldados que estamos falando agora.

— Esperava não ter que usar nenhum deles — comentou Gau. — E que você ouvisse a razão. Sendo esse o caso, não haveria necessidade de trazer mais.

— E se eu não ouvir a "razão"? — perguntou orenThen. — O senhor poderia tomar esta colônia com uma companhia, general. Mas podemos fazer o senhor pagar por isso. Alguns entre meu povo eram soldados. Todos são durões. Alguns de seus soldados seriam enterrados conosco.

— Eu sei — disse Gau. — Mas nunca foi meu plano usar meus soldados. Se você não ouvir a razão, ou os apelos de um velho amigo, tenho outro plano em mente.

– Que é? – perguntou orenThen.

– Eu vou te mostrar – falou Gau e olhou de volta para seu pelotão. Um dos soldados deu um passo à frente; Gau acenou para ele. O soldado saudou e começou a falar em um dispositivo de comunicação. Gau voltou sua atenção para orenThen. – Visto que você fez lobby com seu governo para se juntar ao Conclave e falhou, não que tenha sido sua culpa, tenho certeza de que pode gostar quando eu lhe disser que é mesmo um milagre que o Conclave exista. Há 412 raças dentro do Conclave, cada uma delas com seus planos e plataformas, que tiveram todos que ser levados em consideração quando o Conclave surgiu. Mesmo agora, ele é frágil. Existem facções e alianças. Algumas raças se juntaram ao Conclave pensando que poderiam esperar o momento certo para assumir o controle. Outras se juntaram pensando que o Conclave seria um caminho livre para a colonização e que não se esperaria nada delas. Tive que fazê-las entender que o Conclave significa segurança para todas elas e que espera responsabilidade de todas elas. E aquelas raças que não aderiram ao Conclave precisam saber o que o Conclave faz... o que todos os seus membros sabem.

– Então, o senhor está aqui em nome de todas as raças do Conclave – disse orenThen.

– Não é isso que quis dizer.

– Não estou entendendo o senhor de novo, general.

– Olha só. – Gau apontou para a nave novamente. – Consegue ver a *Gentil*?

– Sim.

– Me diga o que mais você vê.

– Vejo estrelas. O que mais eu deveria estar vendo?

– Continue olhando.

Um momento depois, um ponto de luz apareceu no céu perto da *Gentil*. Então outro e mais um.

— Mais naves.

— Isso.

— Quantas? — quis saber OrenThen.

— Continue olhando.

As naves piscaram, sozinhas; depois, em pares e trios; depois, em constelações.

— São tantas — comentou orenThen depois de algum tempo.

— Continue olhando.

OrenThen esperou até ter certeza de que não havia mais naves chegando antes de se virar novamente para olhar Gau, que ainda olhava o céu.

— Há 412 naves no seu céu — informou Gau. — Uma nave de cada raça membro do Conclave. Esta é a frota com a qual visitaremos todos os mundos que forem colonizados sem autorização depois do Acordo. — Gau virou-se novamente e procurou seu tenente, a quem mal podia enxergar na escuridão. Ele deu ao seu tenente um segundo aceno de cabeça. O soldado falou em seu comunicador de novo.

De cada nave no céu, um feixe de luz ondulado acertou a colônia às margens do rio, cobrindo-a de branco. OrenThen irrompeu em um grito agonizante.

— Holofotes, Chan — disse Gau. — São apenas holofotes.

Demorou alguns instantes para orenThen conseguir responder.

— Holofotes — falou ele por fim. — Mas só por enquanto, correto?

— Ao meu comando, todas as naves da frota vão reorientar seus raios — respondeu Gau. — Sua colônia será destruída, e toda raça membro do Conclave terá um dedo nessa destruição. É assim que tem que ser feito. Segurança para todos, responsabilidade de todos. E nenhuma raça pode dizer que não assumiu esse custo.

— Queria ter matado o senhor quando o vi pela primeira vez aqui — disse orenThen. — Nós aqui, falando sobre o pôr do sol, quando o senhor tinha tudo isso esperando por mim. O senhor e seu maldito Conclave.

Gau estendeu os braços, ficando vulnerável.

— Me mate, Chan. Não vai salvar esta colônia. Não vai parar o Conclave também. Nada que possa fazer impedirá o Conclave de tomar este planeta, o próximo ou os outros. O Conclave tem quatrocentos povos. Toda raça que luta contra ele, luta sozinha. Os Whaids. Os Rraeys. Os Frans. Os humanos. Todos os outros que começaram colônias desde o Acordo. É, no mínimo, uma questão de números. Temos mais raças. Apostar corrida contra uma raça é uma coisa. Apostar contra quatrocentas é outra completamente diferente. Será apenas uma questão de tempo.

OrenThen afastou-se de Gau e virou em direção a sua colônia banhada em luz.

— Vou contar uma coisa — disse ele a Gau. — Pode achar irônico. Quando fui escolhido para liderar esta colônia, avisei ao ataFuey que o senhor viria até aqui. O senhor e todo o Conclave. Ele me disse que o Conclave nunca se formaria, que o senhor era um tolo por tentar e que eu tinha sido um idiota por ter lhe dado ouvidos no passado. Havia raças demais para se chegar a algum acordo, quanto mais a uma grande aliança. E que os inimigos do Conclave estavam trabalhando demais para que ele fracassasse. Disse que os humanos parariam vocês se ninguém mais o fizesse. Tinha em alta conta a capacidade deles de pôr todas as raças umas contra as outras sem envolvimento próprio.

— Ele não estava muito errado — falou Gau. — Mas os humanos exageraram na dose. Sempre exageram. A oposição que criaram para combater o Conclave se desfez. A maioria *dessas* raças agora está mais preocupada com os humanos do que com a gente. Quando o Conclave chegar aos humanos, talvez não haja muitos deles para contar história.

— O senhor poderia ter ido atrás dos humanos primeiro.

— Cada coisa a seu tempo.

— Vou colocar de outra forma. O senhor não tinha que vir *aqui* primeiro.

— *Você* estava aqui – retrucou Gau. – Você tem uma história com o Conclave. Tem uma história comigo. Se fosse em qualquer outro lugar, sem dúvida começaria com destruição. Aqui, você e eu temos a chance de fazer diferente. Algo que será importante para além deste momento e desta colônia.

— Você está exigindo muito de mim. E do meu povo.

— Estou. Me desculpe, velho amigo. Não consegui enxergar outra maneira. Vi uma chance de mostrar às pessoas que o Conclave quer a paz e tive que aceitar. Isso é pedir muito de você. Mas *eu estou pedindo*, Chan. Me ajude. Me ajude a salvar seu povo, não a destruí-lo. Me ajude a construir a paz neste nosso lado do espaço. Eu lhe imploro.

— O senhor implora? – questionou orenThen, o volume de sua voz aumentando. Ele avançou em Gau. – O senhor tem 412 naves de guerra apontando armas para minha colônia e me pede para ajudá-lo a construir a *paz*? Bah. Suas palavras não significam nada, *velho amigo*. O senhor vem aqui, vendendo essa amizade, e em troca me pede para trocar minha colônia, minha lealdade, minha identidade. Tudo o que tenho. Na mira de uma arma. Para ajudá-lo a oferecer a *ilusão* de paz. A *ilusão* de que o que o senhor está fazendo aqui não é uma simples conquista. O senhor balança a vida de meus colonos na minha frente e me diz para escolher entre traí-los ou matá-los. E então sugere para mim que tem *compaixão*. Pode ir para o inferno, general. – OrenThen se virou e afastou-se, abrindo distância entre ele e Gau.

— Essa é a sua decisão, então – disse Gau algum tempo depois.

— Não – retrucou orenThen, ainda de costas para o general. – Não é uma decisão que eu possa tomar sozinho. Preciso de tempo para conversar com meu povo, para que saibam quais são as opções.

— De quanto tempo você precisa? – perguntou Gau.

— As noites aqui são longas. Me dê esta.

— É sua – respondeu Gau. OrenThen assentiu e começou a se afastar.

— Chan — começou Gau, caminhando em direção ao Whaid. OrenThen parou e ergueu uma de suas patas enormes para silenciar o general. Então, se virou e estendeu as patas para Gau, que as tomou.

— Eu me lembro de quando o conheci, sabe? — disse orenThen. — Eu estava lá quando o ataFuey antigo recebeu o convite para se reunir com o senhor e todas as outras raças que viriam para aquela maldita rocha fria de uma lua que o senhor, tão grandiloquente, chamou de território neutro. Me lembro do senhor de pé, no pódio, dizendo "bem-vindos" em todos os idiomas que sabe falar e pela primeira vez compartilhando sua ideia de Conclave conosco. E me lembro de ter me voltado para o ataFuey e dito que, sem dúvida, o senhor era absoluta e completamente maluco.

Gau riu.

— E depois o senhor se reuniu conosco, como se reuniu com cada embaixada ali que ouviria o senhor — comentou orenThen. — E me lembro do senhor tentando nos convencer de que o Conclave era algo de que gostaríamos de participar. Lembro quando o senhor me convenceu.

— Porque eu não era tão maluco assim — disse Gau.

— Ah, não, general. Era. Total e completamente. Mas também *tinha razão*. E me lembro de pensar comigo mesmo: e se esse general maluco chegar mesmo a fazer isso? Tentei imaginar... nosso lado do espaço em paz. E eu *não consegui*. Era como se tivesse uma parede de pedra branca na minha frente, me impedindo de ver. E foi aí que *eu* soube que lutaria pelo Conclave. Não conseguia ver a paz que ele traria. Não conseguia nem imaginar. Tudo o que eu sabia era que eu queria. E sabia que, se alguém poderia fazer com que ela existisse, seria esse general maluco. Eu acreditei. — OrenThen soltou as mãos do general. — Já faz tanto tempo.

— Meu velho amigo.

— Velho amigo — concordou orenThen. — Velho mesmo. E agora preciso ir. Fico feliz por tê-lo encontrado de novo, Tarsem. De verdade. Claro, estas não são as circunstâncias que eu teria escolhido.

– É claro.

– Mas não é assim que as coisas são? A vida surpreende. – OrenThen virou-se novamente para ir embora.

– Como vou saber quando vocês tiverem chegado a uma decisão? – perguntou Gau.

– Vai saber – respondeu orenThen sem olhar para trás.

– Como? – insistiu Gau.

– Vai ouvir. – OrenThen virou a cabeça para o general. – Isso, eu posso prometer. – Então, ele se virou e caminhou até seu transporte e, com sua escolta, foi embora.

O tenente de Gau aproximou-se dele.

– O que ele quis dizer quando disse que o senhor ouviria a resposta, general? – perguntou.

– Eles cantam – respondeu Gau, apontando para a colônia ainda sob os holofotes. – Sua mais alta forma de arte é um canto ritualizado. É como celebram, lamentam e rezam. Chan estava me dizendo que, quando terminasse de conversar com seus colonos, eles cantariam a resposta para mim.

– Vamos ouvir daqui? – perguntou o tenente.

Gau sorriu.

– Não estaria me perguntando se já tivesse ouvido um canto whaid, tenente.

Gau esperou a longa noite, ouvindo, a vigília ocasionalmente interrompida pelo tenente ou por um dos outros soldados oferecendo-lhe uma bebida quente para mantê-lo alerta. Só quando o sol da colônia surgiu no céu a leste que Gau ouviu o que estava aguardando.

– O que é isso? – quis saber o tenente.

– Quieto – repreendeu Gau, e acenou, irritado. O tenente recuou. – Eles começaram a cantar – respondeu um momento depois. – Agora estão cantando as boas-vindas à manhã.

– O que significa? – perguntou o tenente.

– Significa que estão dando as boas-vindas à manhã – respondeu Gau. – É um *ritual*, tenente. Fazem isso todos os dias.

A oração matinal aumentou e diminuiu em volume e intensidade, continuando pelo que pareceu ao general um tempo enlouquecedoramente longo. E então chegou a um final trêmulo, hesitante; Gau, que andou impaciente de um lado para o outro nas últimas partes da oração matutina, parou de repente.

Da colônia veio um novo canto, em um novo ritmo, aumentando progressivamente. Gau ouviu-o por vários momentos e depois despencou, como se de repente estivesse exausto.

Quase no mesmo instante, o tenente estava ao seu lado. Gau o dispensou com um aceno.

– Estou bem – disse ele. – Estou bem.

– O que estão cantando agora, general? – perguntou o tenente.

– O hino deles. O hino nacional deles. – Gau se levantou. – Estão informando que não vão sair. Estão dizendo que preferem morrer como Whaids a viver sob o Conclave. Cada homem, mulher e criança desta colônia.

– São loucos – comentou o tenente.

– São patriotas, tenente – corrigiu Gau, voltando-se para o oficial. – E escolheram aquilo em que acreditam. Não seja desrespeitoso com essa escolha.

– Desculpe, general. Eu simplesmente não entendo a escolha.

– Eu entendo – respondeu Gau. – Só esperava que fosse diferente. Me traga um comunicador.

O tenente partiu. Gau voltou sua atenção à colônia, ouvindo seus membros cantando seu desafio.

– Você sempre foi teimoso, velho amigo – falou Gau.

O tenente voltou com um comunicador. Gau pegou, digitou seu código criptografado e o abriu para um canal comum.

— Aqui é o general Tarsem Gau — disse ele. — Todas as naves: reca-librem as armas de feixe e se preparem para atirar ao meu comando. — Os holofotes, ainda visíveis na luz da manhã, desapareceram conforme as equipes de armas das naves recalibravam os feixes.

O canto parou.

Gau quase deixou cair o comunicador. Ficou parado, boquiaberto, olhando a colônia. Caminhou lentamente em direção à borda do pe-nhasco, sussurrando algo bem baixo. O tenente, parado ali perto, esfor-çou-se para ouvir.

O general Tarsem Gau estava rezando.

O momento aguardado, suspenso no ar. E então, os colonos reco-meçaram a cantar o hino.

O general Gau estava na beira do penhasco com vista para um rio, agora em silêncio, de olhos fechados. Ouviu o hino pelo que pareceu uma eternidade.

Ele levantou seu comunicador e disse:

— Fogo.

9_

Jane saiu da enfermaria médica e esperava por mim na varanda de nosso bangalô com os olhos voltados para as estrelas.

— Procurando alguma coisa? — perguntei.

— Padrões — respondeu Jane. — Ninguém criou nenhuma constelação em todo o tempo que estivemos aqui. Pensei em tentar.

— Como está indo?

— Muito mal — disse ela, olhando para mim. — Demorei para ver as constelações em Huckleberry, e elas já estavam lá. Criar novas é ainda mais problemático. Só vejo estrelas.

— Se concentre apenas nas mais brilhantes.

— Esse é o problema. Meus olhos são melhores que os seus agora. Melhores que os de todos os outros. São *todas* brilhantes. Provavelmente por isso que nunca vi constelações até chegar a Huckleberry. Informação demais. É preciso ter olhos humanos para ver constelações. Mais um pedaço da minha humanidade tirada de mim. — Ela voltou a olhar para cima.

– Como você está se sentindo? – perguntei, observando-a.

– Bem – falou Jane. Ela levantou a barra da blusa; o corte no flanco estava pálido mesmo sob a luz fraca, mas muito menos preocupante do que antes. – A dra. Tsao remendou tudo, mas estava se curando antes mesmo de ela começar a tratar. Ela queria tirar uma amostra de sangue para verificar a infecção, mas eu disse a ela para não se incomodar. De qualquer forma, agora já é tudo SmartBlood. Não contei para ela. – Ela baixou a barra.

– Mas sem pele verde.

– É. E sem olhos de gato também. Ou BrainPal. O que não quer dizer que eu não tenha capacidades aumentadas. Só não são óbvias, e fico feliz por isso. Onde você estava?

– Assistindo à versão do diretor da aniquilação da colônia whaid – respondi. Jane olhou para mim com curiosidade; contei o que eu tinha acabado de assistir.

– Acredita nisso? – Jane me perguntou.

– Em quê?

– Que esse general Gau estava esperando não destruir a colônia.

– Não sei. A discussão foi bem sincera. E se só quisesse destruir a colônia, poderia ter feito isso sem ter que passar pela farsa de tentar fazer com que a colônia se rendesse.

– A menos que fosse uma tática de terror. Subjugar os colonos, fazê-los se render, destruí-los mesmo assim. Depois enviar provas a outras raças para desmoralizá-las.

– Claro. Isso só faz sentido se você planeja subjugar a raça. Mas não parece o *modus operandi* do Conclave. Parece ser uma união de raças, não um império.

– Eu tomaria cuidado ao fazer suposições baseadas em um vídeo.

– Eu sei. Mas isso está me incomodando. O vídeo que a uc nos deu mostra o Conclave simplesmente destruindo a colônia whaid.

Para vermos o Conclave como uma ameaça. Mas o vídeo que acabei de ver me diz que não é tão simples assim.

— Por isso que foi editado.

— Por ser ambíguo?

— Por ser confuso. A uc nos enviou aqui com instruções específicas e nos deu as informações para corroborar essas instruções, sem as informações que nos induziriam a duvidar delas.

— Você não vê isso como problema.

— Eu vejo isso como tática.

— Mas estamos trabalhando com a premissa de que o Conclave é uma ameaça imediata e genocida. O vídeo sugere que não é.

— Você está fazendo suposições sem muita informação de novo.

— *Você* sabia do Conclave. Um Conclave genocida bate com o que você sabe?

— Não. Mas eu disse antes que o que sei sobre o Conclave vem de Charles Boutin, que planejava ativamente trair a uc. Não dá para acreditar nele.

— Isso ainda me incomoda. Não gosto que toda essa informação tenha sido escondida de nós.

— A uc gerencia informações. É como mantém o controle. Já disse isso antes, não deveria ser uma novidade.

— Me faz imaginar o que mais não sabemos. E por quê.

— Não podemos saber — comentou Jane. — Temos as informações que a uc nos forneceu sobre o Conclave. Temos o pouco que sei. E temos essa nova parte do vídeo. É tudo o que temos.

Pensei sobre aquilo por um minuto.

— Não — falei. — Nós temos mais uma coisa.

— Vocês dois podem mentir? — perguntei a Hickory. Ele e Dickory estavam em pé, na minha frente, na sala de estar de nosso bangalô. Eu estava sentado na cadeira da minha escrivaninha; Jane ficou ao meu lado. Zoë, a quem havíamos acordado, bocejava no sofá.

– Ainda não mentimos para vocês – respondeu Hickory.

– Mas claramente podem se esquivar, já que não foi isso que perguntei – observei.

– Podemos mentir – disse Hickory. – É um benefício da consciência.

– Eu não chamaria isso de benefício – comentei.

– Abre uma série de possibilidades intrigantes na comunicação – afirmou Hickory.

– Acho que é verdade – concordei. – Mas não estou interessado em nenhuma delas agora. – Virei-me para Zoë. – Querida, quero que você ordene que estes dois respondam a todas as minhas perguntas com sinceridade, sem nenhuma mentira ou evasão.

– Por quê? – quis saber Zoë. – O que está acontecendo?

– Por favor, faça isso, Zoë – falei. Zoë fez o que eu pedi. – Obrigado. Você pode voltar para a cama agora, meu amor.

– Quero saber o que está acontecendo – insistiu Zoë.

– Não é algo com que você precise se preocupar – falei.

– Você me manda fazer com que esses dois digam a verdade e quer que eu acredite que *não é* algo com que preciso me preocupar? – questionou Zoë.

– Zoë – disse Jane.

– Além disso, se eu sair, não há garantia de que não vão mentir para você – argumentou Zoë, fazendo uma jogada rápida antes que Jane pudesse terminar. Zoë sabia que poderia negociar comigo; Jane era muito mais durona. – Eles estão emocionalmente equipados para mentir para você porque não se importam em decepcioná-lo. Mas não querem *me* decepcionar.

Virei-me para Hickory.

– Isso é verdade? – perguntei.

– Mentiríamos para o senhor se sentíssemos ser necessário – respondeu Hickory. – Não mentiríamos para Zoë.

– Viu? – falou Zoë.

– Conte isso para alguém e passará o próximo ano em uma baia de cavalo – ameacei.

– Minha boca é um túmulo – disse Zoë.

– Não. – disse Jane, e se aproximou de Zoë. – Preciso que você entenda que não pode compartilhar com mais ninguém o que vai ouvir aqui. Nem com a Gretchen. Nem com nenhum de seus amigos. Com ninguém. Não é um jogo, nem um segredo divertido. É um negócio muito sério, Zoë. Se não está pronta para aceitar isso, precisa sair desta sala agora mesmo. Eu me arrisco com Hickory e Dickory mentindo para nós, mas não arrisco você. Então você entende que, quando dizemos para não compartilhar isso com ninguém, não pode compartilhar com mais ninguém? Sim ou não?

– Sim – respondeu Zoë, olhando para Jane. – Eu entendo, Jane. Nem uma palavra.

– Obrigada, Zoë. – Jane se curvou e beijou o topo da cabeça de Zoë. – Vá em frente – ela disse para mim.

– Hickory, você lembra quando tivemos a conversa em que eu disse a vocês dois que queria que entregassem seus implantes de consciência – falei.

– Sim – confirmou Hickory.

– Nós conversamos sobre o Conclave naquele momento – continuei. – E você disse que não acreditava que o Conclave fosse uma ameaça para esta colônia.

– Disse que acreditávamos que a ameaça era insignificante – corrigiu Hickory.

– Por que acreditam nisso? – perguntei.

– O Conclave prefere que as colônias sejam evacuadas, não destruídas – respondeu Hickory.

– Como você sabe disso? – perguntei.

– A partir de nossas informações sobre o Conclave, fornecidas a nós pelo nosso governo – revelou Hickory.

– Por que não compartilhou essa informação conosco antes? – questionei.

– Fomos instruídos a não compartilhar – respondeu Hickory.

– Por quem? – eu quis saber.

– Por nosso governo – falou Hickory.

– Por que disseram para vocês não compartilharem isso?

– Temos uma ordem permanente de nosso governo para não compartilhar informações com vocês sobre questões a respeito das quais vocês não estejam substancialmente informados – explicou Hickory. – É uma cortesia para o seu governo, que exige segurança e confiança do nosso governo em vários assuntos. Não mentimos para o senhor, Dickory e eu, mas também não podemos oferecer informações voluntariamente. O senhor lembra que, antes de sairmos de Huckleberry, perguntamos o que o senhor sabia sobre a situação desta parte do espaço?

– Sim – confirmei.

– Estávamos tentando descobrir quanto de nosso conhecimento podíamos compartilhar com o senhor – esclareceu Hickory. – Lamentamos dizer que não parecia que o senhor sabia muito. Então, não pudemos compartilhar muito.

– Agora você está compartilhando – falei.

– O senhor está perguntando agora – observou Hickory. – E Zoë nos disse para não mentir.

– Vocês viram o vídeo do Conclave destruindo a colônia whaid – falei.

– Sim, quando o senhor compartilhou com todos os seus colonos – confirmou Hickory.

– Ele corresponde ao vídeo que vocês receberam? – perguntei

– Não – respondeu Hickory. – O nosso era muito mais longo.

– Por que nossa versão é muito mais curta? – questionei.

– Não podemos especular por que seu governo faz as coisas que faz – disse Hickory.

Fiz uma pausa; a construção da frase deixou muito espaço para interpretação.

Jane interveio.

– Você disse que o Conclave prefere evacuar as colônias em vez de destruí-las. Está dizendo isso por causa do vídeo ou vocês têm outras informações?

– Temos outras informações – falou Hickory. – O vídeo mostra apenas a primeira tentativa do Conclave de remover uma colônia.

– Houve quantas mais? – perguntou Jane.

– Não sabemos – disse Hickory. – Durante grande parte do ano de Roanoke ficamos sem comunicação com nosso governo. No entanto, quando saímos, o Conclave havia removido dezessete colônias.

– Quantas delas foram destruídas? – quis saber Jane.

– Três – respondeu Hickory. – O restante foi evacuado. Em dez casos, os colonos foram repatriados por suas raças. Em quatro, escolheram se juntar ao Conclave.

– Vocês têm provas disso – falei.

– O Conclave documenta extensivamente a remoção de cada colônia e compartilha com todos os governos não membros – informou Hickory. – Temos informações sobre todas as remoções até a nossa chegada aqui a Roanoke.

– Por quê? – perguntou Jane. – Que relevância essa informação tem para vocês dois?

– Nosso governo estava bem ciente de que esta colônia estava sendo fundada, apesar das advertências do Conclave – respondeu Hickory. – E embora não soubéssemos com certeza, esperávamos que a UC tentasse esconder do Conclave essa colônia. Quando o Conclave a encontrasse, deveríamos mostrar essas informações.

– Com que finalidade? – questionou Jane.

– Para convencê-los a entregar a colônia – disse Hickory. – Não poderíamos permitir que fosse destruída.

– Por causa de Zoë – eu disse.

– Sim – confirmou Hickory.

– Uau – disse Zoë.

– Silêncio, querida – falei. Zoë voltou a ficar quieta. Observei Hickory com cuidado. – O que aconteceria se Jane e eu decidíssemos não entregar a colônia? – perguntei. – E se ela e eu decidíssemos que a colônia deveria ser destruída?

– Preferimos não dizer – falou Hickory.

– Não fuja – pressionei. – Responda à pergunta.

– Nós mataríamos o senhor e a tenente Sagan – respondeu Hickory. – Vocês e qualquer outro líder colonial que autorizasse a destruição da colônia.

– Você nos mataria? – questionei.

– Seria difícil para nós – admitiu Hickory. – Teríamos que fazer isso sem nossos implantes de consciência ativos, e acredito que nem Dickory nem eu optaríamos por voltar a ativá-los. As emoções seriam insuportáveis. Além disso, sabemos que a tenente Sagan foi geneticamente alterada de acordo com os parâmetros operacionais das Forças Especiais, o que tornaria o assassinato dela mais difícil.

– Como vocês sabem disso? – perguntou Jane, surpresa.

– Nós observamos – disse Hickory. – Sabemos que a senhora

tenta esconder, tenente. Pequenas coisas revelam. A senhora corta legumes rápido demais.

— Do que eles estão falando? — Zoë perguntou a Jane.

— Mais tarde, Zoë — disse Jane, voltando a atenção para Hickory. — E agora? Você ainda mataria a mim e a John?

— Se optassem por não entregar a colônia, sim — respondeu Hickory.

— Não se *atrevam* — falou Zoë. Ela se levantou, furiosa. — Em nenhuma circunstância vocês farão isso.

Hickory e Dickory tremeram pela sobrecarga emocional, tentando processar a raiva de Zoë.

— Essa é uma ordem sua que devemos recusar — disse Hickory para Zoë. — Você é importante demais. Para nós. Para todos os Obins.

Zoë estava incandescente de raiva.

— Eu já perdi um pai por causa dos *Obins* — retrucou Zoë.

— Todo mundo se acalme — eu disse. — Ninguém vai matar ninguém. Tudo bem? Essa não é uma questão. Zoë, Hickory e Dickory não vão nos matar porque não vamos deixar a colônia ser destruída. Simples assim. E não tem como deixar que algo aconteça com *você*, Zoë. Hickory, Dickory e eu concordamos todos que você é importante demais para isso.

Zoë respirou fundo e começou a chorar. Jane a puxou e sentou-a de volta. Voltei minha atenção aos dois Obins.

— Quero deixar isso claro para vocês dois — falei. — Em qualquer circunstância, protejam Zoë.

— Protegeremos — confirmou Hickory. — Sempre.

— Ótimo — eu disse. — *Tentem* não me matar no processo. Ou a Jane.

— Vamos tentar — respondeu Hickory.

— Ótimo — falei. — Resolvido. Vamos em frente. — Tive que parar um minuto para organizar meus pensamentos; ser informado que eu seria um alvo de assassinato e ver o colapso subsequente e inteiramente justificado de Zoë tinha sacudido minhas estruturas para valer. – Você disse que houve dezessete remoções de colônias das quais vocês sabem.

– Sim – confirmou Hickory.

– Catorze delas tiveram colonos sobreviventes e quatro delas se juntaram ao Conclave – eu disse. – Você quis dizer que os colonos se uniram ou a raça inteira se uniu?

– Os colonos se uniram – explicou Hickory.

– Então nenhuma das raças cujas colônias foram removidas se juntaram ao Conclave.

– Não – confirmou Hickory. – O que tem sido uma questão preocupante dentro do próprio Conclave. Imaginava-se que pelo menos algumas dessas raças aceitariam o convite para participar do Conclave, mas as remoções parecem ter endurecido a resolução de ficar de fora.

– As raças não são obrigadas a participar do Conclave – Jane falou do sofá.

– Não – respondeu Hickory. – Elas só não podem se expandir mais.

– Não vejo como poderiam impor isso – comentei. – O universo é grande.

– É – disse Hickory. – Mas nenhuma raça está disposta a renunciar à administração de suas colônias. Sempre há uma maneira de se descobrir as colônias.

– Exceto esta aqui – falei. – É por isso que nos esconderam. É mais importante para os humanos sobreviverem no universo do que controlar as colônias.

– Talvez – disse Hickory.

– Quero ver esses arquivos que vocês têm, Hickory – pediu Jane. – E a versão estendida do nosso vídeo – disse ela para mim.

– Precisaremos ir ao laboratório de tecnologia para transferi-los – informou Hickory.

– Só se for agora – falei. Jane e eu demos beijos de boa-noite em Zoë e saímos para a Caixa Preta, Hickory e Dickory na nossa frente.

– Por que disse aquilo lá? – perguntou Jane enquanto caminhávamos.

– O quê?

– Que não permitiríamos que a colônia fosse destruída – esclareceu Jane.

– Primeiro, porque nossa filha estava à beira de um ataque de nervos pensando em Hickory e Dickory nos esfaqueando. E, segundo, se as opções forem se render ou transformar cada homem, mulher e criança da colônia em cinzas, eu sei o que vou fazer.

– Você está de novo fazendo suposições com base em informações limitadas – disse Jane. – Preciso assistir a esses vídeos antes de tomar qualquer tipo de decisão sobre qualquer coisa. Até lá, todas as opções estão disponíveis.

– Eu já posso dizer que vamos dar muitas voltas nesse assunto – comentei, e olhei para as estrelas. Jane olhou para cima comigo. – Queria saber em torno de qual delas gira Huckleberry. Acho que talvez todos devêssemos ter ficado lá. Então, esse problema seria de outra pessoa. Pelo menos por enquanto.

– John – falou Jane. Eu me virei. Ela havia parado vários passos atrás de mim e ainda estava olhando para cima.

– O quê? – perguntei e olhei para cima novamente. – Fez uma constelação?

– Tem uma estrela lá em cima que não estava ali antes – respondeu Jane e apontou. – Aquela.

Estreitei os olhos e então percebi que não importava se eu apertasse os olhos ou não, já que eu não sabia quais estrelas deveriam estar lá e quais não deveriam. E daí eu vi. Brilhante. E em movimento.

– Ai, meu Deus – falei.

Jane gritou e caiu no chão, segurando a cabeça. Corri até ela. Ela estava convulsionando. Tentei segurá-la, e seu braço se estendeu com tudo, batendo a palma da mão na lateral da minha cabeça e me jogando com força no chão. Vi um clarão branco e passei os próximos instantes indeterminados imóvel, tentando não vomitar.

Hickory e Dickory ergueram-me da terra, um segurando cada braço. Olhei ao redor meio grogue, procurando Jane. Ela não estava mais no chão; em vez disso, estava andando furiosamente, murmurando como louca. Parou, arqueou as costas e gritou como uma banshee. Eu mesmo berrei, atônito.

Por fim, ela se aproximou de mim.

– Você vai ter que se reunir com eles sem mim, porque agora eu vou matar cada um deles.

– Do que você está falando? – questionei.

– A porra da UC – respondeu Jane e apontou um dedo para o céu. – São eles e estão descendo agora. Vindo para cá.

– Como sabe? – perguntei.

Jane desviou o olhar e deu uma risada estranha que eu nunca tinha ouvido antes, e que eu esperei sinceramente nunca mais voltar a ouvir.

– Bem. Lembra quando estávamos conversando sobre minhas novas habilidades, e eu disse que não tinha um BrainPal?

– Sim.

– É – falou Jane. – Acontece que eu estava errada.

– Olha, pensei que você ficaria feliz em me ver – disse o general Rybicki. – Todo mundo parece estar – Ele acenou para a minha janela em direção à rua, que estava preenchida com a imagem matutina de roanokeranos enlouquecidos de alegria porque seu isolamento estava chegando ao fim. – Onde está Sagan?

– O senhor precisa me dizer que porra é essa, general – falei.

Rybicki olhou de novo para mim.

– Como? Não sou mais seu comandante, Perry, mas ainda sou seu superior. Um pouco mais de respeito faria bem.

– Foda-se o respeito – retruquei. – E foda-se o senhor também. Não teve uma única coisa sobre esta colônia na qual o senhor foi sincero desde que nos recrutou.

– Eu fui tão sincero com vocês quanto pude.

– Tão sincero quanto pôde – repeti, e não havia dúvidas sobre a incredulidade em minha voz.

– Deixe-me reformular – falou Rybicki. – Tenho sido tão sincero com vocês quanto tive permissão para ser.

– O senhor mentiu para mim, para Jane e para uma colônia inteira. O senhor nos jogou no cu do universo e nos ameaçou com a aniquilação de um grupo que nenhum de nós sabia que existia. Levou colonos treinados em equipamentos modernos e os forçou a colonizar com máquinas antigas que mal sabiam usar. Se alguns de nossos colonos não fossem menonitas, a única coisa que teria encontrado aqui teriam sido ossos. E como não examinou este planeta bem o suficiente para saber que ele tem espécies inteligentes próprias, sete dos meus colonos morreram nos últimos três dias. Então, com todo o *respeito*, general, vai tomar no seu cu. Jane não está aqui, porque, se estivesse, o senhor provavelmente já estaria morto. E eu não estou me sentindo nem um pouco mais contente com o senhor.

– É justo – disse Rybicki com a cara fechada.

– Agora, quero respostas.

– Como você mencionou a aniquilação, já sabe sobre o Conclave – concluiu Rybicki. – Quanto você sabe?

– Conheço as informações que vocês nos enviaram – respondi, deixando de mencionar que eu sabia mais.

– Então, sabe que ele está procurando ativamente novas colônias e acabando com elas. Como você poderia esperar, as coisas não estão muito boas para as raças que tiveram colônias expurgadas. A uc assumiu a liderança da resistência ao Conclave, e esta colônia tem desempenhado um papel importante nisso.

– Como? – questionei.

– Ficando escondida – respondeu Rybicki. – Meu Deus, Perry, você está aqui há quase um ano. O Conclave está louco procurando vocês. E a cada dia que não encontra, menos aterrorizante parece. Mais parece o que de fato é: o maior esquema de pirâmide do universo. É um sistema no qual algumas raças fortes estão se aproveitando da ingenuidade de um bando de raças mais fracas para agarrar todos os planetas habitáveis à vista. Nós temos usado essa colônia como alavanca para arrancar algumas dessas raças enganadas. Estamos desestabilizando o Conclave antes que ele atinja a massa crítica e esmague a nós e a todo mundo.

– E para isso precisaram enganar todos nós, inclusive a tripulação da *Magalhães* – eu disse.

– Infelizmente, sim. Veja. O número de pessoas que sabiam disso tinha que ser mantido a um mínimo absoluto. A Secretária de Colonização. Eu. O general Szilard, das Forças Especiais e alguns de seus soldados escolhidos a dedo. Supervisionei a carga e planejei a parte da seleção colonial. Não é *por acaso* que vocês têm menonitas aqui, Perry. E não é por acaso que têm máquinas antigas o suficiente para sobreviverem. Foi lamentável não podermos contar e lamento que não pudemos enxergar outra maneira de fazê-lo. Mas não vou me desculpar, porque *funcionou*.

– E como esse joguinho está sendo visto lá? – questionei. – Como os planetas natais da nossa população se sentem por vocês estarem brincando com a vida de seus amigos e familiares?

– Eles não sabem. A existência do Conclave é um segredo de Estado, Perry. Não contamos nada às colônias individuais. Não é algo com que precisem se preocupar ainda.

– Não acha que uma federação de algumas centenas de outras raças nessa parte do espaço seja uma informação que a maioria das pessoas talvez queira ter?

– Com certeza gostariam de ter essa informação. E, cá entre nós, se fosse do meu jeito, provavelmente já teriam. Mas não depende de mim, nem de você nem de qualquer um de nós.

– Então todo mundo ainda acha que estamos perdidos.

– Exato. A segunda colônia perdida de Roanoke. Vocês estão famosos.

– Mas o senhor acabou de entregar o jogo. O senhor está *aqui*. Quando voltar, as pessoas vão saber que estamos aqui. E *meu* povo sabe sobre o Conclave.

– Como eles sabem? – perguntou Rybicki.

– Porque nós *contamos* para eles – respondi, incrédulo. – Está falando sério? Espera que eu diga às pessoas que elas não podem usar nenhuma tecnologia mais avançada do que uma colheitadeira mecânica e não lhes dê um motivo? Eu teria sido a primeira morte no planeta. Então eles sabem. E, como *eles* sabem, todos que eles conhecem na UC também saberão. A menos que planeje nos manter fora do mapa. Nesse caso, aquelas mesmas pessoas que estão pulando de alegria lá fora vão querer acabar com a sua raça.

– Não, vocês não vão ser postos de volta no buraco – disse Rybicki. – Por outro lado, ainda não estão completamente fora do buraco. Estamos aqui para fazer duas coisas. A primeira é buscar a tripulação da *Magalhães*.

– Pelo que sem dúvida eles ficarão eternamente gratos, embora eu ache que o capitão Zane vá querer a nave de volta.

– A segunda coisa é informar que agora vocês podem usar todo o equipamento que não estão usando. Diga adeus ao segundo milênio. Bem-vindo aos tempos modernos. Mas ainda não podem enviar mensagens à UC. Ainda há alguns detalhes para se desenrolarem.

– Usar equipamentos modernos vai nos entregar.

– Isso mesmo.

– Está me deixando atordoado. Passamos um ano escondidos para que vocês pudessem enfraquecer o Conclave, e agora o senhor quer que a gente entregue nossa localização. Talvez eu esteja confuso, mas não sei ao certo como o fato de sermos massacrados pelo Conclave vai ajudar a UC.

– Está supondo que vão ser massacrados.

– Existe outra opção? Se pedirmos gentilmente, o Conclave vai nos deixar arrumar as malas e partir?

– Não é isso que estou dizendo. Estou dizendo que a UC manteve vocês escondidos porque precisávamos mantê-los escondidos. Agora precisamos que o Conclave saiba onde vocês estão. Temos um plano. E assim que lançarmos nossa surpresinha, não haverá motivo para manter vocês ou o Conclave em segredo das colônias. Porque o Conclave terá desmoronado, e você terá sido a razão da derrocada dele.

– Precisa me contar *como*.

– Tudo bem – falou Rybicki. Então, ele contou.

– Como você está? – perguntei a Jane na Caixa Preta.

– Não quero mais matar as pessoas, se é isso que está me perguntando – respondeu Jane e deu um tapinha na testa, indicando o BrainPal embutido atrás dela. – Ainda não estou feliz com isso aqui.

– Como não sabia que estava aí?

– BrainPals são ativados remotamente. Eu não poderia tê-lo ativado sozinha. A nave de Rybicki enviou um sinal de busca; o sinal acordou o BrainPal. Agora está ligado. Olha, vasculhei os arquivos que Hickory me deu.

– Todos eles?

– Sim. Fui completamente refeita e tenho o BrainPal. Posso voltar à velocidade de processamento das Forças Especiais.

– E?

– Eles batem. Hickory tem um vídeo e documentação de fontes do Conclave, o que é suspeito. Mas tem material de corroboração para cada caso, de fontes obins, de raças cujas colônias foram removidas e da uc também.

– Todos poderiam ser falsificados. Pode ser uma fraude monumental.

– Não podem. Os arquivos da uc têm um símbolo de verificação no metatexto. Verifiquei pelo BrainPal. São autênticos.

– Sem dúvida confirma seu apreço pelo velho Hickory, não é?

– Sim. Ele não estava mentindo quando disse que os Obins não mandariam qualquer um para ficar com Zoë. Embora, pelo que eu possa ver nesses arquivos, Dickory é que é o superior dos dois.

– Jesus amado – falei. – Quando você pensa que conhece um cara. Ou uma mina. Ou uma criatura de gênero indeterminado, que é o que é.

– Não é indeterminado – corrigiu Jane. – São os dois.

– E esse general Gau. Seus arquivos têm alguma coisa sobre ele?

– Algumas. Só o básico. Ele é Vrenn, e o que ele diz na nossa fita estendida parece estar correto; depois da batalha com os Kies, ele começou a agitar a criação do Conclave. Não deu certo de primeira. Foi mandado para a prisão por agitação política. Daí o governante de Vrennu encontrou um fim infeliz, e o general foi libertado pelo regime seguinte.

Eu ergui uma sobrancelha.

– Assassinato? – perguntei.

– Não – respondeu Jane. – Transtorno crônico de sono. Adormeceu enquanto comia e caiu de cara na faca de jantar. Cravou no cérebro. Morreu na hora. O general provavelmente poderia ter governado Vrennu, mas decidiu tentar o Conclave. Ainda não governa Vrennu. Não foi nem mesmo um dos membros fundadores do Conclave.

– Quando eu estava conversando com Rybicki, ele me disse que o Conclave era um esquema de pirâmide. Algumas raças no topo estavam recebendo os benefícios, e aqueles na base estavam tomando na cabeça.

– Talvez. Pelo que vi nos arquivos, os primeiros mundos de colônias que o Conclave inaugurou foram povoados por relativamente poucas raças. Mas se isso era indicativo de que algumas raças tinham uma vantagem ou de que estavam combinando raças com planeta, não dá para dizer. Mesmo se for a primeira opção, não é diferente do que está acontecendo aqui. Esta colônia é inteiramente colonizada pelas colônias humanas mais antigas, as que existiam antes da uc. Étnica e economicamente são bem diferentes do restante das colônias.

– Acha que o Conclave é uma ameaça para nós? – perguntei a Jane.

– Claro que sim. Esses arquivos deixam claro que o Conclave destruirá qualquer colônia que não se render. Seu *modus operandi* é sempre o mesmo: preencha o céu com naves estelares e faça todas dispararem na colônia. Grandes cidades não sobreviveriam a isso, que dirá uma colônia. Roanoke seria vaporizada na hora.

– Mas você acha provável?

– Eu não sei. Tenho dados melhores do que antes, mas ainda incompletos. Não temos quase um ano de informações, e não acho que vamos conseguir mais. Ao menos não da uc. Posso dizer agora que não estou autorizada a ver os arquivos da uc que Hickory me deu. E não importa, pois não estou inclinada a entregar a colônia sem lutar. Você contou a Rybicki o que sabemos?

– Não. E também não acho que devemos contar a ele o que sabemos. Pelo menos ainda não.

– Você não confia nele.

– Vamos apenas dizer que tenho restrições. Rybicki também não se esforçou para fazer uma oferta. Perguntei se achava que o Conclave nos deixaria apenas sair deste planeta se quiséssemos, e ele sugeriu que não deixariam.

– Ele mentiu para você.

– Ele escolheu responder de forma diferente do que a sinceridade total ditaria. Não tenho certeza se chega a ser mentira.

– Você não vê isso como um problema.

– Vejo como tática – falei. Jane sorriu com a troca de rumos de nossa conversa anterior. – Mas isso também sugere para mim que talvez não queiramos engolir todas as palavras dele. Fomos manipulados antes. Não duvido que estejamos sendo manipulados de novo.

– Está parecendo o Trujillo – reparou Jane.

– Gostaria de parecer Trujillo. Ele começou pensando que tudo se tratava de uma briga política que ele estava tendo com a Secretária de Colonização. A essa altura, parece adoravelmente curioso. Nossa situação é como uma caixa de segredos, Jane. Toda vez que penso que sei o que está acontecendo, de repente, vem outra camada de complicações. Só quero resolver essa porcaria.

– Não temos informações suficientes para resolver. Todas as informações de Hickory batem, mas são antigas, e não sabemos se as políticas do Conclave mudaram ou se ele está solidificando seu poder ou se desintegrando. A uc não foi transparente com a gente, mas não posso dizer se isso foi mal-intencionado ou se ela estava escolhendo quais informações fornecer para que pudéssemos fazer nosso trabalho sem distrações. Tanto o Conclave como a uc têm uma plataforma. Mas nenhuma plataforma está clara em nenhum dos dados que temos, e nós estamos no meio disso tudo.

– Há uma palavra para isso. *Peão*.

– A questão é: peão de quem? – questionou Jane.

– Acho que sei – respondi. – Vou te contar a última ideia mirabolante.

– Consigo pensar em umas dez maneiras diferentes de como isso poderia dar errado – falou Jane depois que terminei de contar.

– Eu também. E aposto que não são as mesmas dez.

10_

Uma semana depois de chegar ao céu de Roanoke, a nuc *Sacaja-wea* dirigiu-se a Fênix, levando consigo 190 dos ex-tripulantes da *Magalhães*. Catorze ficaram para trás; dois haviam se casado com colonos nesse ínterim, outra estava grávida e não queria enfrentar o marido, um deles suspeitava que havia um mandado de prisão esperando por ele se retornasse a Fênix, e os outros dez simplesmente quiseram ficar. Outros dois membros da tripulação também ficaram para trás; haviam morrido, um por ataque cardíaco e outro por uma desventura alcoolizada com máquinas agrícolas. O capitão Zane despediu-se de toda a tripulação sobrevivente, prometendo que encontraria uma maneira de conseguir os salários atrasados, e depois partiu. Era um bom homem, mas não o culpei por querer estar de volta ao espaço da uc.

Quando a *Sacajawea* retornou a Fênix, os tripulantes da *Magalhães* não puderam ir para casa. Roanoke era um mundo de colônia praticamente inexplorado; sua flora, fauna e doenças eram desconhecidas e potencialmente letais para quem não havia sido exposto. Toda a tripulação teve que ser colocada em quarentena em uma ala das instalações médicas da FCD na Estação Fênix por um mês padrão. Desnecessário dizer que a tripulação da *Magalhães* chegou perto de se revoltar com as notícias. Chegaram a um acordo: os tripulantes da Magalhães permaneceriam em quarentena, mas cada um poderia entrar em contato com um pequeno número de pessoas queridas, sob a condição de que seus entes queridos guardassem segredo sobre o retorno da tripulação até que a UC divulgasse oficialmente notícia de que a colônia perdida de Roanoke havia sido encontrada. Todos, membros da tripulação e família, concordaram alegremente com os termos.

Desnecessário dizer que a notícia do retorno da tripulação da *Magalhães* vazou na mesma hora. A imprensa e os governos coloniais que tentaram saber mais foram recebidos com negações oficiais do governo da UC e com avisos não oficiais de que publicar as notícias levaria a consequências extremamente negativas; a história permaneceu oficialmente enterrada. Mas a notícia se espalhou entre as famílias da tripulação da *Magalhães*, e delas para amigos e colegas, e de lá para as tripulações de outras espaçonaves civis e militares. A história foi discretamente confirmada por membros da tripulação da *Sacajawea*, que, apesar de terem desembarcado em Roanoke e sido expostos a membros da tripulação de *Magalhães*, não estavam em quarentena.

A UC não tem muitos aliados no espaço conhecido, mas tem alguns; logo as tripulações das naves aliadas também ouviram falar do retorno da tripulação da *Magalhães*. Essas tripulações ocuparam suas naves e viajaram para outros portos, alguns dos quais não eram nada amigáveis para a UC, e alguns dos quais pertenciam aos membros do Conclave. Foi lá que alguns desses membros da tripulação transmutaram suas informações sobre o retorno da tripulação da *Magalhães* em dinheiro vivo. Não era segredo que o Conclave estava procurando a colônia perdida de Roanoke; também não era segredo que o Conclave ficava feliz em pagar por informações confiáveis.

Alguns daqueles que ofereceram informações se viram estimulados pelo Conclave, na forma de quantidades genuinamente inexprimíveis de riqueza, a descobrir exatamente onde no universo a tripulação da *Magalhães* estivera durante todo esse tempo. Essa informação seria difícil de encontrar, e por isso a recompensa era tão inimaginável. Porém, como calhou de ser, logo depois que a *Sacajawea* retornou à Estação Fênix, seu navegador assistente foi demitido por estar embriagado no posto. O oficial agora estava em uma lista negra, nunca mais viajaria pelas estrelas. O medo da miséria, mais o desejo de vingança mesquinha, fez com que o ex-navegador revelasse que possuía informações das quais ele soubera que outros estariam interessados, e estaria disposto a compartilhá-las por uma quantia que compensasse os males que sofrera nas mãos da frota espacial civil da UC. Conseguiu a soma e entregou as coordenadas para a colônia de Roanoke.

Assim foi; apenas três dias do segundo ano da colônia de Roanoke, uma única nave apareceu no céu acima de nós. Era a *Estrela Gentil*, carregando o general Gau, que enviou seus cumprimentos para mim como líder da colônia e me pediu que o encontrasse para discutir o futuro do meu mundo. Era dia 3 de magalhães. De acordo com as estimativas de inteligência das Forças Coloniais de Defesa, iniciadas antes de o "vazamento" ter começado, o general Gau chegou na hora certa.

— Vocês têm lindos pores do sol aqui — disse o general por meio de um dispositivo de tradução pendurado em um cordão. O sol havia se posto minutos antes.

— Eu já ouvi essa frase antes — comentei.

Fui sozinho, deixando Jane cuidar dos colonos cheios de ansiedade em Croatoan. A nave de transporte do general Gau havia pousado a um quilômetro da aldeia, do outro lado do rio. Não havia casas ali ainda. Na nave, um esquadrão de soldados me olhou quando passei. O comportamento deles sugeria que não me consideravam uma ameaça para o general. Estavam corretos. Eu não tinha intenção de tentar machucá-lo. Queria ver quanto eu reconhecia das versões dele que tinha visto em vídeo.

Gau fez um gesto gracioso com a minha resposta.

— Me desculpe. Não quis parecer falso. Seu pôr do sol é mesmo lindo.

— Obrigado — agradeci. — Não posso levar crédito por ele, pois não fiz esse mundo. Mas agradeço o elogio.

— Não há de quê — falou Gau. — E fico feliz em saber que seu governo disponibilizou informações sobre nossas remoções de colônia. Houve alguma preocupação de que isso não aconteceria.

— Sério?

— Ah, sim. Sabemos o quanto a UC controla bem o fluxo de informações. Ficamos preocupados, pois chegaríamos aqui e vocês não saberiam nada de nós, ou teriam informações incompletas, e essa falta de informação faria com que vocês tomassem alguma atitude irracional.

— Como não entregar a colônia.

— Sim. Entregar a colônia seria o melhor caminho, em nossa opinião. O senhor já esteve no exército, administrador Perry?

— Estive. Forças Coloniais de Defesa.

Gau me examinou.

— Você não é verde.

— Não mais.

— Suponho que tenha comandado tropas.

— Comandei.

— Então sabe que não é vergonha se render quando suas forças estão em menor número, com armas inferiores, e enfrentam um adversário honrado. Alguém que respeita o comando do senhor sobre seu povo e que trataria o senhor como ele esperaria que o senhor tratasse as tropas dele, se a situação fosse invertida.

— Lamento dizer que, na minha experiência nas FCD, o número de oponentes que enfrentamos e que teriam aceitado nossa rendição era bastante pequeno.

— Bem, sim. Um produto de suas políticas, administrador Perry. Ou as políticas das FCD que o senhor foi obrigado a seguir. Vocês, humanos, não são muito bons em aceitar a rendição de outras espécies.

— Estou disposto a fazer uma exceção para o senhor.

— Obrigado, administrador Perry – disse Gau. Mesmo por meio de seu tradutor, pude sentir suas palavras secas de zombaria. – Não acredito que seja necessário.

— Espero que o senhor mude de ideia – falei.

— Estava esperando que o *senhor* pudesse se render a *mim*. Se viu as informações sobre como o Conclave lidou com as remoções anteriores, sabe que, quando as colônias se entregam a nós, honramos seu sacrifício. Seu povo não será ferido.

— Já vi como vocês lidaram com elas antes… aquelas em que o senhor não explodiu a colônia. Mas ouvi dizer que *nós* somos um caso especial. O senhor foi enganado pela UC a respeito de onde estaríamos. Fizemos o Conclave parecer idiota.

— Sim, a colônia desaparecida. Estávamos esperando vocês, sabe? Sabíamos quando sua nave deveria saltar. Vocês seriam bem-recebidos por várias naves, inclusive a minha. Seu pessoal não teria sequer conseguido descer.

— O senhor estava planejando destruir a *Magalhães*.

— Não. Não, a menos que tentasse atacar ou começasse a colonizar. Caso contrário, teríamos apenas escoltado a nave para saltar e retornar a Fênix. Mas vocês nos enganaram, como o senhor diz, e nos custou muito tempo até encontrá-los. Pode dizer que isso fez o Conclave parecer idiota. Acreditamos que isso fez a UC parecer desesperada. E nós *encontramos* vocês.

– Levou apenas um ano.

– E poderia ter levado mais um. Ou poderíamos ter encontrado vocês amanhã. Era só uma questão de *quando* encontraríamos vocês, administrador Perry. Não "se". E peço que considere isso. Seu governo arriscou a sua vida e a de todos os membros de sua colônia para fazer uma ceninha de desafio contra nós. Esta foi uma colonização fútil. Mais cedo ou mais tarde, teríamos encontrado vocês. *Encontramos* vocês. E aqui estamos.

– O senhor parece irritado, general.

O general fez um movimento com a boca que supus ser um sorriso.

– *Estou* irritado. Perdi tempo e recursos que seriam mais bem empregados ampliando o Conclave para buscar sua colônia. E afastar os estratagemas políticos dos membros do Conclave que tomaram como pessoal a insolência de seu governo. Há um grupo substancial de membros do Conclave que quer punir a UC, atacando a humanidade em seu coração, atacando Fênix diretamente.

Senti ondas simultâneas de ansiedade e alívio. Quando Gau disse "atacar a humanidade em seu coração", achei que quisesse dizer a Terra; a menção dele a Fênix me lembrou de que as únicas pessoas que pensavam na Terra como o coração da humanidade eram as que haviam nascido lá. No que dizia respeito ao resto do universo, Fênix era o planeta natal da humanidade.

– Se seu Conclave é tão forte quanto sugere, então o senhor poderia atacar Fênix – comentei.

– Poderíamos – confirmou Gau. – E poderíamos destruí-lo. Poderíamos acabar com todas as outras colônias humanas também e, se me permite falar francamente com o senhor, não há muitas raças por aí, no Conclave ou fora dele, que reclamariam muito. Mas vou lhe contar o que contei àqueles do Conclave que querem sua extinção: o Conclave não é uma máquina de conquista.

– É o que o senhor diz.

– Digo, sim. Essa tem sido a coisa mais difícil de fazer as pessoas entenderem, tanto no Conclave como fora dele. Impérios de conquista não duram, administrador Perry. Ficam ocos pela ganância dos governantes e pelo interminável apetite pela guerra. O Conclave não é um império, e não quero extirpar a humanidade, administrador Perry. Quero que ela *faça parte* do Conclave. Salvo isso, eu a deixarei por sua conta nos mundos que tinha antes do Conclave, e somente nesses. Mas prefiro ter vocês como parte de nós. A humanidade é forte e incrivelmente engenhosa. Tornou-se imensamente bem-sucedida em um curto intervalo de tempo. Há raças que estiveram entre as estrelas por milhares de anos que não conseguiram tanto ou colonizaram com tanto sucesso.

– Estive pensando sobre isso. Tantas outras raças existem e colonizam há tanto tempo, e ainda assim *nós* tivemos que ir às estrelas para encontrar *vocês*.

– Tenho uma resposta para isso. Mas garanto que o senhor não vai gostar.

– Me diga mesmo assim.

– Investimos em combates mais do que em exploração.

– Essa é uma resposta bem simplista, general.

– Veja nossas civilizações. Somos todos do mesmo tamanho porque nos limitamos mutuamente por meio da guerra. Estamos todos no mesmo nível de tecnologia porque negociamos e trocamos e roubamos entre nós. Todos nós habitamos a mesma área do espaço porque é onde começamos, e escolhemos controlar nossas colônias, em vez de deixá-las se desenvolver sem nós. Brigamos pelos mesmos planetas e só às vezes exploramos para encontrar novos, nos quais todos brigamos como animais carniceiros disputando uma carcaça. Nossas civilizações estão em equilíbrio, administrador Perry. Um equilíbrio artificial que está empurrando todos nós em direção à entropia. Isso já estava acontecendo antes de os humanos chegarem nessa parte do espaço. Sua chegada perfurou esse equilíbrio por um tempo. Mas agora vocês se estabeleceram no mesmo padrão de roubar e brigar como todos nós.

– Não sei disso.

– É fato. Permita-me perguntar ao senhor, administrador Perry: quantos dos planetas da humanidade foram descobertos recentemente? E quantos foram simplesmente tirados de outras raças? Quantos planetas os humanos perderam para outras raças?

Me lembrei do dia em que chegamos acima do outro planeta, o falso Roanoke, e recordei as perguntas dos jornalistas, querendo saber de quem tiramos o planeta. Supunham que havia sido tirado; não lhes ocorreu perguntar se fora descoberto recentemente.

– Este planeta é novo – respondi.

– E o motivo para isso é que seu governo estava tentando *esconder* vocês. Mesmo uma cultura tão vital quanto a sua agora explora principalmente por desespero. Vocês estão presos nos mesmos padrões estagnados que todos nós. Sua civilização diminuirá aos poucos, como todos nós.

– E o senhor acha que o Conclave vai mudar isso.

– Em qualquer sistema, há um fator que limita o crescimento – explicou Gau. – Nossas civilizações operam como um sistema, e nosso fator limitante é a guerra. Se retirarmos esse fator, o sistema prospera. Podemos nos concentrar na cooperação. Podemos explorar em vez de lutar. Se houvesse um Conclave, talvez *tivéssemos* encontrado vocês antes de saírem para nos encontrar. Talvez exploremos agora e encontremos novas raças.

– E fazer o que com elas? Há uma raça inteligente neste planeta. Além da minha, quero dizer. Nós a encontramos de uma maneira bastante infeliz, e alguns de nós acabaram mortos. Foi preciso um esforço da minha parte para convencer nossos colonos a não matarem cada um deles que encontrássemos. O que *o senhor* fará, general, quando encontrar uma nova raça em um planeta que quiser para o Conclave?

– Não sei – respondeu o general Gau.

– Como?

– Ora, não sei. Ainda não aconteceu. Estamos ocupados consolidando nossas posições com as raças que conhecemos e nos mundos que já foram explorados. Não tivemos tempo para explorar. Não aconteceu.

– Sinto muito. Essa não era uma resposta que eu estivesse esperando.

– Estamos em um momento muito delicado, administrador Perry, com relação ao futuro de seus colonos. Não vou complicar desnecessariamente as coisas mentindo, especialmente sobre algo tão desimportante à nossa situação atual quanto hipotético.

– Eu gostaria ao menos de acreditar nisso, general Gau.

– Então, é um começo – comentou Gau. Ele me olhou de cima a baixo. – O senhor disse que esteve nas FCD. Pelo que sei sobre os humanos, significa que o senhor não é originário da UC. O senhor é da Terra, correto?

– Isso mesmo.

– Os humanos são mesmo muito interessantes. Vocês são a única raça que escolheu mudar o próprio mundo base. Quer dizer, voluntariamente. Não são os únicos a recrutarem seus militares de um único mundo, mas são os únicos a fazer isso de um mundo que não é o seu primário. Temo que nunca tenhamos entendido muito bem a relação entre a Terra, Fênix e o restante das colônias. Não faz muito sentido para nós. Talvez um dia eu consiga que vocês me expliquem.

– Talvez – disse eu com cuidado.

Gau entendeu o tom pelo que achou que fosse.

– Mas não hoje – falou ele.

– Receio que não.

– Uma pena. Esta conversa está interessante. Fizemos 36 remoções. Esta é a última. E em todas, menos nesta e na primeira, os líderes das colônias não tiveram muito a dizer.

– É difícil ter uma conversa casual com alguém que está prestes a vaporizar você, caso não ceda às demandas.

– É verdade. Mas liderança tem ao menos um pouco a ver com caráter. Muitos desses líderes de colônia pareciam carecer disso, o que me faz pensar se essas colônias começaram seriamente ou simplesmente para ver se pretendíamos impor nossa proibição de colônias. Embora tenha havido uma que tentou me assassinar.

– Obviamente não teve sucesso.

– Não, de jeito nenhum – confirmou Gau, apontando para seus soldados, que estavam atentos, mas mantinham uma distância respeitosa. – Um de meus soldados atirou nela antes que ela pudesse me esfaquear. Há um motivo para eu ter essas reuniões ao ar livre.

– Não apenas pelo pôr do sol.

– Infelizmente, não. E, como o senhor pode imaginar, matar a líder da colônia tornou a negociação com o segundo no comando um caso tenso. Mas foi uma colônia que acabamos evacuando. Além da líder da colônia, não houve derramamento de sangue.

– Mas o senhor não se afastou da ideia do derramamento de sangue. Se eu me recusar a evacuar esta colônia, o senhor não hesitará em destruí-la.

– Não.

– E pelo que eu entendo, nenhuma das raças cujas colônias o senhor removeu, violentamente ou não, já se juntou ao Conclave.

– Isso é verdade.

– O senhor não está exatamente ganhando corações e mentes.

– Não estou familiarizado com esse termo. Mas entendo o suficiente. Não, essas raças não se tornaram parte do Conclave. Mas é irreal supor que se tornassem. Tínhamos acabado de remover as colônias delas, e não conseguiram nos impedir. Não se humilha alguém assim e se espera que entendam seu modo de pensar.

– Poderiam se tornar uma ameaça se as raças se unissem entre si.

– Estou ciente de que sua uc vem tentando fazer isso acontecer. Não há muitos acontecimentos atuais que não saibamos, administrador Perry, inclusive isso. Mas a uc já tentou antes; ajudou a criar um "Contra-Conclave" enquanto ainda estávamos nos formando. Não funcionou na época. Estamos convencidos de que não funcionará agora.

– Talvez vocês estejam errados.

– Talvez. Vamos ver. Entretanto, nesse meio tempo, devo cumprir minha missão. Administrador Perry, peço-lhe que entregue sua colônia para mim. Se quiser, ajudaremos seus colonos a retornarem com segurança a seus mundos de origem. Ou o senhor pode optar por fazer parte do Conclave, independentemente do seu governo. Ou pode se recusar e ser destruído.

– Deixe-me fazer uma contraproposta. Deixe esta colônia em paz. Envie um drone para a sua frota, que eu sei que está em distância de salto e pronta para chegar. Diga para ficar onde está. Reúna seus soldados ali, volte à sua nave e vá embora. Finja que nunca nos encontrou. Simplesmente nos deixe em paz.

– É tarde demais para isso – informou o general Gau.

– Eu imaginei que seria – comentei. – Mas quero que o senhor se lembre de que a oferta existiu.

Gau olhou para mim em silêncio por um bom tempo.

– Suspeito que sei qual será sua resposta à minha oferta, administrador Perry. Antes de dizê-la, deixe-me pedir que reconsidere. Lembre que o senhor tem opções aqui, opções verdadeiras. Sei que a uc lhe deu ordens, mas lembre que o senhor pode ser guiado por sua consciência. A uc é o governo da humanidade, mas há mais coisas para a humanidade do que a uc. E o senhor não parece ser um homem que se deixa forçar por nada, nem por mim, nem pela uc ou por qualquer outra pessoa.

– Se acha que sou durão, o senhor deveria conhecer minha esposa.

– Eu gostaria. Acho que eu gostaria muito.

– Gostaria de dizer que o senhor tem razão. Gostaria de dizer que não posso ser forçado a nada. Mas suspeito que eu possa. Ou talvez me empurram coisas às quais não consigo resistir. Esta situação é uma delas. Agora, general, não tenho opções, exceto uma que não deveria estar oferecendo ao senhor. E ela é pedir para o senhor ir embora agora, antes de chamar sua frota, e deixar Roanoke permanecer perdida. Por favor, considere isso.

– Não posso. Sinto muito.

– Eu não posso entregar esta colônia. Faça o que quiser, general.

Gau olhou para um dos seus soldados e lhe deu um sinal.

– Quanto tempo vai demorar?

– Não muito tempo.

Ele estava certo. Em poucos minutos, as primeiras naves chegaram, novas estrelas no céu. Menos de dez minutos depois, todas haviam chegado.

– São tantas – falei. Havia lágrimas nos meus olhos.

O general Gau notou.

– Vou lhe dar tempo para voltar à sua colônia, administrador Perry. E prometo que será rápido e indolor. Seja forte para o seu povo.

– Não estou chorando pelo meu povo, general.

O general olhou para mim e depois olhou para cima a tempo de ver as primeiras naves de sua frota explodirem.

Tudo é possível, se houver tempo e vontade.

A UC certamente tinha a vontade de destruir a frota do Conclave. A existência da frota era uma ameaça intolerável; a UC decidiu destruí-la assim que soube de sua existência. Não havia esperança de que a UC pudesse destruir a frota em uma batalha cara a cara; com 412 naves equivalentes às de guerra, era maior que toda a frota de batalha das FCD. A frota do Conclave era reunida em sua totalidade somente na remoção de colônias, então havia a possibilidade de atacar cada nave individualmente. Mas teria sido igualmente inútil; cada nave poderia ser substituída na frota por seu governo, e isso significava que a UC estaria caçando uma briga com cada uma das mais de quatrocentas raças no Conclave, muitas das quais não representavam uma ameaça real à UC.

Mas a UC queria mais que destruir a frota do Conclave. Queria humilhar e desestabilizar o Conclave; atacar o coração de sua missão e de sua credibilidade. A credibilidade do Conclave vinha do tamanho e da capacidade de impor sua proibição à colonização. A União Colonial precisava atingir o Conclave de maneira que neutralizasse sua vantagem de tamanho e ridicularizasse sua proibição. Tinha que atacar o Conclave precisamente no momento em que ele estivesse mostrando sua força: quando estivesse tentando remover uma colônia. Uma de *nossas* colônias.

Só que a UC não tinha novas colônias sob ameaça do Conclave. A mais recente, Everest, começou poucas semanas antes da proibição do Conclave. Não estava sob ameaça. Outra colônia precisaria ser fundada.

Entra em cena Manfred Trujillo e sua cruzada para colonizar. O Departamento de Colonização o havia ignorado durante anos, e não só porque a Secretária de Colonização o odiava com todas as forças. Há muito se entendia que a melhor maneira de manter um planeta era aumentar o número de pessoas de tal forma que fosse impossível matar todas elas de forma eficiente. Populações coloniais eram necessárias para fazer mais colonos, não mais colônias. *Essas* podiam ser fundadas com população excedente da Terra. Salvo a aparição do Conclave, Trujillo poderia ter feito campanha para colonizar até que ele se enterrasse e não teria chegado a lugar nenhum.

Mas agora a campanha de Trujillo se tornara útil. A uc escondeu o Conclave das próprias colônias, como tantas outras coisas. Mais cedo ou mais tarde, porém, as colônias precisariam se conscientizar de sua existência; o Conclave era simplesmente grande demais para ser ignorado. A uc queria estabelecer o Conclave como o inimigo, em termos inequívocos. Também queria que as colônias se sentissem envolvidas na luta contra o Conclave.

Como as Forças de Defesa Colonial eram compostas de recrutas da Terra – e como a uc encorajava as colônias a se concentrarem principalmente em suas políticas e questões locais, e não nas preocupações da uc como um todo –, os colonos raramente pensavam em algo que não envolvesse o próprio planeta. Mas ao povoar Roanoke com colonos dos dez planetas humanos mais habitados, Roanoke se tornaria a preocupação direta de mais da metade da população da uc, assim como sua luta contra o Conclave. Em suma, uma boa solução em potencial para uma série de problemas.

Trujillo foi informado de que sua iniciativa estava sendo aprovada; então ela foi tirada dele. *Isso* foi porque a secretária Bell odiava o homem com todas as forças. Mas também serviu para removê-lo do círculo de comando. Trujillo era esperto demais para não ter juntado as peças se elas estivessem dispostas de forma que ele pudesse acompanhar. Também ajudou a criar um subtexto político que opunha as colônias fundadoras umas às outras por uma posição de liderança; isso distraiu a atenção do que a UC realmente estava planejando para a colônia.

Acrescente-se a isso dois líderes de colônia que apareceram no último momento, e ninguém na estrutura de comando de Roanoke teria contexto para bagunçar com o plano da UC: ganhar tempo e criar a oportunidade de destruir a frota do Conclave. Tempo esse que se ganhou ao esconder Roanoke.

O tempo era fundamental. Quando a UC tramou seu plano, era cedo para implementá-lo. Mesmo se a UC pudesse ter agido contra o Conclave, outras raças cujas colônias foram ameaçadas pelo Conclave não seguiriam os passos da UC. A UC precisava de tempo para criar um grupo de aliados. Foi decidido que a melhor maneira de fazer isso seria eles perderem suas colônias primeiro. Essas raças, com suas colônias amputadas, veriam a colônia oculta de Roanoke como a prova de que mesmo o poderoso Conclave poderia ser confundido, elevando o *status* da UC entre eles e cultivando potenciais aliados para quando fosse o momento certo.

Roanoke também era um símbolo para alguns dos membros mais insatisfeitos do Conclave, que viram o peso de seus propósitos grandiosos cair sobre eles sem os benefícios imediatos que esperavam obter. Se os humanos podiam desafiar o Conclave e se safar, de que adiantava estar nele? Cada dia que Roanoke permanecera escondida fora mais um dia que esses membros menores do Conclave borbulharam de insatisfação por conta da organização à qual tinham renunciado sua soberania.

No entanto, a UC precisava de tempo principalmente por uma razão bem diferente. Precisava de tempo para identificar cada uma das 412 naves que compunham a frota do Conclave. Precisava de tempo para descobrir onde essas naves estariam quando a frota não estivesse em ação. Precisava de tempo para posicionar um soldado Gamerano das Forças Especiais, assim como o tenente Stross, na área geral de cada uma dessas naves. Como Stross, cada um desses membros das Forças Especiais fora adaptado aos rigores do espaço. Como Stross, cada um deles estava coberto de nanocamuflagem embutida que lhes permitiria se aproximar e até se agarrar a naves, invisíveis, por dias ou possivelmente semanas. Ao contrário de Stross, cada um desses soldados das Forças Especiais usava uma pequena mas poderosa bomba, na qual talvez uma dúzia de gramas de antimatéria em grãos finos ficava suspensa em vácuo.

Quando o *Sacajawea* retornou com a tripulação da *Magalhães*, os Gameranos se prepararam para sua tarefa. Silenciosa e invisivelmente se esconderam nos cascos de suas espaçonaves-alvo e foram com elas enquanto se reuniam no ponto de encontro acordado, e se prepararam para mais uma entrada maciça e intimidadora sobre um mundo cheio de colonos acovardados. Quando o drone de salto da *Estrela Gentil* apareceu no espaço, os Gameranos colocaram as bombas no casco de suas respectivas naves e depois flutuaram para longe do casco das naves antes que elas saltassem. Não queriam estar por perto quando aquelas bombas explodissem.

Não precisavam estar. As bombas foram disparadas remotamente pelo tenente Stross, que, estacionado a uma distância segura, fez uma sondagem das bombas para se certificar de que todas estavam instaladas e ativas e as detonou em uma sequência determinada por ele para ter o maior impacto estético. Stross era um sujeito peculiar.

As bombas, quando acionadas, dispararam a antimatéria como uma espingarda nos cascos de suas naves espaciais, espalhando a antimatéria por uma ampla área de superfície para garantir a aniquilação mais eficiente de matéria e antimatéria. Funcionou linda e terrivelmente.

Muito disso eu soube muito depois, em circunstâncias diferentes. Mas, mesmo no meu momento com o general Gau, eu sabia o seguinte: Roanoke nunca fora uma colônia no sentido tradicional do termo. Seu propósito nunca fora dar aos humanos outra casa ou ampliar nosso alcance no universo. Existia como um símbolo de desafio, como um ganhador de tempo e como uma armadilha para atrair um ser que sonhava em mudar o universo e destruir esse sonho bem às vistas dele.

Como eu disse, tudo é possível, se houver tempo e vontade. Nós tivemos tempo. Nós tivemos vontade.

O general Gau ficou olhando enquanto sua frota se explodia, em silêncio, mas com brilho. Atrás de nós, seus soldados berravam horrivelmente, confusos e aterrorizados com o que estavam vendo.

– O senhor sabia – falou Gau, num sussurro. Não tirou os olhos do céu.

– Eu sabia. E tentei avisá-lo, general. Pedi para o senhor não convocar sua frota.

– O senhor tentou. Não consigo imaginar por que seus mestres permitiram.

– Não permitiram.

Então, Gau se virou para mim, usando um rosto cujas feições eu não conseguia ler, mas senti que expressava profundo horror e, no entanto, até nesse momento, curiosidade.

–*Você* me avisou. Por iniciativa própria.

– Sim.

– Por que fez isso? – questionou Gau.

– Não sei ao certo – admiti. – Por que o senhor decidiu tentar remover colonos em vez de matá-los?

– É o que há de moral a se fazer.

– Talvez seja por isso que eu tenha avisado – disse eu, olhando para onde as explosões continuavam a brilhar. – Ou talvez eu simplesmente não quisesse o sangue de todas aquelas pessoas em minhas mãos.

– Não foi uma decisão sua. Preciso acreditar nisso.

– Não foi. Mas não importa.

Por fim, as explosões pararam.

– Sua nave foi poupada, general Gau – informei.

– Poupada – repetiu ele. – Por quê?

– Porque esse era o plano. Sua nave, e apenas a sua. O senhor tem um salvo-conduto de Roanoke até a distância de salto, de volta ao seu território, mas deve ir agora. Essa garantia de passagem segura expira em uma hora, a menos que o senhor esteja a caminho. Desculpe, mas não sei qual é a sua medida equivalente de tempo. Basta dizer que o senhor precisa se apressar, general.

Gau virou-se e gritou para um de seus soldados, e então gritou mais uma vez quando ficou claro que eles não estavam prestando atenção. Um veio; ele cobriu seu tradutor e falou algo para ele em sua língua. O soldado correu de volta para os outros, gritando enquanto voltava.

Ele se virou para mim.

– Isso vai dificultar as coisas.

– Com todo o respeito, general, acho que essa foi a intenção.

– Não. O senhor não entende. Eu lhe disse que há membros do Conclave que querem erradicar a humanidade. Aniquilar todos vocês, como acabaram de aniquilar minha frota. Será mais difícil segurá-los agora. Eles fazem parte do Conclave. Mas ainda têm suas naves e seus governos. Não sei o que vai acontecer agora. Não sei se posso controlá-los depois disso. Não sei mais se vão me ouvir.

Um esquadrão de soldados se aproximou do general para buscá-lo, dois deles apontando as armas para mim. O general berrou alguma coisa; as armas se abaixaram. Gau deu um passo em minha direção. Lutei contra o desejo de dar um passo atrás e firmei os pés.

– Olhe para a sua colônia, administrador Perry. Já não está escondida. A partir deste momento, será odiada. As pessoas vão querer se vingar do que aconteceu aqui. Toda a UC será um alvo. Mas foi *aqui* que tudo aconteceu.

– O senhor vai se vingar, general? – perguntei.

– Não. Nenhuma nave ou tropa do Conclave sob meu comando retornará aqui. Eu lhe dou minha palavra. *Para o senhor*, administrador Perry. O senhor tentou me avisar. Eu lhe devo essa cortesia. Mas só posso controlar minhas naves e minhas tropas. – Ele apontou para seu esquadrão. – Agora, essas são as tropas que eu controlo. E tenho apenas uma nave sob o meu comando. Espero que entenda o que estou lhe dizendo.

– Entendo.

– Então, adeus, administrador Perry. Cuide da sua colônia. Mantenha-a segura. Espero, para o seu bem, que isso não seja tão difícil quanto prevejo que será. – Gau virou-se e caminhou a passos rápidos até o ônibus espacial para bater em retirada. Eu o observei partir.

"O plano é simples", o general Rybicki me dissera. "Nós destruímos a frota inteira, menos a nave dele. Ele retorna ao Conclave e se esforça para manter o controle de tudo enquanto as coisas desmoronam. É por isso que o manteremos vivo, entende? Mesmo depois disso, alguns ainda serão leais a ele. A guerra civil que os membros do Conclave terão entre si no final destruirá o Conclave. A guerra civil enfraquecerá as capacidades das raças do Conclave com muito mais eficácia do que se o general Gau morresse e o Conclave se dissolvesse. Em um ano, o Conclave se fragmentará, e a UC estará em condições de recolher a maioria dos fragmentos grandes."

Eu assisti ao ônibus espacial de Gau decolando, rasgando o céu noturno.

Eu esperava que o general Rybicki estivesse certo.

Eu não achava que ele estaria.

11

Dados do satélite de defesa da UC estacionado acima de Roanoke nos indicaram que o aglomerado de mísseis que atacou a colônia surgiu na borda ofegante da atmosfera do planeta e despejou sua carga de cinco foguetes quase instantaneamente, descarregando as armas sem aquecimento dentro de uma atmosfera cada vez mais densa.

Os escudos térmicos de dois dos foguetes falharam durante a entrada das armas, colapsando contra a onda de arco quente e branca da atmosfera. Explodiram violentamente, mas não tanto quanto teriam se suas cargas tivessem sido armadas. Fracassados, eles queimaram, inofensivos, na atmosfera superior.

O satélite de defesa rastreou os outros três foguetes e emitiu um aviso de ataque à colônia. A mensagem espalhou-se por todos os PDAs recém-reativados na colônia e transmitiu o aviso de que um ataque era iminente. Os colonos largaram os pratos do jantar, pegaram seus filhos e foram aos abrigos comunitários na aldeia ou aos abrigos familiares nas fazendas. Entre as fazendas menonitas, sirenes recém-instaladas soaram às margens das propriedades.

Mais perto da cidade, Jane ativou remotamente a matriz de defesa da colônia, instalada às pressas quando Roanoke passou a poder usar máquinas modernas. *Matriz de defesa* era um termo grandiloquente para o que as defesas eram; nesse caso, uma série de defesas terrestres automatizadas e interligadas e duas torres de feixes nas duas extremidades da aldeia de Croatoan. As torres de feixes poderiam, em tese, destruir os foguetes que viessem com tudo na nossa direção, desde que tivéssemos energia para carregá-las por completo. Não tínhamos; nossa rede de energia era alimentada por energia solar, suficiente para o consumo diário da colônia, mas lamentavelmente inadequado para a energia intensa que armas de feixe exigiam. Cada uma das células de energia interna das torres poderia fornecer 5 segundos de uso total ou 15 segundos de uso em baixa potência. O baixo nível de energia talvez não destruísse um míssil por inteiro, mas poderia fritar o núcleo de navegação, derrubando a coisa.

Jane desligou as armas terrestres. Não precisaríamos delas. Então, fez uma conexão direta com o satélite de defesa e despejou dados no BrainPal a toda velocidade para melhor entender o que precisaria fazer com as torres de feixe.

Quando Jane acionou nossas defesas, o satélite determinou qual dos foguetes representava a ameaça mais imediata à colônia e o explodiu com um feixe de energia. O satélite acertou em cheio, abrindo um buraco no míssil; a súbita falta de aerodinâmica dilacerou a coisa. O satélite se redirecionou e acertou o segundo dos três restantes, atingindo o motor. O míssil se desviou loucamente para o céu; os sistemas de navegação não conseguiram compensar o dano. O míssil acabou caindo em algum lugar, tão longe de nós que nem pensamos mais nele.

O satélite de defesa, com as células de energia esgotadas, não conseguiu fazer nada com relação ao último; ele encaminhou dados de velocidade e trajetória para Jane, que passou os dados imediatamente às torres de feixe. Elas se ativaram e começaram a rastrear.

Armas de feixe são concentradas e têm feixes coerentes, mas que perdem energia com a distância; Jane maximizou a eficácia das torres permitindo que o míssil se aproximasse antes de disparar. Jane optou por disparar com carga máxima contra o míssil, abrindo fogo com as duas torres. Foi a decisão certa, porque o míssil era incrivelmente duro. Mesmo com as duas torres atirando, Jane conseguiu apenas matar o cérebro do míssil, nocauteando suas armas, motores e navegação. O míssil foi desligado logo acima da colônia, mas sua inércia impulsionou-o para frente e para baixo a uma velocidade incrível.

O míssil morto bateu no chão a um quilômetro da aldeia, abrindo uma ferida desgraçada em campos de pousio e pulverizando propelente no ar onde ele pegou fogo. A onda de choque da explosão foi uma fração do que teria sido se a carga útil estivesse armada, mas ainda foi o suficiente para me fazer cair de bunda a um quilômetro de distância e tirar minha audição por quase uma hora. Fragmentos do míssil foram lançados em todas as direções, com o impulso amplificado pela energia da explosão do propelente. Partes do míssil rasgaram a floresta, arrancando árvores de Roanoke e espargindo chamas na folhagem. Outras partes perfuraram estruturas em propriedades próximas, derrubando casas e celeiros e transformando animais em manchas sangrentas que corriam pelo chão.

Uma parte do invólucro do motor do míssil arremessou-se no ar, desceu e despencou em direção a um pedaço de terra, abaixo do qual estava o abrigo recém-construído da família Gugino. O impacto da carcaça fez despencar instantaneamente a terra acima do abrigo, levando terra e carcaça para dentro do abrigo em si. Dentro estava toda a família Gugino: Bruno e Natalie Gugino, as gêmeas de 6 anos, Maria e Katherina, e Enzo, o filho de 17 anos. Que recentemente havia voltado a cortejar Zoë, com um sucesso maior do que nas tentativas anteriores.

Nenhum deles sairia daquele abrigo.

Uma família inteira desapareceu em um instante. Era indescritível.

Poderia ter sido muito pior.

Passei a hora seguinte ao ataque coletando relatórios sobre a extensão da destruição e depois segui para a fazenda Gugino com Savitri. Encontrei Zoë no alpendre dos Gugino, sentada, indiferente, em meio ao vidro quebrado das janelas da casa. Hickory estava ao lado dela; Dickory acompanhava Jane nos restos do abrigo. Eram os únicos dois no abrigo; um pequeno grupo de homens ficou a certa distância, aguardando as ordens de Jane.

Fui a Zoë e lhe dei um forte abraço; ela aceitou, mas não retribuiu.

— Ah, querida — disse eu. — Sinto muito.

— Estou bem, pai — ela disse em um tom que fez de suas palavras uma mentira.

— Eu sei — falei, soltando-a. — Ainda assim, sinto muito. É difícil. Não sei se este é o melhor lugar para você ficar agora.

— Não quero ir embora.

— Você não precisa ir. Só não sei se é bom para você ficar vendo isso.

— Eu precisava estar aqui. Precisava ver com meus olhos.

— Tudo bem — concordei.

— Era para eu ter vindo aqui hoje à noite — falou Zoë e apontou para a casa. — Enzo tinha me convidado para jantar. Eu disse que viria, mas depois perdi a noção do tempo com Gretchen. Eu ia ligar para pedir desculpas quando o aviso apareceu. Era para *eu* ter estado aqui.

– Querida, você não pode se culpar por isso.

– Eu não me culpo por isso. Estou *contente* por não ter estado aqui. É com *isso* que me sinto mal.

Dei uma risada trêmula mesmo sem querer e dei outro abraço em Zoë.

– Ai, meu Deus, Zoë. Também estou contente por isso. E não me sinto mal com isso. Sinto muito pelo que aconteceu com Enzo e a família dele. Mas estou feliz que você esteja segura conosco. Não se sinta mal por estar viva, querida. – Beijei o alto de sua cabeça.

– Obrigada, pai – disse Zoë. Ela não parecia totalmente convencida.

– Vou pedir para Savitri ficar com você enquanto vou falar com sua mãe, ok?

Zoë deu uma risadinha.

– Por quê? Não acha que Hickory é reconfortante o suficiente?

– Tenho certeza de que é. Mas vou pedi-lo emprestado por alguns minutos. Tudo bem?

– Claro, pai – respondeu Zoë. Savitri foi e sentou-se nos degraus com Zoë, puxando-a para um abraço. Chamei Hickory com um gesto. Ele acompanhou meu passo enquanto caminhávamos.

– Está com seu implante de emoção ligado agora? – perguntei.

– Não – respondeu Hickory. – O pesar de Zoë ficou demais para aguentar.

– Ligue-o, por favor – pedi. – Acho mais fácil conversar com você quando está ligado.

– Como quiser – disse Hickory, ligou o implante e depois desmoronou.

– Que porra é essa? – falei, parando.

– Sinto muito – respondeu Hickory, endireitando-se. – Eu avisei que as emoções de Zoë eram incrivelmente intensas. Ainda estou digerindo-as. Eram novas emoções que não tínhamos tido com ela antes. Novas emoções são mais difíceis de processar.

— Está tudo bem?

— Estou bem – afirmou Hickory, em pé. – Peço desculpas.

— Deixe para lá. Olha só, vocês já tiveram contato com os outros Obins?

— Tivemos – respondeu Hickory. – Indiretamente por meio de seu feed de dados de satélite. Apenas restabelecemos contato e fornecemos um resumo dos eventos do ano passado. Não enviamos um relatório completo.

— Por que não? – perguntei. Começamos a andar novamente.

— Seu feed de dados não é seguro – explicou Hickory.

— Vocês querem relatar coisas aos seus superiores sem ter a UC escutando.

— Sim – confirmou Hickory.

— Que coisas? – questionei.

— Observações. E sugestões.

— Algum tempo atrás, você me disse que os Obins estariam dispostos a nos ajudar se precisássemos de ajuda. Essa oferta ainda está de pé?

— Sim, até onde eu sei. O senhor está pedindo a nossa ajuda, major Perry?

— Ainda não. Só preciso saber quais são minhas opções.

Jane olhou para mim quando nos aproximamos.

— Não quero Zoë por aqui – disse ela para mim.

— Está ruim mesmo, então – falei.

— Pior – respondeu Jane. – Se quiser minha sugestão, tire esta carcaça de motor daqui, encha esse abrigo todo de terra e depois coloque uma lápide. Tentar encontrar o suficiente para enterrar em outro lugar vai ser um esforço em vão.

– Minha nossa – eu disse. Meneei a cabeça para a carcaça do motor. – Sabemos alguma coisa sobre isso?

Jane apontou para Dickory, que estava por perto.

– Dickory diz que as marcas indicam que é nouri.

– Eu não os conheço.

– A uc quase não teve contato com eles, mas provavelmente não é deles. Eles têm um único planeta e não colonizam. Não há razão para nos atacarem.

– Eles são parte do Conclave? – perguntei.

– Não – respondeu Dickory, aproximando-se. – Mas vendem armas para alguns dos membros do Conclave.

– Então, pode ter sido um ataque do Conclave – comentei.

– É possível – confirmou Dickory.

– O general Gau disse que não nos atacaria – Jane falou.

– Também disse que não achava que poderia impedir outros de nos atacar – respondi.

– Não acho que *tenha sido* um ataque – insistiu Jane.

Apontei para os destroços da carcaça do motor, que ainda emitiam calor.

– Isso parece um ataque.

– Se fosse um ataque, estaríamos todos mortos – comentou Jane. — Isso foi feito em pequena escala e de um jeito estúpido demais para ser um ataque genuíno à colônia. Quem fez isso soltou os mísseis diretamente sobre a nossa colônia, onde nosso satélite de defesa poderia pegá-los e nos enviar informações para destruir os que não pegasse. Estúpido para atacar a colônia. Não tão estúpido para testar nossas defesas.

– Então, se tivessem mesmo conseguido destruir a colônia, teria sido apenas um bônus – falei.

– Isso – confirmou Jane. – Agora, quem quer que tenha feito isso sabe que tipo de defesa usamos e quais são nossas capacidades. E nós não sabemos nada sobre eles, a não ser que não são estúpidos o bastante para armar um ataque sem saber como nos defendemos.

– Isso também significa que o próximo ataque não será de apenas cinco mísseis – ponderei.

– Provavelmente não – confirmou Jane.

Examinei os destroços.

– Somos alvos fáceis. Quase não derrubamos *esse aqui*, e alguns dos nossos ainda morreram. Precisamos de defesas melhores já. A UC colocou um alvo em nosso peito, agora precisa nos ajudar a impedir que o acertem.

– Duvido que uma carta com palavras fortes faça a diferença – comentou Jane.

– É mesmo – concordei. – A *San Joaquin* deve chegar aqui em alguns dias para deixar suprimentos. Um de nós deve embarcar nela quando voltar para a Estação Fênix. Vai ser muito mais difícil nos ignorar se batermos na porta de alguém.

– Você tem mais fé do que eu – comentou Jane.

– Se não conseguirmos nenhum avanço, podemos ter outras opções – comentei, olhando para Hickory. Comecei a falar mais, mas notei Savitri e Zoë vindo em nossa direção. Avancei na direção delas, ciente do desejo de Jane de não deixar Zoë chegar muito perto.

Savitri tinha seu PDA à mão.

– Você tem algumas mensagens.

– Meu Deus, Savitri, agora realmente não é a hora. Encaminhe para Jann. – Desde que Roanoke foi oficialmente redescoberta, Jane e eu fôramos contatados por todos os veículos de comunicação conhecidos pela humanidade buscando entrevistas por todos os meios: implorando, exigindo ou pedindo em meio a bajulações. Quinhentos pedidos desse tipo chegaram com o primeiro pacote de dados oficial do drone de salto que Roanoke recebeu. Nem Jane nem eu tivemos tempo ou vontade para lidar com eles, mas sabíamos de alguém que tinha os dois, e foi assim que Jann Kranjic se tornou o secretário de imprensa oficial de Roanoke.

— Eu não incomodaria você com um pedido de imprensa – disse Savitri. – É do Departamento de Colonização. Está marcado como "confidencial" e "extremamente urgente".

— O que é? – perguntei.

— Não sei – respondeu Savitri. – Não me deixa abrir. – Ela me entregou o PDA para me mostrar que seu acesso estava bloqueado. Eu tirei seu login do PDA e entrei com o meu. Um ano inteiro sem um PDA me fez perceber o quanto eu dependia dessa coisa antes e o quanto não queria depender dela agora. Ainda não carregava um comigo, confiando em Savitri para me manter informado.

O PDA aceitou minha biometria e senha e abriu a carta.

— Caralho, que maravilha – falei um minuto depois.

— Está tudo bem? – perguntou Savitri.

— Claro que não. Preciso que você diga a Jane para terminar aqui o mais rápido possível e me encontrar no prédio da administração no instante em que ela terminar. Então, quero que encontre Manfred Trujillo e Jann Kranjic e diga a eles que me encontrem lá também.

— Tudo bem – concordou Savitri. – O que está acontecendo? Pode me dizer?

Eu entreguei de volta seu PDA, que ela pegou.

— Fui dispensado como líder da colônia. E fui convocado para a Estação Fênix.

— Bem, você foi só temporariamente dispensado do seu trabalho, então isso é positivo – comentou Manfred Trujillo, passando o PDA e a carta que continha para Jann Kranjic. Os dois, Jane, Savitri e Beata, que acompanhava Kranjic, estavam todos apinhados no meu escritório, desafiando sua capacidade de nos conter de uma só vez. – O fato de ser temporário significa que ainda não decidiram linchar você. Vão querer falar com você antes de tomarem essa decisão.

– Parece que, no fim das contas, talvez você fique com meu cargo, Manfred – falei de trás da minha mesa.

Trujillo olhou para Jane, que estava de pé na beirada da mesa.

– Acho que eu precisaria passar por ela primeiro, e não sei se isso vai acontecer.

– Não vou ficar neste cargo sem o John – falou Jane.

– Você é mais do que capaz de fazer o trabalho – disse Trujillo. – E ninguém se oporia a você.

– Não estou questionando minha competência – falou Jane. – Só não vou manter o cargo.

Trujillo assentiu.

– De qualquer forma, não está claro se pretendem removê-lo permanentemente – comentou ele, apontando para o PDA, que agora estava nas mãos de Beata. – Você está sendo levado para um inquérito. Falando como ex-legislador, posso dizer que o motivo de um inquérito é geralmente tirar o rabo de alguém da reta, não para fazer, de fato, perguntas sobre o que quer que seja. E, também falando como ex-legislador, posso dizer que o Departamento de Colonização precisa tirar o dele da reta em relação a muitas coisas.

– Mas ainda assim não se lembrariam de você, a menos que fizesse algo para que eles pudessem apontar – comentou Kranjic.

– Ótimo, Jann – disse Beata. – Sempre podemos contar com você para receber apoio.

– Não estou dizendo que ele *fez* algo errado, Beata – retrucou Kranjic, que havia recontratado Beata como sua assistente depois de ter sido nomeado secretário de imprensa da colônia, mas estava claro que o relacionamento pessoal deles não melhorara muito após o divórcio. – Estou dizendo que ele fez algo que eles podem usar como desculpa para acusá-lo de alguma coisa, levá-lo a um inquérito.

– E você fez, não é? – Trujillo me perguntou. – Quando esteve com o general Gau, ofereceu uma saída para ele. Disse a ele para não convocar a frota. Não era para ter feito isso.

– Não, não era – concordei.

– Eu mesmo acho um pouco confuso – admitiu Trujillo.

– Eu precisava poder dizer que fiz a oferta – expliquei. – Para minha própria consciência.

– Deixando as questões morais de lado – falou Trujillo –, se alguém quisesse ser minucioso nesse sentido, poderiam acusá-lo de traição. O plano da UC exigia trazer a frota do Conclave até aqui. Você pôs a estratégia deles em risco intencionalmente.

Eu me virei para Kranjic.

– Você está falando com outros jornalistas. Ouviu alguma coisa sobre isso?

– Sobre você ser tido como traidor? Não – respondeu Kranjic. – Ainda há muitos jornalistas que querem falar com você ou com Jane, mas sobre a noite em que a frota do Conclave caiu ou como sobrevivemos aqui. Mandei muitos desses jornalistas para Manfred e os outros membros do conselho. Talvez tenham ouvido algo nesse sentido.

Eu me virei para Trujillo.

– Então? – perguntei.

– Nada disso por aqui também – respondeu Trujillo. – Mas você sabe tão bem quanto qualquer um que grande parte do que a UC está planejando ou pensando nunca é discutida fora de seus corredores.

– Então, vão prendê-lo como um traidor porque não estava festejando ao matar centenas de milhares de seres inteligentes – comentou Savitri. – De repente me lembrei por que detesto a estrutura de poder da UC.

– Pode não ser só isso – comentou Jane. – John pode estar servindo de bode expiatório, mas, se isso for verdade, então levanta a questão de *por que* está sendo feito de bode expiatório. Por outro lado, se seu comportamento com Gau estiver sendo examinado, a UC está observando como seu comportamento afetou os eventos.

– Acha que algo não saiu conforme o planejado – falei para Jane.

– Acho que não se procura bodes expiatórios quando seus planos acabam sem problemas – explicou Jane. – Se o Conclave estiver por trás do ataque de hoje, sugere que ele se reorganizou mais rápido do que a UC esperava.

Olhei de novo para Kranjic, que captou o significado do meu olhar.

– Não há nada nos relatos da mídia que eu tenha visto sobre o Conclave, positivo ou negativo – relatou ele.

– Isso não faz o menor sentido – falei. O general Rybicki me dissera que parte do plano era apresentar o Conclave às colônias em seu grande momento de derrota. Agora, eles tinham o momento da derrota; deveria estar em toda a mídia. – Não há nada mesmo sobre o Conclave?

– Nada pelo nome – respondeu Kranjic. – Os relatórios da imprensa que eu vi mencionam que a UC descobriu que a colônia havia sido ameaçada por uma série de raças alienígenas, o que levou a UC a montar a farsa. Também mencionam a batalha aqui. Mas nada disso tem o Conclave descrito como Conclave.

– Mas nós sabemos sobre o Conclave – comentou Savitri. – Todo mundo aqui sabe sobre o Conclave. Quando nosso pessoal enviar mensagens ou vídeos para a família e os amigos em sua terra natal, vão falar sobre isso. Não vai ficar em segredo por muito tempo. Especialmente depois de hoje.

– Há muitas maneiras de a UC distorcer essa informação, se quiser – disse Beata a Savitri. – Não sabemos quem nos atacou hoje à noite. Pode ser qualquer raça, e não há nada no ataque que sugira uma aliança de raças. Se a uc quiser minimizar a ideia do Conclave, poderia apenas dizer à imprensa que nos forneceu intencionalmente informações falsas para nossa proteção. Estaríamos mais dispostos a cuidar de nossa segurança se achássemos que o universo inteiro estava querendo nos pegar.

Savitri apontou para mim.

– E o encontro dele com o general Gau foi apenas uma espécie de ilusão? – perguntou ela.

– Ele está sendo chamado de volta – respondeu Beata. – É bem possível que o inquérito seja para que eles ordenem que Perry modifique suas lembranças do incidente.

– Eu não sabia que você era obcecada por conspiração – Savitri comentou com Beata.

– Bem-vinda ao meu mundo – falou Beata.

– É possível que jornalistas e outros *saibam* sobre o Conclave – explicou Kranjic. – É só não passar pelos canais oficiais de imprensa. E se a uc estiver ativamente desencorajando os jornalistas a falar sobre isso, então eles não devem discutir isso conosco...

–... porque toda a nossa comunicação vem via drone de salto – Jane terminou. – O que significa que é monitorada pela uc.

– Exato – confirmou Kranjic.

Eu me lembrei da preocupação de Hickory com a uc escutando sua comunicação com outros Obins. Aparentemente, ele não era o único a suspeitar da uc.

– Vocês não têm um código ou algo assim? – perguntei a Kranjic. – Alguma maneira de permitir que outros jornalistas saibam algo mesmo se estiverem sendo monitorados?

– Você quer que eu escreva "O falcão voa à meia-noite"? – perguntou Kranjic. – Não, nós não temos um código, e mesmo se tivéssemos, ninguém arriscaria. Não acha que a UC procura idiossincrasias semânticas e padrões esteganográficos? – Ele apontou para Jane. – Há rumores de que ela trabalhou com inteligência para as FCD no passado. Pergunte a ela.

– Portanto, não apenas não sabemos o quanto a UC sabe, mas não *temos como saber* o quanto a UC sabe – comentou Savitri. – Talvez também estejamos perdidos.

– Não – falei. – Nós podemos saber. Simplesmente não podemos saber *daqui*.

– Ah – disse Trujillo. – Sua viagem para a Estação Fênix. Acha que pode descobrir mais coisas lá.

– Sim.

– Vai estar ocupado com seu inquérito – comentou Trujillo. – Não vai ter muito tempo para botar as fofocas em dia.

– Você ainda conhece pessoas no governo da UC? – falei para Trujillo.

– A menos que tenha havido um golpe, sim – confirmou ele – Faz só um ano. Posso colocar você em contato com algumas pessoas.

– Prefiro que venha comigo – sugeri. – Como você disse, vou estar ocupado com um inquérito. E seu pessoal vai falar com você com mais franqueza do que eles falariam comigo. Especialmente considerando o que você achava de mim da última vez que algum deles falou com você. – Olhei para Kranjic. – Você também, Jann. Você ainda conhece pessoas na imprensa.

Beata bufou.

– Ele conhece falastrões que não sabem de nada. Me deixem ir com vocês. Eu conheço os produtores e os editores, as pessoas que dão a gente como ele o que dizer.

– Vocês dois irão – falei antes que Kranjic pudesse se voltar contra a Beata. – Precisamos descobrir o máximo que pudermos de tantas fontes diferentes quanto pudermos. Manfred no governo. Vocês dois com seus contatos de imprensa. Jane com Forças Especiais.

– Não – disse Jane. – Eu vou ficar aqui.

Parei, mais do que um pouco surpreso com isso.

– As Forças Especiais realizaram o ataque à Frota do Conclave – falei. – Provavelmente sabem mais do que ninguém sobre o que aconteceu depois. Preciso que você descubra, Jane.

– Não – insistiu Jane.

– John, nós fomos atacados – interveio Savitri. – Alguém tem que administrar a colônia enquanto você estiver ausente. Jane precisa estar aqui.

Havia mais do que isso, mas o olhar de Jane era direto e inexpressivo. Fosse lá o que estivesse acontecendo, eu não descobriria naquele momento. E, de qualquer forma, Savitri tinha razão.

– Tudo bem – cedi. – Ainda tenho algumas pessoas com quem posso conversar. A menos que estejam planejando me manter em uma cela.

– Não acha que alguém vai questionar por que nós três estamos indo com você? – questionou Trujillo.

– Não acho – respondi. – Nós fomos atacados. Eu vou estar envolvido com meu inquérito. Manfred, você vai ter que ir até a porta das pessoas e tentar fazer com que a UC aumente nossas defesas, e rápido. Beata se apresentará como nossa ministra cultural; além de conversar com seus contatos, vai tentar conseguir permissões para programação educacional e de entretenimento. Temos capacidade para isso agora. E como secretário de imprensa, Jann vai se ocupar oferecendo a história do primeiro ano de Roanoke. Vocês todos têm motivos próprios para ir. Faz sentido?

– Faz sentido – concordou Trujillo. Kranjic e Beata assentiram também.

– Ótimo – falei. – Nossa nave deve partir em dois dias.

Levantei-me para terminar a reunião. Estendi a mão para Jane para pegá-la antes que ela saísse, mas ela foi a primeira a sair pela porta.

– Cadê a Zoë? – perguntei a Jane quando voltei para casa.

– Ela está na casa do Trujillo – respondeu Jane. Estava sentada em sua cadeira na varanda, acariciando Babar. – Ela, Gretchen e todos os amigos estão de luto pelo Enzo. Deve passar a noite lá.

– Como ela estava?

– Alguém que ela amava morreu. É difícil para qualquer um. Ela já havia perdido entes queridos antes. Mas essa foi a primeira vez que foi alguém da idade dela. Um de seus amigos.

– E também um primeiro amor. Isso complica as coisas.

– Sim. Está tudo complicado agora.

– Falando nisso, queria te perguntar sobre o que foi aquilo lá na reunião. Você se recusar a ir para a Estação Fênix.

– Savitri falou. Já é bem ruim a colônia estar perdendo você para um inquérito, e você está levando Trujillo com você. Alguém precisa ficar aqui.

– Mas não é só por isso. Te conheço bem o suficiente para saber quando você está escondendo alguma coisa.

– Não quero ser responsável por comprometer a segurança da colônia.

– Como você faria isso?

– Pra começar, da próxima vez que eu vir o general Szilard, vou quebrar o pescoço do desgraçado. Eles provavelmente não vão me manter depois disso. Então, não haveria liderança nenhuma para esta colônia.

– Você sempre foi a prática – comentei.

— É quem eu sou – concordou Jane. – Algo que recebi de Kathy, talvez.

— Talvez – respondi. Era raro Jane falar diretamente sobre Kathy; É difícil falar com seu marido sobre a primeira esposa dele, especialmente quando você é feita do DNA dela. Jane mencionar Kathy era uma indicação de que outras coisas estavam na mente dela. Fiquei quieto até que ela estivesse pronta para me dizer no que estava pensando.

— Eu sonho com ela às vezes – falou Jane por fim. – Com Kathy.

— O que você sonha com ela?

— Que ela e eu conversamos. E ela me conta como você era quando estava com ela, e eu lhe digo como você é comigo. E falamos sobre nossas famílias e nossa vida e uma sobre a outra. E quando acordo, não me lembro de nada específico do que conversamos. Só de que conversamos.

— Deve ser frustrante – comentei.

— Não é. Na verdade, não. Gosto de simplesmente conversarmos. Gosto de sentir essa ligação com ela. Ela é parte de quem eu sou. Mãe e irmã e eu mesma. Tudo isso. Gosto que ela me visite. Sei que é apenas um sonho. Ainda assim, é bom.

— Aposto que é – falei, lembrando-me de Kathy, com quem Jane era tão parecida, na mesma medida em que era ela mesma.

— Gostaria de visitá-la um dia – disse Jane.

— Não sei como faríamos isso. Ela se foi há muito tempo.

— Não. Quero dizer, gostaria de visitar o local onde ela está agora. Onde ela está enterrada.

— Também não sei como faríamos isso. Quando deixamos a Terra, não podemos mais voltar.

— Eu nunca saí da Terra – comentou Jane, olhando para Babar, que bateu o rabinho com uma felicidade preguiçosa. – Só meu DNA saiu.

– Não acho que a uc fará a distinção – comentei, sorrindo para uma das raras piadas de Jane.

– Sei que não vai – falou Jane com um traço de amargura na voz. – A Terra é muito valiosa como fábrica para arriscar que seja infectada pelo resto do universo. – Ela olhou para mim. – Você nunca mais quer voltar? Passou a maior parte da sua vida lá.

– Passei. Mas saí porque não havia nada que me segurasse lá. Minha esposa estava morta, e nosso filho cresceu. Não foi tão difícil dizer adeus. E agora o que me importa é o aqui. Este é o meu mundo agora.

– É? – perguntou Jane. Ela olhou para as estrelas. – Eu me lembro de estar na estrada lá em Huckleberry, me perguntando se conseguiria fazer de outro mundo a minha casa. Fazer *deste* mundo minha casa.

– Você conseguiu?

– Ainda não – respondeu Jane. – Tudo nesse mundo *muda*. Toda razão que pensamos que tínhamos por estar aqui acabou sendo uma meia-verdade. Eu me importo com Roanoke. Eu me preocupo com as pessoas daqui. Vou lutar por elas e defender Roanoke da melhor maneira que puder se for preciso. Mas este não é o meu mundo. Eu não *confio* nele. Você confia?

– Não sei. Mas sei que estou com medo de esse inquérito tirá-lo de mim.

– Você acha que alguém aqui ainda se importa com quem a uc acha que deveria administrar essa colônia? – Jane perguntou.

– Possivelmente não. Mas ainda assim doeria.

– Hmmm. – Jane pensou sobre isso por um tempo. – Ainda quero ver Kathy um dia – comentou ela por fim.

– Vou ver o que posso fazer.

– Não diga isso a menos que esteja falando sério.

– Estou falando sério – insisti e fiquei um pouco surpreso pelo fato de estar mesmo falando sério. – Gostaria que você a conhecesse. Gostaria que pudesse tê-la conhecido antes.

– Eu também.

– Está resolvido, então – falei. – Agora, tudo o que temos de fazer é encontrar uma maneira de voltar à Terra sem que a nossa nave seja arrancada de nós pela uc. Vou ter que trabalhar nisso.

– Faça isso – disse Jane. – Mas mais tarde. – Ela se levantou e estendeu a mão para mim. Eu a peguei.

Nós entramos.

12_

— Pedimos desculpas pelo atraso, administrador Perry — disse Justine Butcher, vice-secretária adjunta de Jurisprudência Colonial do Departamento de Colonização. — Como o senhor deve estar ciente, as coisas têm sido agitadas por aqui nos últimos tempos.

Eu estava ciente. Quando Trujillo, Kranjic, Beata e eu desembarcamos do ônibus espacial vindo de nossa nave para a Estação Fênix, o ruído generalizado da estação parecia ter triplicado; nenhum de nós se lembrava de ter visto o lugar tão lotado de soldados das FCD e funcionários da UC como parecia agora. O que quer que estivesse acontecendo, era grande. Nós quatro nos olhamos de forma ostensiva, pois, o que quer que fosse, quase certamente era relacionado a nós e a Roanoke de alguma forma. Emudecidos, nós nos distanciamos para cuidar de nossas tarefas individuais.

— Claro — concordei. — Algum motivo específico para a correria?

— Há uma série de coisas acontecendo de uma só vez — respondeu Butcher. – O senhor não precisa se preocupar com nenhuma delas no momento.

– Entendo. Muito bem.

Butcher assentiu e indicou as outras duas pessoas sentadas à mesa diante da qual eu estava parado.

– Este inquérito foi aberto para questioná-lo sobre sua conversa com o general Tarsem Gau, do Conclave – explicou Butcher. – Este é um inquérito formal, o que significa que o senhor é obrigado a responder a todas e quaisquer perguntas da forma mais verdadeira, direta e completa possível. No entanto, não é um julgamento. O senhor não foi acusado de nenhum crime. Se, no futuro, o senhor for acusado de um crime, será julgado pelo Tribunal de Assuntos Coloniais do DC. O senhor entende?

– Entendo – respondi. Os Tribunais de Assuntos Coloniais do Departamento de Colonização eram apenas para assuntos de juízes, destinados a permitir que os líderes das colônias e seus juízes designados tomassem decisões rápidas, sem prejudicar o processo de colonização. Uma decisão do Tribunal de AC tinha força de lei, embora limitada apenas ao caso específico. Um juiz do Tribunal de Justiça ou chefe de colônia agindo como juiz não podia contornar os regulamentos e estatutos do DC, mas, como o DC reconhecia que a ampla gama de situações coloniais não era uniforme em suas necessidades regulatórias, a quantidade de regras e estatutos era surpreendentemente pequena. Os Tribunais de Assuntos Coloniais também eram organizadamente diretos; não havia recurso às decisões que tomavam. Essencialmente, um juiz do Tribunal de AC podia fazer o que quisesse. Não era uma situação jurídica ideal para um réu.

– Ótimo – disse Butcher e olhou para o seu PDA. – Então, vamos começar. Quando o senhor estava conversando com o general Gau, o senhor se ofereceu primeiro para receber a rendição dele, depois sugeriu permitir que ele deixasse o espaço de Roanoke sem ferir a si mesmo ou a sua frota. – Ela olhou para mim por cima do PDA. – Isso está correto, administrador?

– Está, sim.

– O general Rybicki, a quem já convocamos – aquilo era novidade para mim e, de repente, tive certeza de que Rybicki não estava totalmente satisfeito por ter um dia me indicado para a posição de administrador colonial –, declarou para nós que suas ordens eram de apenas entabular conversas desimportantes com Gau até que a frota fosse destruída, quando deveria informá-lo de que apenas a nave dele havia sobrevivido ao ataque.

– Sim – assenti.

– Muito bem – disse Butcher. – Então o senhor pode começar explicando em que estava pensando quando se ofereceu para aceitar a rendição de Gau e depois sugeriu deixar a frota dele sair ilesa.

– Acredito que eu esperava evitar derramamento de sangue.

– Isso não é de sua alçada – disse o coronel Bryan Berkeley, que representava as Forças Coloniais de Defesa no inquérito.

– Discordo – retruquei. – Minha colônia estava sob um potencial ataque. Sou o líder da colônia. Meu trabalho é mantê-la a salvo.

– O ataque varreu a frota do Conclave – comentou Berkeley. – Sua colônia nunca esteve em perigo.

– O ataque poderia ter falhado – insisti. – Sem querer ofender as FCD ou as Forças Especiais, coronel, mas nem todo ataque planejado é bem-sucedido. Eu estive em Coral, onde os planos das FCD falharam miseravelmente e 100 mil dos nossos morreram.

– Está dizendo que esperava que fracassássemos? – questionou Berkeley.

– Estou dizendo que tenho a noção de que planos são planos – respondi – e que eu tinha uma obrigação para com a minha colônia.

– O senhor *esperava* que o general Gau se entregasse a você? – perguntou o terceiro inquiridor. Levei um tempo para identificá-lo: general Laurence Szilard, chefe das Forças Especiais das FCD.

A presença dele na comissão me deixou muito mais nervoso. Não havia absolutamente nenhuma razão para justamente ele estar ali. O general estava várias camadas de burocracia acima de Butcher ou Berkeley; vê-lo sentado placidamente na comissão – sem nem mesmo ser seu presidente – era como se o supervisor da creche de seu filho fosse o reitor da Universidade de Harvard. Não fazia nenhum sentido. Se ele decidisse que eu precisava ser eliminado por atrapalhar uma missão supervisionada pelas Forças Especiais, na verdade não importava o que qualquer dos outros membros da comissão pensava; eu viraria picadinho. Saber disso me deixou enjoado.

Dito isso, eu estava também muito curioso sobre o homem. Ali estava o general cujo pescoço minha esposa queria torcer porque ele a transformara de novo em um soldado das Forças Especiais sem permissão e também, como eu desconfiava, sem muito remorso. Uma parte de mim imaginou se eu não deveria tentar torcer o pescoço dele, por um senso de cavalheirismo para com Jane. Considerando que, como soldado das Forças Especiais, ele provavelmente teria quebrado a minha cara mesmo quando eu era um soldado geneticamente melhorado, eu duvidava da minha capacidade de fazer muito contra ele agora, sendo eu de novo um mero mortal. Jane provavelmente não gostaria que eu provocasse minha própria torção de pescoço.

Szilard esperou minha resposta com uma expressão plácida.

– Não, eu não tinha motivos para suspeitar que ele se renderia – respondi.

– Mas pediu a ele mesmo assim – disse Szilard. – De um jeito ostensivo, para permitir a sobrevivência de sua colônia. Acho interessante que tenha pedido rendição, em vez de implorar que ele poupasse sua colônia. Se estivesse simplesmente buscando que ele poupasse a colônia e a vida dos colonos, não teria sido esse o caminho mais prudente? As informações que a União Colonial forneceu ao senhor sobre o general não lhe davam nenhum motivo para acreditar que a rendição seria algo que ele cogitasse.

Cuidado, alguma parte do meu cérebro sussurrou. A maneira como Szilard havia formulado o comentário parecia sugerir que ele achava que eu poderia ter tido informações de outras fontes. Eu tive, mas parecia impossível que ele soubesse disso. Se ele soubesse e eu mentisse, estaria atolado na merda. Decisões, decisões.

— Eu sabia de nosso ataque planejado – falei. – Talvez isso tenha me deixado confiante demais.

— Então, o senhor admite que o que disse ao general Gau poderia ter indicado a ele que nosso ataque era iminente – afirmou Berkeley.

— Duvido que ele tenha visto algo além de uma bravata de um líder da colônia tentando salvar o próprio povo – disse eu.

— No entanto, o senhor consegue entender como, do ponto de vista da UC, suas ações poderiam ter comprometido a missão e a segurança não apenas de sua colônia, mas de toda a UC – comentou Butcher.

— Minhas ações podem ser interpretadas de várias maneiras. Não posso dar crédito a qualquer outra interpretação além da minha. Minha interpretação é que eu estava fazendo o que achava necessário para proteger minha colônia e meus colonos.

— Em sua conversa com o general Gau, o senhor admite que não deveria ter feito a sugestão de retirada da frota dele – disse Berkeley. – O senhor sabia que sua sugestão ao general era contrária aos nossos desejos, o que implica fortemente que revelamos nossos desejos ao senhor. Se o general tivesse tido a presença de espírito para seguir sua linha de raciocínio, o ataque teria ficado óbvio.

Fiz uma pausa. Aquilo estava ficando ridículo. Não dava para dizer que eu não esperava uma forçada de barra nessa investigação, só que eu esperava que fosse um pouco mais sutil. No entanto, acredito que Butcher tenha comentado que as coisas estavam agitadas e corridas nos últimos tempos; não sei por que meu interrogatório seria diferente.

– Não sei o que dizer quanto a essa linha de raciocínio. Fiz o que achei ser o certo.

Butcher e Berkeley trocaram um rápido olhar de soslaio. Haviam conseguido o que queriam da investigação; no que lhes dizia respeito, o inquérito havia terminado. Eu me concentrei nos meus sapatos.

– O que acha do general Gau?

Olhei para cima, pego de surpresa. O general Szilard estava ali, mais uma vez aguardando tranquilamente minha resposta. Butcher e Berkeley também pareciam surpresos; o que quer que Szilard estivesse fazendo, aparentemente estava fora do roteiro.

– Não tenho certeza se entendi a pergunta – falei.

– Claro que entendeu – afirmou Szilard. – O senhor passou um tempo razoável com o general Gau, e tenho certeza de que teve tempo para refletir e especular sobre a natureza do general, antes e depois da destruição da frota do Conclave. Considerando seu conhecimento, o que acha dele?

Ai, caralho, pensei. Agora eu tinha certeza de que Szilard sabia que eu sabia mais sobre o general Gau e o Conclave do que as informações que a UC havia me dado. Naquele momento eu não precisava me perguntar como ele descobrira isso. A questão era como responder à pergunta.

Você já está fodido, pensei. Butcher e Berkeley já estavam claramente planejando me colocar no Tribunal de Assuntos Coloniais, onde meu julgamento sob qualquer acusação (eu estava supondo incompetência, embora abandono do dever não estivesse fora de questão; nem traição, aliás) seria curto e não muito agradável. Eu supunha que a presença de Szilard era sua maneira de garantir que ele conseguisse o resultado que queria – talvez não estivesse satisfeito com a ideia de eu potencialmente ter bagunçado a missão dele –, mas agora eu não tinha certeza. De repente, não tinha mais uma maldita pista sequer do que Szilard de fato queria desse inquérito. Só que não importava o que eu dissesse ali, eu já estava acabado.

Bem, era um inquérito oficial. Significava que estava indo para os arquivos da UC. Então, que se dane.

– Acho que ele é um homem honrado – respondi.

– Como? – questionou Berkeley.

– Eu disse que o acho um homem honrado – repeti. – Pra começar, não tentou simplesmente destruir Roanoke. Ele se ofereceu para poupar meus colonos ou permitir que participassem do Conclave. Nenhuma das informações que a UC me deu indicava que essas eram opções. A informação que recebi, que todos os colonos de Roanoke receberam de mim, foi que Gau e o Conclave estavam apenas eliminando as colônias que descobriam. É por isso que nos mantivemos escondidos durante um ano inteiro.

– Simplesmente dizer ao senhor que ele permitiria a rendição de seus colonos não significa que ele faria isso – disse Berkeley. – Certamente, como ex-comandante das FCD, o senhor entende o valor da desinformação e de fornecê-la ao inimigo.

– Não acho que a colônia de Roanoke teria se qualificado como um inimigo – comentei. – Há menos de 3 mil de nós contra 412 naves gigantes. Não havia defesas que pudéssemos usar, nenhuma vantagem militar possível na garantia de nossa rendição simplesmente para nos destruir. Teria sido muito cruel.

– O senhor não está ciente do valor psicológico da crueldade na guerra? – perguntou Berkeley.

– Estou ciente – respondi. – Eu não estava ciente, a partir das informações que a UC me deu, de que isso fazia parte do perfil psicológico pessoal do general ou de suas táticas militares.

– Há muito que o senhor não sabe sobre o general – explicou Butcher.

– Eu concordo – falei. – Foi por isso que escolhi seguir minha intuição sobre o caráter dele. Mas pelo que me lembro, o general observou que havia supervisionado três dúzias dessas remoções de colônias antes de chegar a Roanoke. Se tiver informações sobre esses incidentes e sobre como o general agiu em relação a essas colônias, seria instrutivo em relação a sua honra e sua posição sobre a crueldade. Os senhores têm essas informações?

– Nós temos isso – afirmou Butcher. – Não podemos fornecer a informação, pois o senhor foi temporariamente removido de sua posição administrativa.

– Entendo – disse eu. – A senhora tinha alguma dessas informações *antes* de eu perder minha posição administrativa?

– Está insinuando que a UC omitiu informações para o senhor? – Berkeley perguntou.

– Não estou insinuando nada – retruquei. – Só fiz uma pergunta. E minha posição foi a de que, na ausência de informações fornecidas pela UC, eu tinha apenas meu próprio julgamento para me orientar, para complementar as informações que possuía. – Olhei diretamente para Szilard. – Na minha opinião, pelo que *eu* conheço do homem, o general Gau é honrado.

Szilard considerou isso.

– O que o senhor teria feito, administrador Perry, se Gau tivesse aparecido em seu céu antes que a UC tivesse um plano de ataque finalizado?

– O senhor está perguntando se eu teria entregado a colônia? – questionei.

– Estou perguntando o que teria feito – respondeu Szilard.

– Eu teria aproveitado a oferta de Gau. Teria deixado que ele levasse os colonos de Roanoke de volta à UC.

– Então *teria* entregado a colônia – disse Butcher.

– Não – respondi. – Eu ficaria para trás para defender Roanoke. Desconfio que minha esposa ficaria comigo. Qualquer um que desejasse ficar poderia ficar. – *Menos Zoë*, pensei, embora não gostasse da cena de Zoë sendo arrastada, aos chutes e gritos, para um transportador com Hickory e Dickory.

– Essa é uma distinção sem diferença – comentou Berkeley. – Não há colônia sem colonos.

– Concordo. Mas um colono é suficiente para a colônia fincar sua posição, e um colono é suficiente para morrer pela UC. Minha responsabilidade é com a minha colônia *e* com meus colonos. Eu me recusaria a entregar a colônia de Roanoke. Eu também faria de tudo ao meu alcance para manter os colonos vivos. Do ponto de vista prático, 2 500 colonos não são mais capazes de resistir a uma frota inteira de naves de guerra do que um único colono seria. Minha morte seria suficiente para mostrar o que a UC desejava que eu mostrasse. Se acha que eu forçaria todos os *demais* colonos de Roanoke a morrerem para satisfazer alguma contabilidade misteriosa que define a destruição de uma colônia, coronel Berkeley, então o senhor é um perfeito idiota.

Berkeley parecia estar pronto para vir para cima de mim sobre a mesa. Szilard ficou lá com o mesmo maldito olhar inescrutável que mantivera durante toda a investigação.

– Bem – interveio Butcher, tentando recuperar o controle do inquérito. – Acho que conseguimos tudo o que precisamos do senhor, administrador Perry. O senhor está liberado para sair e aguardar a resolução do inquérito. O senhor não tem permissão para deixar a Estação Fênix antes da resolução. O senhor entendeu?

– Entendi. Preciso encontrar algum tipo de alojamento?

– Não acredito que vá demorar tanto – respondeu Butcher.

– Entenda que tudo que eu ouvi é extraoficial – disse Trujillo.

– A essa altura, não sei se confiaria em informações que sejam *oficiais* – comentei.

Trujillo assentiu.

– Só digo amém.

– O que você ouviu? – perguntei.

– Só coisa ruim. E está piorando.

Trujillo, Kranjic, Beata e eu estávamos sentados em minha cantina favorita em Fênix, aquela com os hambúrgueres verdadeiramente espetaculares. Cada um pediu um; os hambúrgueres esfriaram, largados de lado, enquanto conversávamos no canto mais isolado que pudemos encontrar.

– Defina *ruim* – pedi.

– Algumas noites atrás houve um ataque de mísseis em Fênix – explicou Trujillo.

– Isso não é ruim, é idiota – falei. – Fênix tem a rede de defesa planetária mais avançada de todos os planetas humanos. Não dá para espremer por ela nenhum míssil maior que uma bola de gude.

– Certo – disse Trujillo. – E todo mundo sabe disso. Não houve um ataque de tamanho nenhum contra Fênix em mais de cem anos. O ataque não foi feito para ser bem-sucedido. Foi concebido para enviar a mensagem de que não se deve considerar nenhum planeta humano seguro contra retaliação. Foi um recado bem grande.

Pensei sobre aquilo enquanto dava uma mordida no meu hambúrguer.

– Imagino que Fênix não tenha sido o único planeta a receber um ataque de mísseis.

– Não – confirmou Trujillo. – Meu pessoal me disse que todas as colônias foram atacadas.

Quase engasguei.

– Todas – repeti.

– *Todas* – confirmou Trujillo. – As colônias estabelecidas nunca estiveram em perigo; suas redes de defesa planetárias eliminaram os ataques. Algumas das colônias menores sofreram alguns danos. A colônia de Sedona teve um assentamento inteiro varrido do mapa. Dez mil pessoas morreram.

– Tem certeza disso? – questionei.

– Informação de segunda mão – respondeu Trujillo. – Mas de uma fonte em quem confio, que falou com o representante sedoniano. Confio nessa fonte o tanto quanto posso confiar em alguém.

Eu me virei para Kranjic e Beata.

– Isso se encaixa com o que vocês ouviram?

– Sim – respondeu Kranjic. – Manfred e eu temos fontes diferentes, mas ouvi as mesmas coisas.

Beata assentiu também.

– Só que nada disso está nos feeds de notícias – falei, olhando para o meu PDA, que estava na mesa. Eu o mantinha aberto e ativo, aguardando a determinação do inquérito.

– Não – falou Trujillo. – A UC impôs uma proibição geral de informações sobre os ataques. Estão usando a Lei de Segredo de Estado. Você deve se lembrar dela.

– Sim. – Estremeci com a lembrança dos lobisomens e de Gutierrez. – Essa lei não me ajudou muito. Duvido que ajude a UC.

– Os ataques justificam o caos que estamos vendo aqui – explicou Trujillo. – Não tenho nenhuma fonte nas FCD, o pessoal de lá é bem fechado, mas sei que todos os representantes coloniais estão gritando, pedindo proteção direta das FCD. As naves estão sendo reconvocadas e reatribuídas, mas não há o suficiente para cada colônia. Pelo que ouvi, as FCD estão fazendo a triagem, decidindo quais colônias poderão proteger e quais poderão se dar ao luxo de perder.

– Onde Roanoke se encaixa nessa triagem? – perguntei.

Trujillo deu de ombros.

– Quando chega nesse ponto, todos querem prioridade de defesa. Eu sondei os legisladores que conheço sobre aumentar as defesas de Roanoke. Todos disseram que ficariam felizes... assim que seus planetas estivessem protegidos.

– Ninguém mais fala sobre Roanoke – disse Beata. – Todo mundo está concentrado no que está acontecendo nas próprias casas. Eles não podem relatar, mas com certeza estão acompanhando isso.

Nós nos concentramos em nossos hambúrgueres depois disso, perdidos em pensamentos. Eu estava tão preocupado que não notei alguém parado atrás de mim até que Trujillo olhou para cima e parou de mastigar.

– Perry – chamou ele, olhando por cima do meu ombro ostensivamente. Eu me virei e deparei com o general Szilard.

– Também gosto dos hambúrgueres daqui – disse ele. – Eu me juntaria a vocês, mas, considerando a experiência da sua esposa, duvido que esteja disposto a comer na mesma mesa que eu.

– Já que mencionou, general, o senhor tem toda a razão.

– Então, venha comigo, por favor, administrador Perry – pediu Szilard. – Temos muito a discutir e o tempo é curto.

– Tudo bem – falei. Peguei minha bandeja, dando uma olhada para os meus companheiros de almoço. Eles ficaram cuidadosamente inexpressivos. Joguei o conteúdo da minha bandeja no lixo mais próximo e encarei o general. – Para onde?

– Venha, vamos dar um passeio.

* * *

– Para lá – disse Szilard. Sua nave de transporte pessoal estava suspensa no espaço, com Fênix visível a bombordo e a Estação Fênix a estibordo. Ele fez um sinal para apontar ambos. – Bela vista, não é?

– Muito bom – respondi, imaginando por que Szilard tinha me levado até ali. Alguma parte paranoica em mim se perguntou se ele estava planejando abrir a escotilha de acesso da nave de transporte e me jogar no espaço, mas ele não estava com traje espacial, então parecia pouco improvável. Por outro lado, ele era das Forças Especiais. Talvez não precisasse de traje nenhum.

– Não estou planejando matar o senhor – disse Szilard.

Sorri mesmo sem querer.

– Pelo visto, o senhor consegue ler mentes.

– Não a sua. Mas consigo muito bem adivinhar o que está pensando. Relaxe. Não vou matá-lo. Se não por outro motivo, simplesmente porque Sagan me encontraria e *me* mataria.

– O senhor já está na lista negra dela.

– Não tenho dúvidas. Mas o que fiz foi necessário, e não pretendo pedir desculpas.

– General, por que estamos aqui?

– Estamos aqui porque gosto da vista, porque quero falar com o senhor francamente e porque esta nave é o único lugar onde tenho certeza de que o que eu disser não será ouvido por mais ninguém. – O general estendeu a mão para o painel de controle da nave e apertou um botão; a vista de Fênix e da Estação Fênix desapareceu e foi substituída por um preto sem profundidade.

– Nanomalha – falei.

– Exato – disse Szilard. – Nenhum sinal entra nem sai. Você deve saber que ser limado assim é indescritivelmente claustrofóbico para as Forças Especiais; estamos tão acostumados ao constante contato uns com os outros por meio de nossos BrainPals que deixar cair o sinal é como perder três de nossos sentidos.

– Eu sabia – confirmei. Jane havia me contado da missão em que ela e outros soldados das Forças Especiais caçaram Charles Boutin; Boutin havia inventado uma maneira de cortar o sinal de BrainPal das Forças Especiais, matando a maioria deles e deixando alguns dos que sobreviveram completamente insanos.

Szilard assentiu.

– Então entenderá o quanto algo assim é difícil, mesmo para mim. Sinceramente, não sei como Sagan conseguiu deixar isso para trás quando se casou com você.

– Há outras maneiras de se conectar com alguém.

– Se você está dizendo… – disse Szilard. – O fato de eu estar disposto a fazer isso também deve indicar a seriedade do que vou lhe dizer.

– Tudo bem. Estou pronto.

– Roanoke está com sérios problemas. Todos estamos. A UC previu que destruir a frota do Conclave mergulharia o Conclave em uma guerra civil, o que estava correto. Neste momento, o Conclave está se desmantelando. As raças leais ao general Gau estão enfrentando outra facção, liderada por um membro da raça arrisiana chamado Nerbros Eser. Do jeito que as coisas estão, há apenas uma coisa impedindo que essas duas facções do Conclave se destruam completamente.

– Que é…?

– Algo que a UC *não* previu – respondeu Szilard. – O fato de que todas as raças membros do Conclave estão empenhadas em destruir a UC. Não apenas contê-la, como o general Gau estava contente em fazer. Querem erradicá-la em sua totalidade.

– Porque nós eliminamos a frota – concluí.

– Essa é a causa imediata. A UC esqueceu que, ao atacar a frota, não estávamos apenas atacando o Conclave, mas todos os membros do Conclave. As naves da frota eram frequentemente os carros-chefes de suas raças. Não apenas destruímos uma frota, destruímos símbolos raciais. Chutamos as bolas de todas as raças membros do Conclave de forma dura e certeira, Perry. Não vão nos perdoar por isso. Mas, além disso, estamos tentando usar a destruição da frota do Conclave como ponto de convergência para outras raças não integrantes. Estamos tentando fazer com que se tornem nossas aliadas. E os membros do Conclave decidiram que a melhor maneira de fazer com que essas raças continuem sem afiliações é tornando a UC um exemplo. Ela inteira.

– O senhor não me parece surpreso.

– Não estou. Quando consideramos pela primeira vez a destruição da frota do Conclave, fiz com que o corpo de inteligência das Forças Especiais modelasse as possíveis consequências desse ato. Esse sempre foi o resultado mais provável.

– Por que eles não ouviram?

– Porque os modelos das FCD disseram à UC o que ela queria ouvir. E porque, no fim das contas, a UC vai dar mais importância à análise gerada por seres humanos reais do que à dos monstros do dr. Frankenstein que ela cria para fazer o trabalho sujo.

– Como destruir a frota do Conclave – falei, lembrando-me do tenente Stross.

– Sim.

– Se o senhor acreditava que esse seria o resultado, deveria ter se recusado a fazê-lo. Não deveria ter deixado seus soldados destruírem a frota.

Szilard fez que não com a cabeça.

– Não é tão simples assim. Se eu tivesse me recusado, teria sido substituído como comandante das Forças Especiais. As Forças Especiais não são menos ambiciosas e corruptas que qualquer outro tipo de ser humano, Perry. Consigo imaginar três generais que gostariam de aceitar meu trabalho pelo custo simples de seguir ordens insensatas.

– O senhor seguiu ordens insensatas.

– Segui. Mas eu o fiz segundo meus termos. Parte disso foi ajudar a instalar o senhor e Sagan como líderes da colônia em Roanoke.

– *O senhor* me instalou – falei. Aquilo era novidade para mim.

– Bem, na verdade, eu instalei Sagan. Você foi apenas parte do pacote. Era aceitável porque parecia improvável que o senhor fosse fazer merda.

– Que bom ser valorizado.

– Com o seu nome, ficou mais fácil sugestionar Sagan. Eu sabia que você tinha uma história com o general Rybicki. No geral, você veio a calhar. Mas, na verdade, nem o senhor nem Sagan foram o fundamental da equação. É sua filha, administrador Perry, que realmente importa aqui. Sua filha foi a razão pela qual eu escolhi vocês dois para liderar Roanoke.

Tentei decifrar essa afirmação.

– Por causa dos Obins?

– Por causa dos Obins – confirmou Szilard. – Por causa do fato de os Obins a considerarem praticamente um deus vivo, graças à devoção deles ao pai verdadeiro dela, e à vantagem benéfica da consciência que ele lhes deu.

– Acho que não entendo por que os Obins são importantes nesse assunto – falei, embora fosse mentira. Eu sabia precisamente, mas queria ouvir de Szilard.

Ele fez as honras.

– Porque Roanoke está condenada sem eles. Roanoke cumpriu seu principal objetivo de ser uma armadilha para a frota do Conclave. Agora, toda a UC está sob ataque e terá que decidir a melhor forma de distribuir seus recursos defensivos.

– Já ficamos cientes de que Roanoke não tem uma nota alta de defesa. Esfregaram isso hoje na minha cara e na cara da minha equipe.

– Ah, não. É pior que isso.

– Como pode ser pior?

– Desta forma: Roanoke é mais valiosa para a União Colonial morta do que viva. Você precisa entender, Perry. A UC está prestes a lutar por sua vida contra a maioria das raças que conhecemos. Seu belo sistema de cultivo de terráqueos decrépitos para transformá-los em soldados não funcionará mais. Vai ser necessário levantar tropas dos mundos da UC, e rápido. É aqui que Roanoke entra. Viva, Roanoke é apenas outra colônia. Morta, é um símbolo para os dez mundos que lhe deram colonos e para todos os outros mundos da UC. Quando Roanoke morrer, os cidadãos da UC vão exigir permissão para lutar. E a UC permitirá.

– O senhor tem certeza disso. Foi discutido.

– Claro que não. Nunca será. Mas é o que vai acontecer. A UC sabe que Roanoke é um símbolo para as raças do Conclave também, o local de sua primeira derrota. É inevitável que a derrota seja vingada. A UC também sabe que, ao não defender Roanoke, essa vingança acontecerá ainda mais rápido. E mais rápido servirá melhor às intenções da UC.

– Não entendo. O senhor está dizendo que, para combater o Conclave, a UC precisa que seus cidadãos se tornem soldados. E para motivá-los a se voluntariar, Roanoke precisa ser destruída. Mas está me dizendo que a razão pela qual o senhor escolheu Jane e a mim para liderar Roanoke foi porque os Obins reverenciam minha filha e não permitiriam que a colônia fosse destruída.

– Não é tão simples assim. Os Obins não permitiriam que sua filha morresse, isso é verdade. Podem ou não defender sua colônia. Mas os Obins lhe ofereceram outra vantagem: conhecimento.

– Continuo sem entender – insisti.

– Pare de bancar o idiota, Perry. Você está insultando a minha inteligência. Sei que você sabe mais sobre o general Gau e o Conclave do que deixou transparecer naquela farsa de inquérito. Sei disso porque foram as Forças Especiais que prepararam o dossiê sobre o general Gau e o Conclave para vocês; o dossiê que, de maneira desleixada, deixou uma enorme quantidade de metadados em seus arquivos para vocês encontrarem. Também sei que os guarda-costas Obins de sua filha sabiam muito mais sobre o Conclave do que poderíamos contar em nosso dossiê. Foi assim que o senhor soube que podia confiar nas palavras do general Gau. E foi por isso que tentou convencê-lo a não convocar a frota. Sabia que ela seria destruída e que ele ficaria comprometido.

– O senhor não teria como saber que eu buscaria esses metadados. Apostou demais na minha curiosidade.

– Na verdade, não. Lembre-se, *o senhor* foi, em grande parte, secundário no processo de seleção. Deixei essa informação para Sagan encontrar. Ela foi oficial de inteligência por anos. Teria procurado por metadados nos arquivos como uma coisa natural. O fato de você ter encontrado as informações primeiro é o de menos. Elas teriam sido encontradas de qualquer forma. Não me adiantaria nada deixar as coisas ao acaso.

– Mas nenhuma dessas informações me adianta *agora*. Nada disso muda o fato de que Roanoke está na mira, e de que não há nada que *eu* possa fazer a respeito. O senhor estava no inquérito. Terei sorte se me deixarem dizer a Jane em qual prisão vou apodrecer.

Szilard rejeitou minhas palavras com um aceno.

– O inquérito determinou que você agiu de forma responsável e dentro de sua alçada. Você estará livre para voltar a Roanoke assim que terminarmos esta conversa.

– Retiro o que eu disse. O senhor *não estava* no mesmo inquérito que eu.

– É verdade que Butcher e Berkeley estão totalmente convencidos de que o senhor é um completo incompetente. A princípio, os dois votaram para encaminhá-lo ao Tribunal de Assuntos Coloniais, onde você teria sido condenado e sentenciado em cerca de cinco minutos. No entanto, consegui convencê-los a mudar de voto.

– Como fez isso?

– Vamos apenas dizer que nunca vale a pena fazer coisas que você não queira que outras pessoas saibam.

– O senhor os chantageou.

– Eu os conscientizei de que toda ação tem uma consequência. E, na plenitude de sua consideração, eles preferiram as consequências de permitir que você retornasse a Roanoke em oposição às consequências de mantê-lo aqui. Em última análise, foi tudo a mesma coisa para eles. Acham que você vai morrer se voltar a Roanoke.

– Não sei se posso culpá-los por achar isso.

– Você poderia muito bem morrer. Mas, como eu disse, o senhor tem certas vantagens. Uma delas é o relacionamento que tem com os Obins. A outra é sua esposa. Entre esses fatores, talvez o senhor consiga ajudar a fazer a colônia sobreviver, e sobreviverá com ela.

– Mas aí voltamos ao problema. Do jeito que o senhor falou, a UC precisa que Roanoke morra. Ao me ajudar a salvar Roanoke, o senhor está trabalhando contra a UC, general. O senhor é um traidor.

– Esse é um problema meu, não seu. Não estou preocupado em ser tachado de traidor. Estou preocupado com o que acontecerá se Roanoke cair.

– Se Roanoke cair, a UC conseguirá seus soldados.

– E entrará em guerra com a maioria das raças desta parte do espaço. E vai *perder*. E, ao perder, a humanidade será exterminada. Toda ela, Roanoke e todas as outras. Até a Terra vai morrer, Perry. Vai ser eliminada, e os bilhões que vivem lá não terão ideia do motivo por que estão morrendo. Nada será salvo. A humanidade está à beira do genocídio. E é um genocídio que teremos infligido a nós mesmos. A menos que o senhor o impeça. A menos que o senhor consiga salvar Roanoke.

– Não sei se posso fazer isso. Pouco antes de eu vir para cá, Roanoke foi atacada. Apenas cinco mísseis, mas tivemos que usar tudo o que tínhamos para impedi-los de nos eliminar. Se um grupo inteiro de raças do Conclave quiser nos esmagar, não sei como podemos impedi-los.

– Você precisa encontrar uma maneira.

– O senhor é o general. O senhor que faça esse tipo de coisa.

– *Estou fazendo*. Dando ao senhor essa responsabilidade. Não posso fazer mais que isso sem perder meu posto na hierarquia da uc. E *daí* eu ficaria de mãos atadas. Tenho feito o que posso desde que esse plano insano de atacar o Conclave foi formado. Usei o senhor o máximo que pude sem que soubesse, mas já passamos dessa fase. Agora você sabe. É seu trabalho salvar a humanidade, Perry.

– Sem pressão.

– Você fez isso por anos. Não se lembra do que lhe disseram sobre o trabalho das Forças Coloniais de Defesa? "Para manter um lugar para a humanidade entre as estrelas." Você fez isso na época. Precisa fazer isso agora.

– Na época éramos eu e todos os outros membros das fcd. A responsabilidade agora está um pouco mais concentrada.

– Então, me deixe ajudar. De novo e pela última vez. Minha unidade de inteligência me informou que o general Gau será assassinado por um membro de seu próprio círculo de assessores. Alguém em quem ele confia; na verdade, alguém que ele ama. O assassinato acontecerá neste mês. Não temos mais informações. Não temos como informar ao general Gau sobre a tentativa de assassinato e, mesmo se tivéssemos um jeito, não poderíamos informá-lo, e, mesmo se pudéssemos, não haveria chance de ele aceitar a informação como genuína. Se Gau morrer, todo o Conclave se reformará em torno de Nerbros Eser, que planeja destruir a União Colonial. Se Nerbros Eser tomar o poder, está tudo acabado. A UC vai cair. A humanidade vai morrer.

— O que devo fazer com essas informações?

— Encontre uma maneira de usá-las. Rápido. E esteja pronto para tudo o que vai acontecer depois. E mais uma coisa, Perry: diga a Sagan que, embora eu não peça desculpas por melhorar suas habilidades, lamento pela necessidade. Fale também que desconfio que ela ainda não explorou todas as suas capacidades. Diga a ela que seu BrainPal oferece a gama completa de funções de comando. Use essas palavras, por favor.

— O que significa "gama completa de funções de comando"? — perguntei.

— Sagan pode explicar, se ela quiser — respondeu Szilard. Ele estendeu a mão para o console, pressionado um botão. Fênix e a Estação Fênix reapareceram na janela. — Agora, é hora de você voltar a Roanoke, administrador Perry. Já ficou longe por tempo demais e tem muito o que fazer. Eu diria que é hora de botar a mão na massa.

13_

Sem considerar a própria Roanoke, Everest era a colônia humana mais recente, estabelecida pouco antes de o Conclave ter alertado as outras raças para que não colonizassem mais. Como Roanoke, as defesas de Everest eram modestas: um par de satélites de defesa e seis torres de raio (três para cada um dos dois assentamentos) e um cruzador rotativo das FCD. Quando Everest foi atingida, a *Des Moines* estava estacionada sobre os assentamentos. Era uma boa nave com uma boa tripulação, mas não foi suficiente para combater as seis naves arrisianas que saltaram com ousada precisão no espaço de Everest, disparando mísseis contra a *Des Moines* e os satélites de defesa. A *Des Moines* partiu-se de uma ponta à outra e começou a longa queda em direção à superfície de Everest; os satélites de defesa foram transformados em mero lixo flutuante.

As defesas do planeta desmoronaram, as naves arrisianas destruíram tranquilamente os assentamentos de Everest, despachando, por fim, uma companhia para exterminar os colonos dispersos que restaram. No final, 5 800 colonos de Everest tinham morrido. Os arrisianos não deixaram para trás nenhum colono ou guarnição e não reivindicaram o planeta. Só erradicaram a presença humana ali.

Erie não era Everest; era um dos mundos humanos mais antigos e densamente povoados, com uma grade de defesa planetária e uma presença permanente das FCD que tornaria impossível a qualquer um se meter com ele, exceto para as raças mais insanamente ambiciosas. No entanto, nem mesmo as grades de defesa planetária conseguem rastrear cada pedaço de gelo ou rocha que cai no poço gravitacional. Várias dúzias desses aparentes pedaços de gelo caíram na atmosfera de Erie, sobre a cidade eriana de Nova Cork. Conforme os pedaços caíam, o calor gerado pelo atrito da atmosfera foi canalizado e concentrado, alimentando os compactos lasers químicos escondidos na rocha.

Vários dos feixes atingiram grupos industriais estratégicos em Nova Cork, relacionados aos sistemas de armas das FCD. Vários outros pareciam atacar aleatoriamente, atingindo casas, escolas e mercados, matando centenas de pessoas. Quando os feixes terminaram, os lasers queimaram na atmosfera sem deixar nenhuma pista de quem os enviara ou por quê.

Isso aconteceu enquanto Trujillo, Beata, Kranjic e eu voltávamos a Roanoke. Não soubemos disso na época, claro. Não sabíamos dos ataques específicos que ocorriam em torno da UC porque escondiam as notícias e porque estávamos concentrados na nossa própria sobrevivência.

– Você nos ofereceu a proteção dos Obins – falei para Hickory horas depois de meu retorno a Roanoke. – Gostaríamos de aproveitar essa oferta.

– Há complicações – disse Hickory.

Olhei para Jane e me voltei de novo para Hickory.

– Bem, claro que há. Não seria divertido *sem* complicações.

– Eu sinto sarcasmo – comentou Hickory sem absolutamente nenhum senso de humor.

– Me desculpe, Hickory. Estou tendo uma semana ruim, e ela não está melhorando. Por favor, diga quais são essas complicações.

– Depois que o senhor viajou, um drone de salto chegou de Obinur e finalmente conseguimos nos comunicar com nosso governo. Disseram-nos que, assim que a *Magalhães* desapareceu, a UC solicitou formalmente que os Obins não interferissem na colônia de Roanoke aberta ou secretamente.

– Roanoke foi especificada – disse Jane.

– Sim – confirmou Hickory.

– Por quê? – perguntei.

– A UC não explicou – respondeu Hickory. – Acreditamos que foi porque uma tentativa obin de localizar o planeta poderia ter impedido o ataque da UC à frota do Conclave. Nosso governo concordou em não interferir, mas observou que, se algo acontecesse a Zoë, ficaríamos muito descontentes. A UC garantiu ao nosso governo que Zoë estava razoavelmente segura. E ela estava.

– O ataque da UC à frota do Conclave acabou – falei.

– O acordo não especificava quando seria aceitável interferir – explicou Hickory, novamente sem nenhum traço de humor. – Ainda estamos sujeitos a ele.

– Então, vocês não podem fazer nada por nós – concluiu Jane.

– Estamos encarregados de proteger Zoë – disse Hickory. – Mas nos deram a entender que a definição de *proteção* se estende apenas até ela.

– E se Zoë mandar vocês protegerem a colônia? – perguntei.

– Zoë pode mandar em Dickory e em mim como ela desejar – respondeu Hickory. – Mas é questionável se mesmo a intercessão dela será suficiente.

Eu me levantei e fui até a janela para olhar o céu noturno.

– Os Obins sabem que a UC está sob ataque? – perguntei.

– Sabemos – confirmou Hickory. – Houve vários ataques desde a destruição da frota do Conclave.

– Então, você sabe que a UC terá de escolher quais colônias precisará defender e quais serão sacrificadas. E é mais provável que Roanoke esteja nessa segunda categoria.

– Nós sabemos – disse Hickory.

– E ainda assim vocês não farão nada para nos ajudar.

– Não enquanto Roanoke continuar sendo parte da UC.

Jane interveio antes que eu pudesse abrir a boca.

– Explique – pediu ela.

– Uma Roanoke independente exigiria de nós uma nova reação – falou Hickory. – Se Roanoke se declarar independente da UC, os Obins se sentiriam obrigados a oferecer apoio e ajuda provisoriamente até que a UC retomasse o planeta ou concordasse com sua secessão.

– Mas vocês se arriscariam a se indispor com a UC – disse Jane.

– A UC tem uma série de outras prioridades no momento – ponderou Hickory. – Não sentimos que as repercussões de ajudar uma Roanoke independente serão significativas em longo prazo.

– Então, vocês vão nos ajudar – concluí. – Vocês só querem que nos declaremos independentes da UC primeiro.

– Não aconselhamos vocês a se separarem nem a ficarem – disse Hickory. – Apenas observamos que, se vocês se separarem, nós os ajudaremos a se defender.

Eu me virei para Jane.

– O que você acha?

– Duvido que as pessoas desta colônia estejam prontas para que declaremos a independência delas – respondeu ela.

– Se a alternativa for a morte...

– Alguns provavelmente prefeririam morrer a ser um traidor – comentou Jane. – Ou a ficar permanentemente isolado do resto da humanidade.

– Vamos perguntar para eles – disse eu.

O ataque à colônia de Wabash não pode ser considerado um ataque de fato; alguns mísseis destruíram escritórios administrativos e pontos de referência da colônia, e uma pequena força invasora de algumas centenas de soldados Bhavs aterrorizou o local. Por outro lado, Wabash não era o alvo. Os alvos eram os três cruzadores das FCD que saltaram para defender a colônia. O drone de salto que alertou as FCD quanto ao ataque indicou um cruzador bhav e três naves-canhoneiras menores, que poderiam ser facilmente derrubadas por três cruzadores. O que o drone de salto não pôde indicar foi que, pouco depois de saltar no espaço de Wabash, seis cruzadores bhavs adicionais entraram, destruíram o satélite que lançou os drones de salto e se prepararam para uma emboscada.

Os cruzadores das FCD entraram no espaço de Wabash com cautela; a essa altura já estava claro que a UC estava sob ataque geral, e os comandantes de naves das FCD não foram estúpidos nem precipitados. Mas a sorte estava contra eles desde o momento em que chegaram ao espaço de Wabash. Os cruzadores das FCD *Augusta*, *Savannah* e *Portland* derrubaram três dos cruzadores bhavs e todas as naves menores antes de serem esmagados e destruídos, espalhando metal, ar e tripulação no espaço acima do planeta. Eram menos três cruzadores que as FCD tinham para defender a UC. Também era um sinal de que cada novo incidente teria que ser enfrentado com força esmagadora, restringindo o número de colônias que as FCD poderiam defender ao mesmo tempo. Prioridades já transferidas às novas realidades da guerra mudaram mais uma vez, e não a favor da UC nem de Roanoke.

– Você ficou maluco – disse Marie Black. – Estamos sendo atacados por esse Conclave, ele quer matar todos nós, e sua solução para o problema é ir sozinho, sem ajuda do restante da raça humana? Isso é simplesmente insano.

Os olhares de uma ponta à outra da mesa do Conselho me indicaram que Jane e eu estávamos sozinhos nessa, assim como Jane suspeitava que estaríamos. Até mesmo Manfred Trujillo, que conhecia a situação melhor do que ninguém, ficou surpreso com a sugestão de declararmos independência. Aquela era uma plateia difícil de verdade.

– Não estaríamos sozinhos – expliquei. – Os Obins nos ajudarão se formos independentes.

– *Isso* me deixa mais segura – zombou Marie. – Alienígenas estão planejando matar todos nós, mas não se preocupem, nós temos esses alienígenas *de estimação* para nos manter seguros. Quer dizer, até que decidam que ficarão melhores se aliando a outros alienígenas.

– Essa não é uma avaliação muito precisa dos Obins – comentei.

– Mas a principal preocupação dos Obins não é *nossa* colônia – disse Lee Chen. – É sua filha. Deus nos defenda se algo acontecer com sua filha, pois, do contrário, o que será de *nós*? Os Obins não terão mais motivo para nos ajudar. Estaríamos isolados do restante da UC.

– Nós *já* estamos isolados do resto da UC – falei. – Os planetas estão sob ataque em toda a união. As FCD já estão se esfalfando para reagir. Não somos prioridade. Não seremos prioridade. Já cumprimos nosso papel.

— Temos apenas a sua palavra nesse sentido — disse Chen. — Estamos recebendo notícias, agora que temos acesso aos nossos PDAS. Não há nada nos noticiários sobre isso.

— Você tem a minha palavra quanto a isso também — falou Trujillo. — Também não estou pronto para me comprometer com a independência, mas Perry não está mentindo. A UC tem suas prioridades agora e, definitivamente, não somos uma delas.

— Não estou querendo dizer que a palavra de vocês não vale — comentou Chen. — Mas pense no que vocês estão pedindo que façamos. Estão nos pedindo para arriscar tudo, *tudo*, pela palavra de vocês.

— Mesmo se concordássemos, e depois? — questionou Lol Gerber, que havia substituído Hiram Yoder no Conselho. — Ficaríamos isolados. Se a UC sobreviver, teríamos que prestar contas com ela por fazer uma rebelião. Se a UC cair, então seríamos tudo o que resta da raça humana e dependeríamos da misericórdia de outro povo para nossa sobrevivência. Por quanto tempo poderíamos esperar que nos abrigassem, se todo o conjunto das raças inteligentes nos quiser mortos? Como poderíamos, em sã consciência, pedir aos Obins que colocassem a sobrevivência deles em risco pela nossa? A União Colonial é a humanidade. Nós *pertencemos* a ela, para o bem ou para o mal.

— Ela não é a humanidade inteira — contestei. — Existe a Terra.

— Que é mantida em um cantinho pela UC — disse Marie. — Não vai nos ajudar em nada agora.

Suspirei.

— Consigo ver aonde isso vai dar — falei. — Pedi para que o Conselho votasse, e Jane e eu vamos acatar o voto. Mas eu imploro, pensem bem nisso. Não deixem que o preconceito de vocês contra os Obins — olhei para Marie Black — ou um sentimento de patriotismo os cegue para o fato de que estamos agora em uma guerra, estamos na linha de frente... e não temos apoio de nossa base. Estamos por nossa conta.

Precisamos considerar o que temos que fazer para sobreviver, porque ninguém mais está cuidando de nós.

– Você nunca esteve tão sombrio antes, Perry – comentou Marta Piro.

– Não acho que as coisas tenham ficado tão sombrias antes – falei. – Tudo bem, então. Vamos votar.

Eu votei pela separação. Jane se absteve; era nossa tradição apenas lançar um voto entre nós. Todos os outros membros do Conselho votaram para ficarmos na União Colonial.

Tecnicamente falando, o meu era o único voto que contava. Claro que, tecnicamente falando, ao votar para deixar a UC, eu tinha acabado de votar pela traição. Então, talvez todo mundo estivesse me fazendo um favor.

– Somos uma colônia – declarei. – Ainda. – Sorrisos surgiram ao redor da mesa.

– Agora, o que faremos? – perguntou Marie Black.

– Estou pensando – respondi. – Acredite em mim, estou pensando.

Bonita era um planeta que fazia jus ao nome, um lugar encantador com vida selvagem abundante com os componentes genéticos certos para consumo humano. Bonita havia sido colonizada quinze anos antes; ainda uma colônia jovem, mas estabelecida o suficiente para ter personalidade própria. Bonita foi atacada pelos Dtrutz, uma espécie com mais ambição que cérebro. Esse encontro se desenrolou decisivamente em favor da UC; o trio de cruzadores das FCD sobre Bonita exterminou sem demora a força invasora dtrutz, desmantelando suas naves malprojetadas primeiro durante o ataque inicial e depois, de maneira mais descontraída, quando as naves dtrutz tentaram alcançar a distância de salto antes que os projéteis de canhão elétrico das FCD as atingissem. Os Dtrutz não foram nem um pouco bem-sucedidos nesse esforço.

O que tornou notável o ataque dos Dtrutz não foi sua completa incompetência, mas o fato de os Dtrutz não serem uma espécie do Conclave; como a UC, eles não eram afiliados. Os Dtrutz estavam sob a mesma proibição de colonização que a UC. Atacaram mesmo assim. Sabiam – como um número crescente de raças sabia – que a UC estava presa em uma ampla luta com elementos do Conclave, e isso significava a possibilidade de descartar algumas das colônias humanas menores enquanto as FCD estivessem ocupadas. A UC foi ferida e derramou sangue na água, e os peixes menores começaram a surgir das profundezas para prová-lo.

– Viemos pegar sua filha – Hickory disse para mim.

– Como é que é? – perguntei. Apesar de tudo, não pude resistir à vontade de dar uma risadinha.

– Nosso governo determinou que o ataque e a destruição de Roanoke são inevitáveis – respondeu Hickory.

– Maravilha.

– Dickory e eu lamentamos essa eventualidade – falou Hickory, inclinando-se ligeiramente para a frente. – E nossa incapacidade de ajudá-lo a evitar isso.

– Bem, obrigado – agradeci, esperando que não soasse muito insincero.

Aparentemente, não soou.

– Não podemos interferir ou oferecer ajuda, mas decidimos que é aceitável remover Zoë do perigo – continuou Hickory. – Pedimos uma nave de transporte para ela e para nós; já está a caminho. Queríamos que o senhor soubesse desses planos porque é sua filha e porque também garantimos a permissão para transportar o senhor e Jane, se quiserem.

– Então, nós três podemos escapar dessa bagunça – falei. Hickory assentiu. – E quanto a todos os outros?

– Não temos permissão para acomodar mais pessoas.

– Mas nenhuma permissão significa que vocês não podem acomodar mais pessoas? – questionei. – Se Zoë quiser levar sua melhor amiga, Gretchen, vocês dirão não para ela? E acha que Zoë vai se Jane e eu ficarmos?

– O senhor pretende ficar? – questionou Hickory.

– Claro que sim – respondi.

– Vocês vão morrer.

– Talvez, embora eu esteja trabalhando agora mesmo para evitar que isso ocorra. Mas, independentemente disso, Roanoke é nosso lugar. Não vamos embora, e suspeito que vocês terão dificuldades em convencer Zoë a ir embora sem nós ou sem as amigas dela.

– Ela iria embora se o senhor lhe dissesse para ir.

Sorri, estendi a mão sobre a mesa para digitar em meu PDA e mandei uma mensagem para Zoë me encontrar imediatamente em meu escritório. Ela chegou alguns minutos depois.

– Hickory e Dickory querem que você vá embora de Roanoke – informei.

– Você e mamãe vêm também? – perguntou Zoë.

– Não – respondi.

– Então, que se dane, não vou – retrucou Zoë, olhando diretamente para Hickory enquanto falava.

Estendi as mãos em um gesto de súplica para Hickory.

– Eu avisei.

– Você não lhe disse para ir embora – disse Hickory.

– Vá embora, Zoë – falei.

– Vai se lascar, pai de 90 anos – disse Zoë, sorrindo e ainda mortalmente séria ao mesmo tempo. Então, ela se virou para o Obin.

– E vão se lascar vocês dois também. E, já que estamos falando nisso, que se lasque seja lá o que eu sou para os Obins. Se quiserem me proteger, protejam as pessoas com quem eu me importo. Protejam esta colônia.

– Não podemos – admitiu Hickory. – Fomos proibidos de fazê-lo.

– Então, vocês estão com um problema – disse Zoë. Seu sorriso se foi e seus olhos estavam brilhando. – Porque eu não vou *a lugar nenhum*. E não há nada que você ou que qualquer um possa fazer para mudar isso. – Zoë saiu furiosa.

– Foi exatamente como eu esperava – falei.

– O senhor não fez tudo o que podia para convencê-la – retrucou Hickory.

Olhei para Hickory.

– Está insinuando que não fui sincero.

– Sim – disse Hickory. Sua expressão era ainda mais misteriosa que o normal, mas não consigo imaginar que dizer algo assim fosse fácil; a resposta emocional provavelmente causaria em breve um bloqueio da interface.

– Você tem razão – falei. – Não fui sincero.

– Mas *por quê*? – perguntou Hickory, e fiquei surpreso com o sofrimento em sua voz. Estava tremendo agora. – O senhor matou sua filha e a filha de Charles Boutin.

– Ela não está morta ainda – retruquei. – E nem nós estamos. Nem esta colônia.

– O senhor sabe que não podemos permitir que Zoë se machuque – disse Dickory, quebrando seu silêncio. Lembrei que, na verdade, ele era o superior entre os dois Obins.

– Vocês vão voltar ao plano de matar a Jane e a mim para proteger Zoë? – questionei.

– É de se esperar que não – disse Dickory.

– Que resposta deliciosamente ambígua – ironizei.

– Não é ambígua – falou Hickory. – O senhor sabe qual é a nossa posição. O que precisa ser.

– E eu pediria para vocês lembrarem qual é a *minha* posição – retruquei. – Eu lhes disse que, em todas as circunstâncias, vocês deveriam proteger Zoë. Essa posição não mudou.

– Mas o senhor tornou o caso substancialmente mais difícil – explicou Hickory. – Talvez o tenha deixado impossível.

– Não acho – falei. – Me permitam fazer uma proposta. Vocês têm uma nave chegando em breve. Prometo que Zoë vai embora com vocês nessa nave. Mas vocês têm que me prometer que vão levá-la aonde eu vou pedir para ela ir.

– Onde é isso? – questionou Hickory.

– Eu não vou dizer para vocês ainda.

– Isso vai dificultar a nossa concordância – falou Hickory.

– As coisas são assim – falei. – Mas garanto a vocês que o lugar aonde vocês vão levá-la será mais seguro do que aqui. Bem. Concordem, e vou garantir que ela vá com vocês. Se não, terão que encontrar uma maneira de protegê-la aqui ou matar a mim e a Jane tentando arrastá-la para longe. Essas são suas opções.

Hickory e Dickory inclinaram-se e conversaram por vários minutos, mais do que eu já tinha visto antes.

– Aceitamos sua condição – disse Hickory.

– Bom. Agora tudo o que tenho que fazer é convencer Zoë a concordar. Isso sem falar de Jane.

– O senhor vai nos dizer agora aonde vamos levar Zoë? – perguntou Hickory.

– Vão levá-la para entregar uma mensagem – respondi.

A *Kristina Marie* tinha acabado de atracar na Estação Cartum quando seu compartimento do motor se estilhaçou, pulverizando a parte traseira da nave mercante e levando os três quartos da frente diretamente para a Estação Cartum. O casco da Estação dobrou-se e quebrou; o ar e o pessoal jorraram das fissuras. Do outro lado da zona de impacto, anteparas herméticas surgiram no lugar, apenas para serem arrancadas de suas amarras e soquetes pela invasão da massa inercial da *Kristina Marie*, ela mesma sangrando atmosfera e tripulação pela colisão. Quando a nave parou, a explosão e a colisão haviam incapacitado a Estação Cartum e matado 566 pessoas na estação e todos da *Kristina Marie* com exceção de seis membros da tripulação, dois dos quais morreram logo depois pelos ferimentos.

A explosão da *Kristina Marie* fez mais do que destruir a nave e grande parte da Estação Cartum; ela coincidiu com a colheita de fruta-porco de Cartum, uma iguaria nativa que era um dos maiores produtos de exportação de Cartum. A fruta-porco estragava rapidamente após o amadurecimento (ela recebeu esse nome pelo fato de os colonos de Cartum darem a fruta madura além do ponto a seus porcos, que eram os únicos que a comiam naquele estado), então Cartum investiu pesadamente para poder colher e despachar para exportação sua safra de fruta-porco dentro dos dias de maturação por meio da Estação Cartum. A *Kristina Marie* era apenas uma das centenas de naves comerciais da UC sobre Cartum, aguardando sua cota da fruta.

Com a Estação Cartum avariada, o sistema de distribuição agilizado da fruta-porco se desmantelou. As naves despachavam transportes até Cartum para tentar embalar tantos caixotes da fruta quanto possível, mas isso levava à confusão em terra sobre quais produtores de fruta-porco tinham prioridade no despacho de seus produtos e quais naves comerciais tinham prioridade ao recebê-las. As frutas tinham que ser desembaladas dos contêineres de armazenamento e reembaladas em ônibus espaciais; não havia estivadores suficientes para o trabalho. A maior parte das frutas-porco apodreceu nos contêineres, causando um grande choque na economia de Cartum, que seria agravada no longo prazo pela necessidade de se reconstruir a Estação Cartum – a tábua de salvação econômica de outras exportações também – e reforçar as defesas da colônia no caso de outro ataque.

Antes de a *Kristina Marie* atracar na Estação Cartum, ela transmitiu sua identificação, manifesto de carga e itinerário recente como parte do "aperto de mão" de segurança. Os registros mostravam que, em duas paradas anteriores, a *Kristina Marie* havia negociado em Quii, a terra natal dos Quis, um dos poucos aliados da uc. Ela havia atracado ao lado de uma nave com registro ylan, sendo os Ylans membros do Conclave. A análise forense da explosão não deixou dúvidas de que ela foi desencadeada intencionalmente e não foi uma explosão acidental do núcleo do motor. De Fênix veio a ordem de que nenhuma nave comercial que tivesse visitado um mundo não humano no último ano se aproximasse de uma estação espacial sem varredura e inspeção minuciosas. Centenas de naves comerciais ficaram flutuando no espaço enquanto sua carga era desembalada e tripulações colocadas em quarentena, no sentido veneziano original da palavra, aguardando a erradicação de um tipo diferente de peste.

A *Kristina Marie* fora sabotada e enviada ao lugar onde sua destruição poderia ter o maior impacto, não apenas em mortes, mas em paralisar a economia da uc. Funcionou brilhantemente.

O Conselho de Roanoke não reagiu bem à notícia de que eu havia enviado Zoë para entregar uma mensagem ao general Gau.

– Precisamos discutir esse seu vício em traição – me disse Manfred Trujillo.

– Eu não sou viciado em traição. Posso parar a qualquer momento. – Olhei ao redor da mesa para o resto dos membros do Conselho. A piadinha não havia pegado bem.

– Caralho, Perry – bronqueou Lee Chen, mais irritado do que eu já o vira. – O Conclave está planejando nos matar, e você está mandando bilhetinhos para o líder deles?

– E usou sua filha para fazer isso – disse Marie Black, a repulsa se embrenhando em sua voz. – Enviou sua única filha ao nosso inimigo.

Olhei para Jane e Savitri, que menearam a cabeça para mim. Sabíamos que isso aconteceria; havíamos discutido a melhor maneira de lidar com isso quando acontecesse.

– Não, não mandei. Temos inimigos, e muitos, mas o general Gau não é um deles. – Contei sobre minha conversa com o general Szilard, das Forças Especiais, e da advertência dele sobre a tentativa de assassinato de Gau. – Gau nos prometeu que não atacaria Roanoke. Se ele morrer, não haverá nada entre nós e quem quiser nos matar.

– Não há nada entre nós e eles *agora* – retrucou Lee Chen. – Ou você se esqueceu do ataque contra nós há algumas semanas?

– Não esqueci – respondi. – E suspeito que teria sido muito pior se Gau não tivesse pelo menos algum controle sobre o Conclave. Se souber sobre essa tentativa de assassinato, vai poder usá-la para retomar o controle do resto do Conclave. E então estaremos seguros. Ou, pelo menos, mais seguros. Decidi que valeria a pena correr o risco de avisá-lo.

– Você não colocou isso em votação – comentou Marta Piro.

– Eu não precisava – falei. – Ainda sou o líder da colônia. Jane e eu decidimos que era a melhor coisa a se fazer. E, de qualquer maneira, vocês não teriam dito "sim".

– Mas é *traição* – repetiu Trujillo. – De verdade dessa vez, John. É mais do que timidamente pedir ao general que não traga sua frota para cá. Você está interferindo na política interna do Conclave. Não há como a uc deixar você fazer isso, especialmente quando já o interrogaram diante de uma comissão de inquérito.

– Vou assumir a responsabilidade pelos meus atos – disse eu.

– Sim, bem, infelizmente todos vamos ter que assumir a responsabilidade por eles também – espetou Marie Black. – A menos que você pense que a UC vai partir do princípio que está fazendo tudo sozinho.

Olhei para Marie Black.

– Só por curiosidade, Marie, o que acha que a UC vai *fazer*? Enviar tropas das FCD para prender a mim e a Jane? Pessoalmente, acho que seria *ótimo*. Então, pelo menos haveria uma presença militar aqui se fôssemos atacados. A única outra opção seria nos deixarem ao deus-dará, e, sabe de uma coisa? Isso já está acontecendo.

Olhei ao redor da mesa.

– Acho que precisamos ressaltar novamente um fato considerável que continua sendo negligenciado aqui: estamos completa, inteira e totalmente sozinhos. Só teremos valor para a UC se desaparecermos, pois assim ela reunirá as outras colônias para participar da luta com seus cidadãos e departamentos de tesouro. Não me importo de ser um símbolo para o resto da UC, mas não quero ter que morrer por esse privilégio. Também não quero que nenhum de *vocês* tenha que morrer por esse privilégio.

Trujillo olhou para Jane.

– Você concorda com tudo isso – ele lhe disse.

– John conseguiu essas informações do meu ex-comandante – respondeu Jane. – Tenho problemas pessoais para resolver com ele. Não tenho dúvidas de que as informações são válidas.

– Mas ele tem um plano? – perguntou Trujillo.

– Claro que ele tem um plano – explicou Jane. – Ele quer impedir que o restante do universo pise em nós como se fôssemos insetos de merda. Achei que ele tivesse deixado isso bem claro.

Isso fez Trujillo puxar o freio.

– Quis perguntar se ele tem um plano que não enxergamos – disse ele por fim.

– Duvido – Jane falou. – Membros das Forças Especiais são bem diretos. Somos sorrateiros quando necessário, mas, quando o bicho pega, vamos direto ao ponto.

– O que faz dele o primeiro a fazer isso – comentei. – A UC não nos tratou com sinceridade em nenhum momento.

– Não tiveram escolha – disse Lee Chen.

– Não me venha com essa – retorqui. – Já chegamos longe demais com essa história para engolir mais isso. Sim, a UC estava em um jogo secreto com o Conclave e não se incomodou em dizer para nós, peões, que jogo era. Mas agora a UC está em um novo jogo e ele depende de nós sermos retirados do tabuleiro.

– Não temos certeza disso – interveio Marta Piro.

– Sabemos que não temos defesas – falou Trujillo. – E sabemos em que lugar da fila estamos para conseguir mais. Independentemente dos motivos, John tem razão. Estamos sozinhos nessa.

– Ainda quero saber como vocês podem dormir tranquilos tendo enviado a filha de vocês para negociar com esse general Gau – insistiu Marie Black.

– Fazia sentido – disse Jane.

– Não vejo como – retrucou Black.

– Zoë está viajando com os Obins – contou Jane. – Os Obins não são ativamente hostis ao Conclave. O general Gau receberá os Obins, ao passo que não poderia receber uma nave Colonial.

– Mesmo que pudéssemos, de alguma forma, *conseguir* uma nave Colonial, o que não podemos – comentei.

– Nem John nem eu podemos deixar a colônia sem que nossa ausência seja notada tanto pela UC como por nossos colonos – continuou Jane. – Zoë, por outro lado, tem um relacionamento especial com os Obins. Ela sair do planeta por insistência dos Obins era algo que a UC esperaria.

– Há outra vantagem também – falei. Cabeças giraram na minha direção. – Mesmo se eu ou Jane pudéssemos fazer a viagem, não haveria razão para que Gau aceitasse nossas informações como genuínas ou sinceras. Líderes de colônias já se sacrificaram antes. Mas com Zoë, estamos dando a Gau mais que informação.

– Você está lhe dando uma refém – disse Trujillo.

– Sim – confirmei.

– Está entrando em um jogo arriscado – falou Trujillo.

– *Isso* não é um jogo – afirmei. – Tivemos que ter certeza de que seríamos ouvidos. E é um risco calculado. Os Obins estão com Zoë, e não acho que ficarão de braços cruzados se Gau fizer algo estúpido.

– Ainda assim estão arriscando a vida dela – disse Black. – Estão arriscando a vida dela, e ela é apenas uma criança.

– Se ela ficasse aqui, teria morrido como todos nós – interveio Jane. – Ao ir, viverá e nos dará uma chance de sobreviver. Fizemos a coisa certa.

Marie Black abriu a boca para responder.

– É melhor você pensar *muito bem* sobre a próxima coisa que vai dizer sobre a minha filha – interrompeu Jane. Black fechou a boca com um ruído audível.

– Você definiu esse rumo sem nós – disse Lol Gerber. – Mas está nos dizendo agora. Eu gostaria de saber o motivo.

– Mandamos Zoë porque achamos necessário – respondi. – Essa foi a nossa decisão, e nós a tomamos. Mas Marie está certa: *vocês* terão que viver com as consequências de nossas ações. Nós precisávamos contar para vocês. Tendo Marie como indício, alguns de vocês perderam a confiança em nós. No momento, vocês precisam de líderes em quem sintam que possam confiar. Nós dissemos a vocês o que fizemos e por quê. Uma das consequências de nossas ações é que agora vocês precisam votar se querem que a gente continue a conduzir a colônia.

– A UC não aceitará ninguém novo – disse Marta Piro.

– Acho que isso depende do que vocês disserem – expliquei. – Se disserem a eles que estamos nos correspondendo com o inimigo, acho que eles aprovariam a mudança.

– Então, vocês também estão nos perguntando se desejamos ou não entregá-los à UC – concluiu Trujillo.

– Estamos pedindo para vocês fazerem o que acharem necessário – falei. – Assim como nós fizemos.

Eu me levantei; Jane seguiu. Saímos do escritório e ficamos ao sol de Roanoke.

– Quanto tempo acha que vai demorar? – perguntei a Jane.

– Não muito. Imagino que Marie Black garantirá isso.

– Quero agradecer por não matá-la. Teria tornado o voto de confiança problemático.

– Eu *queria* matá-la, mas não porque estava errada. Ela está certa. Estamos arriscando a vida de Zoë. E ela é uma criança.

Fui até a minha esposa.

– Ela tem quase a sua idade – falei, acarinhando o braço dela.

Jane se afastou.

– Não é a mesma coisa, e você sabe disso.

– Não, não é. Mas Zoë tem idade suficiente para entender o que está fazendo. Ela perdeu as pessoas de quem ela gostava, assim como você. Assim como eu. E ela sabe que está sob o risco de perder muito mais. Ela escolheu ir. Nós demos uma escolha.

– Nós demos uma *falsa* escolha. Fomos até ela e lhe demos a chance de arriscar a própria vida ou arriscar a vida de todos os que ela conhece, inclusive a nossa. Não pode me dizer que foram opções justas.

– Não foram. Mas foram as escolhas que tínhamos que dar.

– Eu odeio essa porra de universo – disse Jane, desviando o olhar. – Odeio a UC. Odeio o Conclave. Odeio esta colônia. Odeio tudo isso.

– Como você se sente em relação a mim? – perguntei.

– Agora não é uma boa hora para perguntar – respondeu Jane. Nós nos sentamos e esperamos.

Meia hora depois, Savitri saiu do escritório da administração. Seus olhos estavam vermelhos.

– Bem, tenho boas e más notícias – disse ela. – A boa notícia é que vocês têm dez dias antes de eles contarem à UC que vocês estão falando com o general Gau. Agradeçam a Trujillo por isso.

– Já é alguma coisa – falei.

– Sim – disse Savitri. – A má notícia é que vocês estão fora. Vocês dois. Voto unânime. Eu sou apenas a secretária. Não pude votar. Sinto muito.

– Quem está no cargo agora? – quis saber Jane.

– Trujillo – respondeu Savitri. – Claro. O desgraçado começou mirar no cargo antes que vocês fechassem a porta.

– Na verdade, ele não é tão ruim – comentei.

– Eu sei – disse Savitri, e enxugou os olhos. – Só estou tentando fazer vocês acharem que vou sentir saudades.

Eu sorri.

– Olha, muito obrigado. – Eu lhe dei um abraço. Ela me abraçou com força e então recuou.

– E agora? – perguntou Savitri.

– Temos dez dias – respondi. – Agora esperamos.

A nave conhecia as defesas de Roanoke, ou a falta delas, e por isso apareceu no céu do outro lado do planeta, onde o único satélite de defesa da colônia não podia enxergá-la. Ela desceu suavemente para dentro da atmosfera para evitar o calor e o drama da reentrada e atravessou devagar as longitudes do globo, indo em direção à colônia. Antes que a nave cruzasse o horizonte perceptivo do satélite de defesa, e o calor de seus motores fosse sentido por ele, ela os desligou e começou um longo voo planado com auxílio da gravidade em direção à colônia, sua pequena massa sustentada por asas imensas, mas finas e geradas eletricamente. A nave caiu silenciosamente em direção ao seu alvo: nós.

Nós a vimos assim que terminou o longo planeio e descartou suas asas, passando para jatos de manobra e campos de flutuação. As súbitas ondas de calor e energia foram capturadas pelo satélite, que imediatamente enviou um aviso – tarde demais, pois, quando o sinal havia sido dado, a nave já havia manobrado para aterrissar. O satélite enviou rapidamente a telemetria para nossas torres de feixe e aqueceu suas próprias defesas de feixe, que agora estavam totalmente recarregadas.

Jane, que ainda estava encarregada da defesa da colônia, enviou um sinal para o satélite recuar. A nave estava agora dentro das fronteiras da colônia, se não dentro das muralhas de Croatoan; se o satélite disparasse, a própria colônia sofreria danos. Jane também desligou as torres de feixe; da mesma forma, elas acabariam causando mais danos à colônia do que a nave causaria.

A nave pousou; Jane, Trujillo e eu saímos para ir até ela. Enquanto caminhávamos, um compartimento se abriu na nave. Um passageiro saiu dali, gritando e correndo na direção de Jane, que se preparou para o impacto. Mal, como se viu, porque ela e Zoë caíram no chão. Fui até lá para rir delas; Jane agarrou meu tornozelo e me puxou para o montinho. Trujillo ficou a uma distância prudente para não se meter na confusão.

– Você voltou bem a tempo – falei para Zoë depois que finalmente me desembaracei. – Mais um dia e meio, e sua mãe e eu estaríamos indo para Fênix, acusados de traição.

– Não tenho a menor ideia do que você está falando – explicou Zoë. – Só estou feliz em ver você. – Ela me puxou para outro abraço.

– Zoë – disse Jane. – Você viu o general Gau.

– Se eu vi? Nós estávamos lá durante a tentativa de assassinato.

– Vocês o quê? – Jane e eu falamos ao mesmo tempo.

Zoë levantou as mãos, apaziguadora.

– Sobrevivemos. Como vocês podem ver.

Olhei para Jane.

– Acho que acabei de me molhar. – confessei.

– Estou bem – garantiu Zoë. – Não foi tão ruim, na verdade.

– Sabe que, mesmo para um adolescente, talvez você esteja um pouco blasé em relação a isso – brinquei. Zoë sorriu. Eu a abracei de novo, ainda mais forte.

– E o general? – questionou Jane.

– Sobreviveu também – respondeu Zoë. – E não *apenas* sobreviveu. Saiu furioso. Está usando o atentado para dar uma dura em alguns. Para exigir lealdade a ele.

– A ele? – questionei. – Isso não tem a cara dele. Ele me disse que o Conclave não era um império. Se está exigindo lealdade, parece que está se tornando um imperador.

– Alguns de seus conselheiros mais próximos tentaram matá-lo – enfatizou Zoë. – Talvez ele precise de alguma lealdade pessoal agora.

– Nem dá para negar – concordei.

– Mas ainda não acabou – continuou Zoë. – Foi por isso que voltei. Ainda há um grupo de planetas resistindo, liderado por alguém chamado Eser. Nerbros Eser. São eles que estão atacando a UC, ele disse.

– Certo – concordei, lembrando o que o general Szilard havia dito sobre Eser.

– O general Gau me pediu para passar uma mensagem para você – informou Zoë. – Ele disse que Eser está vindo para cá. Em breve. Eser quer tomar Roanoke porque o general não conseguiu. Tomar Roanoke lhe dá poder de negociação, disse o general. Uma maneira de mostrar que ele é mais capaz de liderar o Conclave.

– Claro – falei. – Todo mundo está usando Roanoke como peão. Por que não esse idiota?

– Se esse tal de Eser está atacando a UC em larga escala, então não vai ter nenhum problema para acabar com a gente – falou Trujillo. Ele ainda estava mantendo distância do montinho.

– O general disse que, segundo as informações dele, Eser não planeja nos atacar do espaço – disse Zoë. – Ele quer pousar aqui, tomar Roanoke com tropas. O general disse que usaria apenas o suficiente para tomar a colônia. Mais ou menos o oposto do que o general fez com sua frota. Para validar seu argumento. Há mais nos arquivos que o general me deu.

– Então, será uma pequena força de ataque – comentei. Zoë assentiu.

– A menos que ele venha só com ele e alguns amigos, ainda teremos um problema – disse Trujillo, e meneou a cabeça para mim e Jane. – Vocês dois são os únicos com algum treinamento militar real. Mesmo com nossas defesas terrestres, não duraremos muito contra soldados de verdade.

Jane estava prestes a responder, mas Zoë foi mais rápida.

– Eu pensei nisso – falou.

Trujillo pareceu segurar um sorrisinho.

– *Você* pensou – ele disse.

Zoë ficou séria.

– Sr. Trujillo, sua filha é minha melhor amiga no mundo – disse ela. – Não quero que ela morra. Não quero que *o senhor* morra. Tenho condição de ajudar. Por favor, não me menospreze.

Trujillo endireitou-se.

– Desculpe, Zoë. Não quis faltar com o respeito. Só não esperava que você tivesse um plano.

– Nem eu – falei.

– Você se lembra, há muito tempo, de quando reclamei que ser objeto de adoração de uma raça inteira não servia nem para me livrar de deveres de casa – disse Zoë.

– Vagamente – comentei.

– Bem, enquanto eu estava fora, decidi descobrir para que isso realmente *servia* – explicou Zoë.

– Ainda não entendi – disse eu.

Zoë pegou minha mão e depois estendeu o braço para pegar as de Jane.

– Venham. Hickory e Dickory ainda estão dentro da nave. Estão de olho numa coisa para mim. Quero mostrar para vocês.

– O que é? – perguntou Jane.

– É surpresa – respondeu Zoë. – Mas eu acho que vocês vão gostar.

14_

Jane me acordou com um empurrão para fora da cama.

– Que foi isso, cacete? – perguntei do chão, grogue.

– O feed do satélite acabou de sair do ar – respondeu Jane. De pé, ela pegou os binóculos de alta potência da cômoda e foi para fora. Me ergui rápido e a segui.

– O que você está conseguindo ver? – questionei.

– O satélite sumiu. Tem uma nave não muito longe de onde o satélite deveria estar.

– Esse Eser não é nada sutil.

– Ele não acha que tem que ser. Não seria adequado aos propósitos dele, de qualquer forma.

– Estamos prontos?

– Não importa se estamos – respondeu Jane, soltando os binóculos e olhando para mim. – É agora.

*   *   *

Para ser justo, depois que Zoë retornou, informamos ao Departamento de Colonização que acreditávamos que estávamos sob ameaça iminente de ataque e que nossas defesas contra tal ataque eram quase nulas. Imploramos por mais apoio. O que conseguimos foi uma visita do general Rybicki.

— Vocês dois deveriam ter engolido um punhado de comprimidos — disse Rybicki, sem preâmbulo, quando entrou no gabinete do administrador. — Estou começando a me arrepender de ter sugerido vocês para líderes da colônia.

— Não somos mais os líderes da colônia — falei e apontei para Manfred Trujillo, que estava sentado atrás da minha antiga mesa. — Ele é.

Isso fez Rybicki sair do prumo; ele olhou para Trujillo.

— Você não tem autorização para ser líder da colônia.

— Os colonos discordariam do senhor — retrucou Trujillo.

— Os colonos não têm voto — insistiu Rybicki.

— Eles discordariam do senhor nesse ponto também — comentou Trujillo.

— Então, *eles* engoliram pílulas de imbecilidade junto com vocês três — disse Rybicki e se virou para mim e Jane. — Que merda está acontecendo aqui?

— Pensei que nossa mensagem para o DC fosse descomplicada — falei. — Temos motivos para acreditar que estamos prestes a ser atacados, e aqueles que vão nos atacar estão planejando nos eliminar. Precisamos de defesas ou vamos morrer.

— A mensagem é não só descomplicada, mas desprotegida — retorquiu Rybicki. — Qualquer um poderia ter captado.

— Estava criptografada — garanti. — Criptografia militar.

– Foi criptografada com um protocolo comprometido – explicou Rybicki. – Que está comprometido há anos. – Ele olhou para Jane. – Mais do que ninguém, *você* deveria saber disso, Sagan. Você é responsável pela segurança desta colônia. Sabe qual criptografia usar.

Jane não disse nada.

– Então, está dizendo que agora qualquer um que se der ao trabalho de ouvir sabe que estamos vulneráveis – falei.

– Estou dizendo que foi como ter pregado um bife na testa e entrado na jaula dos tigres – disse Rybicki.

– Então, mais uma razão para a uc nos defender – comentou Trujillo.

Rybicki olhou de novo para Trujillo.

– Não vou mais falar com ele por aqui. Não importa que tipo de acordo de comadres vocês tenham feito aqui, o fato é que vocês dois são responsáveis pela colônia, não ele. É hora de levar a sério, e o que precisamos discutir é confidencial. *Ele* não tem permissão.

– Ele ainda é líder da colônia – insisti.

– Não me importo se vocês o coroaram Rei do Sião – ralhou Rybicki. – Ele precisa sair.

– É com você, Manfred – eu disse.

– Eu saio – disse Trujillo, levantando-se. – Mas o senhor precisa saber de uma coisa, general Rybicki. Sabemos aqui como a uc nos usou, brincou com o nosso destino e com a vida de todos nós. Nossa vida, a vida de nossas famílias e a vida de nossos filhos. Se a uc não nos defender agora, saberemos quem realmente nos matou. Não outras espécies nem o Conclave. A uc. Simples assim.

– É um bom discurso, Trujillo – retrucou Rybicki. – O que não faz dele uma verdade.

– General, no momento, eu não consideraria o senhor uma autoridade em verdade – respondeu Trujillo. Ele acenou para mim e Jane e saiu antes que o general pudesse retrucar.

– Vamos contar a ele tudo o que o senhor nos disser – avisei depois que Trujillo saiu.

– Então você vai ser um traidor e um incompetente – disse Rybicki, sentando-se à mesa. – Não sei o que vocês dois acham que estão fazendo, mas, seja o que for, é loucura. Você – ele olhou para Jane –, *sei* que você sabe que o protocolo de criptografia estava comprometido. Tinha que saber que estava transmitindo sua vulnerabilidade. Não consigo nem começar a aventar por que fez isso.

– Eu tenho minhas razões – informou Jane.

– Tudo bem – disse Rybicki. – Me conte.

– Não – falou Jane.

– Como é? – perguntou o general.

– Eu disse que não. Não confio em você.

– Ah, *essa* é boa – ironizou Rybicki. – Você acaba de botar um alvo imenso de gordo sobre a colônia e eu que não sou confiável.

– Há muitas coisas que a uc fez com Roanoke e não se incomodou em nos contar – intervim. – Virar o jogo é justo.

– Meu Deus – disse Rybicki. – Não estamos em uma droga de *pátio escolar*. Você está brincando com a vida desses colonos.

– E por que isso é diferente do que a uc fez? – perguntei.

– Porque vocês não têm autoridade – respondeu Rybicki. – Vocês não têm o direito.

– A uc tem o *direito* de brincar com a vida desses colonos? – questionei. – Tem o direito de colocá-los no caminho de um inimigo militar que quer destruí-los? Eles não são soldados, general. São civis. Entre o nosso pessoal há pacifistas religiosos. *O senhor* garantiu que houvesse. A uc pode ter tido *autoridade* para botar essas pessoas em perigo. Mas com certeza não tinha o *direito*.

– Já ouviu falar de Coventry? – perguntou Rybicki.

– A cidade inglesa? – devolvi a pergunta.

Rybicki assentiu.

– Na Segunda Guerra Mundial, os ingleses souberam pela inteligência que seus inimigos bombardeariam a cidade. Sabiam quando aconteceria. Mas, se evacuassem a cidade, revelariam que sabiam o código secreto do inimigo e perderiam a capacidade de ouvir os planos deles. Para o bem de todos da Grã-Bretanha, eles permitiram que o bombardeio acontecesse.

– Está dizendo que Roanoke é a Coventry da União Colonial – confirmou Jane.

– Estou dizendo que temos um inimigo implacável que quer todos nós mortos – disse Rybicki. – E que precisamos ver o que é melhor para a humanidade. *Toda* a humanidade.

– Isso parte do princípio de que o que a UC faz é o melhor para toda a humanidade – falei.

– Sem entrar em pormenores, o que ela faz é melhor do que qualquer outro já planejou para a humanidade – comentou Rybicki.

– Mas *o senhor* não acha que o que a UC está fazendo é o melhor para toda a humanidade – disse Jane.

– Eu não disse isso – respondeu Rybicki.

– O senhor está pensando – disse Jane.

– Você não tem ideia do que estou pensando – retorquiu Rybicki.

– Eu sei exatamente o que o senhor está pensando – comentou Jane. – Sei que está aqui para nos dizer que a UC não tem naves ou soldados para nos defender. Sei que o senhor sabe que existem naves e soldados para nossa defesa, mas que foram designados para papéis que o senhor acha redundantes ou não essenciais. E sei que precisava nos contar uma mentira convincente quanto a isso. É por isso que veio pessoalmente, para dar um toque pessoal à mentira. Também sei que enoja o senhor estar sendo obrigado a fazer isso, mas que enoja o senhor ainda mais ter se permitido fazer isso.

Rybicki olhou para Jane de boca aberta. Eu também.

– Sei que o senhor acha que a uc está agindo de forma estúpida ao sacrificar Roanoke ao Conclave. Que o senhor sabe que já existem planos de usar nossa perda para recrutar soldados nas colônias. Que o senhor acha que o recrutamento das colônias os torna mais vulneráveis a ataques, não menos, porque agora o Conclave terá um motivo para atacar populações civis a fim de reduzir o número de soldados em potencial. Que vê isso como um fim de jogo para a União Colonial. Que acha que ela vai perder. Sei que teme por mim e por John, por esta colônia, por si próprio e por toda a humanidade. Que acha que não há saída.

Rybicki ficou em silêncio por um longo momento.

– Você parece saber muito – disse ele por fim.

– Eu sei o suficiente – afirmou Jane. – Mas agora precisamos ouvir tudo isso do senhor.

Rybicki olhou para mim e de volta para Jane. Seus ombros baixaram, e ele se remexeu com desconforto.

– O que posso dizer que você não pareça já saber? – perguntou ele. – A uc não tem nada para vocês. Discuti para que eles lhe dessem algo, *qualquer coisa* – ele olhou para Jane para ver se ela reconheceria a verdade disso, mas ela apenas olhava impassível –, mas eles tomaram a decisão de manter a proteção nas colônias mais desenvolvidas. Me disseram que era um uso mais estratégico de nossa força militar. Não concordo, mas não é um argumento indefensável. Roanoke não é a única colônia mais nova abandonada à sua sorte.

– Somos apenas aquela que é conhecida por ser o alvo – falei.

– Eu deveria lhes contar uma história razoável pela falta de defesa – respondeu Rybicki. – Aquela pela qual me decidi foi que enviar seu pedido de ajuda com criptografia comprometida colocaria nossas naves e soldados em risco, o que tem a vantagem de possivelmente ser verdade – ele olhou feio para Jane quando disse isso –, mas é basicamente uma história para acobertar a verdade. Não vim apenas para dar um toque convincente. Vim porque senti que devia dizer isso a vocês pessoalmente.

– Nem sei o que sentir pelo fato de o senhor estar mais confortável mentindo para nós na nossa cara e não longe – falei.

Rybicki abriu um sorriso amargo.

– Em retrospecto, parece que não foi uma das minhas melhores decisões. – Ele se virou para Jane. – Ainda quero saber como você sabia de tudo isso.

– Tenho minhas fontes – respondeu Jane. – E o senhor nos disse o que precisamos saber. A União Colonial nos abandonou.

– Não foi minha decisão – disse Rybicki. – Não acho que é certo.

– Eu sei – afirmou Jane. – Mas, na verdade, isso não importa neste momento.

Rybicki olhou para mim buscando uma visão mais empática. Sem sucesso.

– O que planejam fazer agora? – ele quis saber.

– Não podemos lhe contar – respondeu Jane.

– Porque não confiam em mim – disse Rybicki.

– Porque a mesma fonte que me permite saber o que o senhor está pensando vai revelar o que estamos planejando – disse Jane. – Não podemos permitir.

– Mas vocês estão planejando *alguma coisa* – disse Rybicki. – Você usou uma criptografia falha para nos enviar uma mensagem. Queria que fosse lida. Está tentando atrair *alguém* para cá.

– É hora de ir, general – disse Jane.

Rybicki piscou algumas vezes, pois não estava acostumado a ser dispensado. Ele se levantou e foi até a porta, voltando-se para nós quando chegou a ela.

– Espero que funcione o que vocês dois estão fazendo – disse ele. – Não sei como tudo vai acabar se vocês conseguirem salvar esta colônia. Mas deve ser melhor do que a alternativa. – Ele saiu.

Eu me virei para Jane.

– Você precisa me dizer como fez isso. Como você conseguiu essas informações. Não compartilhou isso comigo antes.

– Eu não as tinha antes – ela falou e bateu na têmpora. – Você me disse que o general Szilard afirmou que me deu toda a gama de funções de comando. Uma dessas funções de comando, pelo menos nas Forças Especiais, é a capacidade de ler mentes.

– Como assim?

– Pense. Quando você tem um BrainPal, ele aprende a ler seus pensamentos. É assim que funciona. Usá-lo para ler pensamentos de *outras pessoas* é apenas uma questão de software. Os generais das Forças Especiais têm acesso aos pensamentos de seus soldados, embora Szilard tenha me dito que, na maioria das vezes, não é muito útil, já que as pessoas estão pensando coisas sem sentido. Desta vez, veio a calhar.

– Então, quem tem um BrainPal pode ter os pensamentos lidos.

Jane fez que sim com a cabeça.

– E agora você sabe por que eu não podia ir à Estação Fênix com você. Não queria revelar nada.

Fiz sinal para a porta pela qual Rybicki acabara de sair.

– Você revelou para ele.

– Não. Ele não sabe que fui aprimorada. Só está se perguntando quem em sua equipe vazou as informações e como elas chegaram até mim.

– Você ainda está lendo a mente dele.

– Não parei desde que ele desembarcou. Não vou parar até ele ter ido embora.

– Em que ele está pensando agora?

– Ainda está pensando em como eu sabia dessas informações. E ele está pensando em nós. Espera que tenhamos sucesso. Essa parte não era mentira.

– Ele acha que teremos?

– Claro que não.

As torres de feixe concentravam-se nos mísseis que chegavam e disparavam, mas havia muitos mísseis para mirar; as torres erguiam-se com um disparo excessivo que fazia voar escombros pelos campos onde estavam localizadas, a alguma distância de Croatoan.

– Estou recebendo uma mensagem – disse Jane para mim e para Trujillo. – É uma ordem para parar de lutar e se preparar para um pouso. – Ela fez uma pausa. – Estão me dizendo que qualquer resistência adicional resultará em um bombardeio completo da colônia. Solicitaram que eu confirme o recebimento da mensagem. A falta de resposta dentro de um minuto será considerada um desafio e o bombardeio começará.

– O que acha? – perguntei a Jane.

– Estamos tão prontos agora quanto estaremos depois – respondeu Jane.

– Manfred? – perguntei.

– Estamos prontos – respondeu ele. – E, por Deus, espero que funcione.

– Kranjic? Beata? – Virei-me para onde Jann Kranjic e Beata estavam, os dois completamente vestidos e equipados como repórteres. Beata assentiu; Kranjic fez um sinal de positivo.

– Diga a eles que confirmamos a mensagem deles e que estamos cessando fogo – falei para Jane. – Diga que aguardamos a chegada deles para discutir os termos da rendição.

– Feito – disse Jane, um momento depois. Eu me virei para Savitri, que estava ao lado de Beata. – Agora é com você.

– Ótimo – falou Savitri em um tom de voz nada convincente.

– Você vai ficar bem – garanti.

– Estou com vontade de vomitar – disse ela.

– Acho que deixei o balde no escritório – avisei.

– É só eu vomitar nas suas botas – retrucou Savitri.

– Sério. Você está pronta, Savitri?

Ela assentiu com a cabeça.

– Estou – confirmou ela. – Vamos lá.

Todos fomos para as nossas posições.

Algum tempo depois, uma luz no céu se transformou em dois transportadores de tropas. Os transportadores pairaram sobre Croatoan por um curto período antes de pousar a um quilômetro em um campo de pousio. O campo havia sido originalmente semeado; nós havíamos arado as mudas prematuras. Tínhamos nos planejado para transportadores de tropas e esperávamos convencê--los a pousar em um local específico tornando-o mais atraente do que outros lugares. Funcionou. No fundo da minha mente, imaginei Jane com um sorriso sombrio. Jane teria sido cautelosa em relação a aterrissar no único campo agrícola que não tivesse plantas brotando, mas essa foi uma das razões pelas quais fizemos isso. Eu também teria sido cauteloso quando liderava tropas. Competência militar básica importaria aqui, e essa foi a nossa primeira pista sobre o tipo de combate que tínhamos nas mãos.

Peguei meus binóculos e espiei. Os transportes haviam sido abertos e os soldados estavam se amontoando nos compartimentos. Eram atarracados, sarapintados e de pele grossa; Arrisianos, todos eles, como o líder. Era outra diferença dessa força de invasão para a frota do general Gau. Gau espalhou a responsabilidade por suas incursões em todo o Conclave; Eser estava guardando a glória desse ataque para seu povo.

Os soldados formaram pelotões; 3 pelotões, 30 ou 35 soldados cada. Cerca de cem no total. Eser definitivamente estava presunçoso. Por outro lado, os cem soldados no chão eram uma ilusão; sem dúvida, Eser tinha mais algumas centenas em sua nave, sem mencionar que a própria nave era capaz de explodir a colônia a partir da órbita. No solo ou no céu, Eser tinha poder de fogo mais que suficiente para nos matar várias vezes. A maioria dos soldados arrisianos portava o fuzil automático padrão da raça, um lançador de projéteis conhecido por sua velocidade, precisão e alta taxa de disparos. Dois soldados em cada pelotão carregavam lançadores de mísseis montados no ombro; considerando a incursão, parecia que estavam ali mais para se mostrar do que qualquer outra coisa. Nenhuma arma de feixe ou lança-chamas, pelo que eu pude ver.

Então, veio Eser, flanqueado por uma guarda de honra, vestido com equipamento militar arrisiano, um pouco para se mostrar, porque ele nunca havia servido; mas acho que, se a pessoa vai tentar parecer um general em uma missão militar, é melhor se vestir de acordo. Os membros de Eser eram mais grossos, e os tufos fibrosos ao redor dos olhos, mais escuros que os de seus soldados; era mais velho e mais fora de forma que aqueles que o serviam. Mas, se é que eu podia identificar alguma emoção em sua cabeça alienígena, ele parecia muito satisfeito consigo mesmo. Ficou à frente de seus soldados, gesticulando; parecia estar fazendo um discurso.

Cuzão. Estava apenas a um quilômetro de distância, imóvel sobre o solo plano. Se eu ou Jane tivéssemos o fuzil certo, poderíamos arrancar o topo da cabeça dele. Daí, talvez morrêssemos, porque seus soldados e sua nave destroçariam a colônia. Porém, seria divertido enquanto durasse. Não fazia diferença; não tínhamos o tipo certo de fuzil e, de qualquer forma, não importava o que acontecesse, queríamos Eser vivo no final. Matá-lo não estava nos planos. Infelizmente.

Enquanto Eser falava, sua guarda examinava ativamente o entorno, procurando ameaças. Eu esperava que Jane, em sua posição, estivesse tomando nota; nem todo mundo nessa pequena aventura era totalmente incompetente. Desejei, melancólico, poder lhe dizer para anotar isso, mas estávamos com as comunicações desativadas; não queríamos entregar o jogo antes de começar.

Eser por fim parou com sua falação, e toda a companhia de soldados começou a atravessar o campo em direção à estrada que ligava a fazenda a Croatoan. Um esquadrão de soldados assumiu a vanguarda, procurando ameaças e movimentos; o restante se movia em formação, mas sem muita disciplina. Ninguém esperava muita resistência.

Nem encontrariam nenhuma na estrada para Croatoan. A colônia inteira estava acordada e ciente da invasão, claro, mas nós alertamos a todos para ficarem em suas casas ou em seus abrigos e não se envolverem enquanto os soldados entrassem em Croatoan. Queríamos que fizessem o papel dos colonos acuados e assustados, como deveriam estar. Para alguns, não seria um problema; para os outros, exigiria esforço. Queríamos que o primeiro grupo estivesse o mais seguro quanto possível; o último grupo, queríamos contido. Nós lhes demos tarefas para mais tarde, se houvesse mais tarde.

Sem dúvida, o esquadrão da frente estava examinando os arredores com sensores infravermelhos e de calor, procurando por ataques furtivos. Tudo o que encontrariam eram colonos em suas janelas, olhando para a escuridão, enquanto os soldados marchavam. Eu podia ver em meus binóculos que pelo menos dois colonos estavam na varanda para ver os soldados. Menonitas. Eram pacifistas, mas com certeza não tinham medo de nada.

Croatoan permaneceu como estava quando começamos: uma versão moderna de um acampamento da legião romana, ainda cercado por dois conjuntos de contêineres de carga. A maioria dos colonos que lá vivia a abandonara havia muito tempo por lares e fazendas próprias, mas algumas pessoas continuaram morando lá, inclusive eu, Jane e Zoë, e haviam vários edifícios permanentes onde as barracas costumavam ficar. A área de recreação, no centro do acampamento, ainda permanecia, diante de uma pista que passava por ela e atrás do prédio da administração. No centro da área de recreação, Savitri estava sozinha. Seria a primeira humana que os soldados Arrisianos e Eser veriam; a única que veriam, assim esperávamos.

Eu podia ver Savitri de onde eu estava. O início da manhã não estava frio, mas era visível como ela estava tremendo.

O primeiro soldado Arrisiano chegou ao perímetro de Croatoan e interrompeu a marcha conforme os outros examinavam os arredores para ter certeza de que não estavam entrando em uma armadilha. Isso levou vários minutos, mas eles se convenceram de que não havia nada que pudesse feri-los. Recomeçaram a marcha, e o soldado Arrisiano entrou, postando-se no centro de recreação, cauteloso, ficando de olho em Savitri, que estava ali em silêncio e agora tremendo só um pouco. Em um curto período de tempo, todos os soldados estavam dentro das fronteiras de contêineres de Croatoan.

Eser avançou pelas fileiras com sua guarda e parou diante de Savitri. Fez um sinal para um dispositivo de tradução.

– Eu sou Nerbros Eser.

– Eu sou Savitri Guntupalli.

– Você é a líder desta colônia.

– Não.

Os talos oculares de Eser sacudiram-se com a resposta.

– Onde estão os líderes dessa colônia?

– Eles estão ocupados – respondeu Savitri. – É por isso que me mandaram para conversar com o senhor.

– E quem é você? – inquiriu Eser.

– Sou a secretária – falou Savitri.

Os talos de Eser estenderam-se com raiva e quase se chocaram.

– Eu tenho poder para devastar toda esta colônia, e seu líder envia a *secretária* para me encontrar – disse ele. Claramente, qualquer indício de magnanimidade que Eser estivesse planejando na vitória estava virando fumaça.

– Bem, eles mandaram uma mensagem ao senhor – falou Savitri.

– Eles *mandaram* – repetiu Eser.

– Sim. Mandaram dizer que, se o senhor e suas tropas estiverem dispostos a voltar a suas naves e partir para o lugar de onde vieram, ficaríamos felizes em deixá-los viver.

Eser arregalou os olhos e depois emitiu um alto "scriiiii", o ruído arrisiano que demonstra humor. A maioria de seus soldados fez "scriiiii" com ele; era como uma convenção de abelhas zangadas. Então, ele parou seu "scriiiii" e foi até Savitri, que, sendo a estrela que ela é, nem vacilou.

– Eu estava planejando deixar a maioria de seus colonos sobreviver – explicou Eser. – Eu mandaria executar os líderes dessa colônia pelos crimes contra o Conclave, quando ajudaram a União Colonial a emboscar nossa frota. Mas eu pouparia os colonos. Você está me tentando a mudar de opinião quanto a isso.

– Então, isso é um "não" – falou Savitri, olhando diretamente para os talos oculares do alienígena.

Eser recuou e se virou para um de seus guardas.

– Mate-a – ele ordenou. – Depois, vamos ao trabalho.

O guarda ergueu a arma, mirou no torso de Savitri e tocou no painel de disparo do fuzil.

O fuzil explodiu, cortando-se verticalmente no plano perpendicular ao mecanismo de disparo e mandando uma porção vertical de energia diretamente para cima. Os talos oculares do guarda cruzaram aquela energia e foram decepados; ele caiu gritando de dor, segurando o que restava das próprias hastes.

Eser voltou a olhar para Savitri, confuso.

– Deveria ter partido quando teve a chance – disse Savitri.

Houve um estrondo quando Jane chutou a porta do edifício da administração, com o traje de nanomalha que ocultava o calor de seu corpo coberto por uma armadura padrão da polícia do DC, como os outros de nosso pequeno esquadrão. Em seus braços havia algo que *não* era padrão do DC: um lança-chamas.

Jane fez um sinal para Savitri recuar; não foi necessário avisar Savitri duas vezes. Diante de Jane, ouviu-se o som dos gritos arrisianos quando soldados em pânico tentaram atirar nela, apenas para que seus fuzis fossem quebrados e explodissem violentamente nos braços deles. Jane caminhou até os soldados, que haviam começado a recuar de medo, e despejou fogo neles.

– O que é isso? – perguntei a Zoë, quando ela nos levou à nave para vermos o que quer que ela quisesse que olhássemos. Fosse o que fosse, era do tamanho de um filhote de elefante. Hickory e Dickory estavam ao lado da coisa; Jane foi até ela e começou a examinar o painel de controle de um lado.

– É meu presente para a colônia – disse Zoë. – É um campo de sapa.

– Campo de sapos – eu disse.

– Não, "sapa" – disse Zoë. – Com "A" no final.

– O que isso faz? – perguntei.

Zoë se virou para Hickory.

– Conte para ele.

– O campo de sapa canaliza energia cinética – disse Hickory. – Redireciona a energia para cima ou para qualquer outra direção que o usuário escolher e usa a energia redirecionada para alimentar o campo em si. O usuário pode definir em que nível a energia é redirecionada ao longo de uma série de parâmetros.

– Você precisa me explicar isso como se eu fosse um idiota, porque está óbvio que eu sou um – falei.

– Isso consegue parar balas – interveio Jane, ainda olhando para o painel.

– Pode repetir? – pedi.

– Esta coisa gera um campo que suga a energia de qualquer objeto que vá mais rápido do que uma determinada velocidade – explicou Jane. Ela olhou para Hickory. – É isso, não é?

– A velocidade é um dos parâmetros que um usuário pode definir – comentou Hickory. – Outros parâmetros podem incluir a saída de energia durante um tempo ou temperatura especificados.

– Então, nós o programamos para parar balas ou granadas, e ele vai fazer isso – falei.

– Sim – confirmou Hickory. – Embora funcione melhor com objetos físicos do que com objetos energéticos.

– Funciona melhor com balas do que com feixes – concluí.

– Sim – disse Hickory.

– Quando definimos os níveis de energia, qualquer coisa abaixo desse nível retém a energia que tiver – disse Jane. – Poderíamos ajustá-lo para parar uma bala, mas deixar uma flecha voar.

– Se a energia da flecha estiver abaixo do limite que vocês definem, sim – explicou Hickory.

– Isso traz possibilidades – comentei.

– Eu disse que você ia gostar – disse Zoë.

– Este é o melhor presente que você já me deu, meu amor – falei. Ela sorriu.

– Vocês precisam saber que este campo é de duração muito limitada – disse Hickory. – A fonte de energia aqui é pequena e durará apenas alguns minutos, dependendo do tamanho do campo que vocês gerarem.

– Se o usarmos para cobrir Croatoan, quanto tempo duraria? – perguntei.

– Cerca de sete minutos – respondeu Jane. Ela havia decifrado o painel de controle.

– Possibilidades reais – eu disse. Voltei-me para Zoë. – Então, como conseguiu que os Obins nos dessem isso?

– Primeiro argumentei, depois negociei, daí implorei – disse Zoë. – E aí eu fiz birra.

– Birra, é?

– Não me olhe assim – ela reclamou. – Os Obins são incrivelmente sensíveis às minhas emoções. Você sabe disso. E a ideia de todas as pessoas que amo e com quem me importo serem mortas poderia me emocionar com muita facilidade. E, acima de todos os outros argumentos que fiz, funcionou. Portanto, não brigue comigo por isso, pai de 90 anos. Enquanto Hickory, Dickory e eu estávamos com o general Gau, outros Obins conseguiram isso para nós.

Olhei de volta para Hickory.

– Pensei que tivesse dito que não tinha permissão para nos ajudar por causa do seu tratado com a UC.

– Lamento dizer que Zoë cometeu um pequeno erro em sua explicação – comentou Hickory. – O campo de sapa não é tecnologia nossa. É muito avançada. É tecnologia consu.

Jane e eu nos entreolhamos. Em geral, a tecnologia consu avançava de forma impressionante sobre a tecnologia de outras espécies, inclusive a nossa, e os Consus nunca se separavam com facilidade de qualquer tecnologia que possuíssem.

– Os Consus deram isso para você? – questionei.

– Eles deram para você, na verdade – respondeu Hickory.

– E como eles sabiam sobre nós?

– Em um encontro com alguns de nossos colegas Obins, o assunto surgiu em uma conversa, e os Consus foram levados a lhe oferecer espontaneamente este presente – disse Hickory.

Lembrei-me de uma vez, logo depois de conhecer Jane, quando ela e eu precisamos fazer algumas perguntas aos Consus. O custo de responder a essas perguntas foi um soldado das Forças Especiais morto e três mutilados. Tive dificuldade em imaginar a "conversa" que resultou nos Consus entregando uma tecnologia como essa.

– Então, os Obins não têm nada a ver com este presente – quis saber.

– Além de transportá-lo aqui a pedido de sua filha, não – respondeu Hickory.

– Devemos agradecer aos Consus em algum momento – falei.

– Não creio que eles estejam esperando agradecimentos – disse Hickory.

– Hickory, você já mentiu para mim? – questionei.

– Não creio que tenha conhecimento de que eu ou qualquer Obin já tenha mentido para você – respondeu Hickory.

– Não – disse eu. – Acho que não.

Na retaguarda da coluna arrisiana, os soldados bateram em retirada na direção do portão da colônia, onde Manfred Trujillo esperava, sentado nos controles de um caminhão de carga que tínhamos desmontado e alterado para fins de aceleração. O caminhão estava ao lado de um campo próximo, silencioso, e com Trujillo abaixado até todos os soldados terem entrado em Croatoan. Então, ele ligou a bateria do caminhão e lentamente o levou pela estrada, esperando os gritos que seriam seu sinal para enfiar o pé no acelerador.

Quando Trujillo viu a fumaça do lança-chamas de Jane, acelerou em direção à abertura do portão de Croatoan. Ao passar pelos portões, ele acendeu os holofotes do caminhão, atordoando um trio de soldados Arrisianos em fuga, deixando-os imóveis. Esses soldados foram os primeiros a serem eliminados pelo enorme caminhão em movimento; mais de uma dúzia de outros os seguiram quando Trujillo atravessou as fileiras. Trujillo virou à esquerda na estrada em frente à praça da cidade, arrastando mais dois soldados Arrisianos, e se preparou para outra volta.

Enquanto o caminhão de Trujillo passava pelos portões de Croatoan, Hickory apertou o botão para fechar os portões, e depois ele e Dickory desembainharam um par de facas assustadoramente longas e se prepararam para encontrar os soldados Arrisianos que teriam a infelicidade de enfrentá-los. Os soldados Arrisianos ficaram desorientados, confusos sobre como uma missão militar de rotina pôde ter se tornado um massacre – *deles* –, mas, infelizmente para eles, tanto Hickory como Dickory estavam em plena posse de suas faculdades, eram bons com facas e haviam desligado seus implantes emocionais para que pudessem abater com eficiência.

A essa altura Jane também tinha começado a lutar com facas, tendo esgotado o combustível do lança-chamas em quase um pelotão inteiro de soldados Arrisianos. Jane despachou alguns dos mais gravemente queimados e depois voltou sua atenção àqueles que ainda estavam em pé ou, na verdade, correndo. Corriam rápido, mas Jane, modificada como estava, era mais rápida. Jane havia pesquisado os Arrisianos, seus armamentos, armaduras e fraquezas. Por acaso, a armadura militar deles era vulnerável nas junções laterais; uma faca suficientemente fina poderia entrar e cortar uma das principais artérias que corriam bilateralmente pelos seus corpos. Enquanto eu observava, vi Jane explorar essa informação, estendendo a mão para pegar um soldado em fuga, puxando-o de volta, enterrando a faca na armadura lateral e deixando a vida se esvair dele, e então, sem perder o ritmo, estendendo-se até o próximo soldado em fuga.

Fiquei admirado com minha esposa. E entendi por que o general Szilard não se desculpou pelo que fizera por ela. Sua força, velocidade e crueldade nos salvariam como colônia.

Atrás de Jane, um quarteto de soldados Arrisianos havia se acalmado o bastante para começar a pensar de novo de forma tática e começara a se esgueirar na direção dela, deixando as armas de lado e as facas em riste. Foi então que, parado no topo da trilha interna dos contêineres de carga, eu tive utilidade: eu era o apoio aéreo. Peguei meu arco composto, encaixei uma flecha e atirei no pescoço do soldado que estava mais à frente; o que não foi bom, pois eu estava apontando para aquele que estava atrás. O soldado arrancou a flecha antes de cair para frente; os outros três começaram a correr, mas não antes de eu acertar outro no pé, mais uma vez não foi bom, pois eu estava mirando a cabeça. Ele caiu com um "scriiiii"; Jane se virou ao som e avançou para lidar com ele.

Procurei os outros dois entre os prédios, mas não os vi, e então ouvi um *clang*. Olhei para baixo e vi que um dos soldados estava subindo no contêiner de carga, a lixeira que ele havia usado para chegar até onde eu estava rolava pelo chão. Encaixei outra flecha e atirei nele; a flecha bateu bem diante dele. Óbvio que o arco não era uma arma para mim. Não houve tempo para encaixar outra flecha; o soldado estava no contêiner de carga e avançou na minha direção com a faca em riste, gritando alguma coisa. Suspeitei que havia matado alguém com quem ele realmente se importava. Peguei minha faca e, ao fazê-lo, o Arrisiano atacou, percorrendo a distância entre nós em um tempo espantosamente curto. Eu caí, e minha faca voou e caiu pela lateral do contêiner de carga.

Eu rolei com o ataque do arrisiano e o chutei para longe de mim, lutando para sair da trajetória. Em um instante, ele estava sobre mim novamente, me apunhalando no ombro, e a lâmina se chocou contra a armadura da polícia. Ele se preparou para me esfaquear de novo; eu peguei um talo ocular e puxei com força. Ele se afastou, guinchando e agarrando o talo, recuando em direção à borda. Tanto a minha faca como o arco estavam muito longe para chegar. *Foda-se*, pensei e me lancei sobre o Arrisiano. Nós dois voamos pela lateral do contêiner de carga; enquanto caía, enfiei meu braço em seu pescoço. Nós batemos no chão, eu em cima dele, meu braço esmagando sua traqueia ou qualquer que fosse o equivalente para ele. Meu braço latejava de dor; eu duvidava que usaria esse braço de forma produtiva por um tempo.

Rolei para longe do Arrisiano morto e olhei para cima; uma sombra pairava sobre o contêiner de carga. Era Kranjic; ele e Beata estavam usando suas câmeras para registrar a batalha.

– Você está vivo? – perguntou ele.

– Aparentemente – respondi.

– Olha, você poderia fazer isso de novo? Eu perdi a maior parte.

Eu levantei o dedo do meio; eu não conseguia ver seu rosto, mas suspeitei que ele estivesse sorrindo.

– Jogue a faca e o arco para mim – pedi. Olhei para o meu relógio. Tínhamos mais um minuto e meio antes de o escudo cair. Kranjic entregou minhas armas, e eu andei pelas ruas, tentando pegar soldados até ficar sem flechas, depois me mantive fora do caminho até o tempo acabar.

Faltando 30 segundos para o escudo cair, Hickory abriu os portões da aldeia, e ele e Dickory se afastaram para deixar os sobreviventes do ataque baterem em retirada. Os vinte e poucos soldados restantes não pararam para se perguntar como o portão se abrira; deram o fora e irromperam em direção aos transportes estacionados a um quilômetro de distância. O último desses soldados passou pelo portão bem quando deixamos o campo cair. Eser e seu guarda remanescente caminhavam no meio dessa turba, o guarda dando ordens com grosseria. Ainda estava com seu fuzil; a maioria havia deixado os fuzis para trás, tendo visto o que aconteceu com aqueles que os usaram na aldeia e achado que agora eram inúteis. Peguei um, enquanto os seguia para fora; Jane pegou um dos lança-mísseis. Kranjic e Beata saltaram dos contêineres de carga e seguiram: Kranjic avançando e desaparecendo na escuridão, Beata marcando passo comigo e com Jane.

Os soldados Arrisianos em retirada estavam fazendo duas suposições enquanto se retiravam. A primeira foi que as balas não valiam nada em Roanoke. A segunda era que o terreno pelo qual recuavam era o mesmo sobre o qual haviam marchado. As duas conjecturas estavam erradas, como os Arrisianos descobriram quando as defesas automáticas das torres ao longo do caminho de retirada abriram fogo contra eles, derrubando-os em disparos precisos controlados por Jane, que marcou eletronicamente cada alvo com seu BrainPal antes de abrir fogo. Jane não queria atingir Eser por acidente. As torres portáteis haviam sido colocadas pelos colonos depois que os arrisianos foram trancados em Croatoan; eles os tinham tirado dos buracos que haviam cavado e coberto. Jane havia treinado impiedosamente os colonos que colocaram as torres para que pudessem movê-las e posicioná-las no intervalo de apenas alguns minutos. Funcionou; apenas uma torre estava inutilizável, porque apontava na direção errada.

A essa altura, os poucos soldados arrisianos que restavam com seus fuzis começaram a disparou-los por desespero e pareceram surpresos quando eles funcionaram. Dois deles caíram no chão e começaram a atirar em nossa direção para dar tempo de seus compatriotas chegarem aos transportes. Senti um assobio de bala antes de ouvi-lo; também caí no chão. Jane virou as torres para esses dois Arrisianos e acabou com eles rapidamente.

Logo sobraram apenas Eser e seu guarda, além dos pilotos dos dois transportadores, que haviam acionado os motores e se preparado para dar o fora dali. Jane firmou o lança-míssil montado no ombro, avisou-nos para cair fora (eu ainda estava lá) e disparou o míssil contra o transporte mais próximo. O míssil passou por Eser e seu guarda, fazendo com que ambos mergulhassem no chão, e bateu no compartimento do transporte, banhando o interior da nave em chamas explosivas. O segundo piloto decidiu que já tinha tido o suficiente e decolou; chegou a cinquenta metros antes de seu transporte ser atingido não por um, mas por dois mísseis lançados por Hickory e Dickory, respectivamente. Os impactos esmagaram os motores do transportador e o jogaram para baixo na floresta, arrancando árvores do chão com um som violento e estalado antes de baterem com um rugido de estilhaços em algum lugar fora de vista.

O guarda de Eser manteve a mira baixa e permaneceu agachado, disparando em uma tentativa de levar alguns de nós com ele quando se fosse.

Jane olhou para mim.

– Este fuzil tem munição? – perguntou ela.

– Espero que sim – respondi.

Ela largou o lança-mísseis do ombro.

– Faça barulho suficiente para mantê-lo abaixado. Não atire nele de verdade.

– O que vai fazer? – questionei.

Ela tirou o uniforme de policial, revelando a nanomalha preta fosca colada na pele.

– Me aproximar – disse ela e se afastou. Rapidamente ficou quase invisível no escuro. Atirei em intervalos aleatórios e permaneci abaixado; o guarda não me atingia, mas errava apenas por centímetros.

Houve um grunhido de surpresa ao longe, e depois um "scriii" mais alto, que parou logo.

– Tudo limpo – disse Jane. Apareci e fui em sua direção. Ela estava em pé sobre o corpo do guarda, a arma que era dele na mão dela, apontada para Eser, que estava encolhido no chão.

– Ele está sem armas – informou Jane e me entregou o dispositivo de tradução que ela aparentemente havia tirado dele. – Aqui. Pode falar com ele.

Peguei o aparelho e me abaixei.

– Oi – falei.

– Todos vocês vão morrer – disse Eser. – Tenho uma nave em cima de vocês neste momento. Há mais soldados nela. Eles vão descer e caçar todos vocês. E então minha nave vai explodir cada pedaço desta colônia até virar pó.

– É mesmo?

– Sim.

– Vejo que sou eu que vou ter que revelar isso para você: sua nave não está mais lá.

– Você está mentindo.

– Na verdade, não. O negócio é o seguinte: quando você derrubou nosso satélite com sua nave, o satélite não pôde dar um sinal a um drone de salto que tínhamos lá em cima. Esse drone foi programado para saltar apenas se não recebesse um sinal. Para onde foi, havia alguns mísseis com capacidade de salto à espera. Aqueles mísseis invadiram o espaço de Roanoke, encontraram sua nave e a explodiram.

– De onde vieram os mísseis? – questionou Eser.

– É difícil dizer – respondi. – Os mísseis eram de fabricação nouri. E você conhece os Nouris. Vendem para qualquer um.

Eser ficou parado, olhando com raiva.

– Não acredito em você – disse ele por fim.

Eu me virei para Jane.

– Ele não acredita em mim.

Jane me estendeu uma coisa.

– É o comunicador dele.

Eu o entreguei para Eser.

– Contate sua nave.

Vários minutos e alguns "scriiiis" muito zangados depois, Eser jogou o comunicador na terra.

– Por que você não me matou logo? – perguntou. – Vocês mataram todos os outros.

– Você foi informado que, se fosse embora, todos os seus soldados viveriam – falei.

– Por sua *secretária* – vociferou Eser.

– Na verdade, ela não é mais minha secretária – expliquei.

– Responda à minha pergunta – exigiu Eser.

– Você vale mais para nós vivo que morto. Temos alguém bem interessado em mantê-lo vivo. E fomos levados a acreditar que entregar você a ele nessa condição seria útil para nós.

– General Gau – disse Eser.

– Certinho – falei. – Não sei o que o Gau planejou para você, mas depois de uma tentativa de assassinato e um esquema para assumir o Conclave, duvido que será muito agradável.

– Talvez nós… – Eser começou.

– Nem vamos fingir que teremos essa conversa. Você não tem o luxo de planejar matar todo mundo no meu planeta e depois tentar um acordo comigo.

– O general Gau teve.

– Muito bem. A diferença é que não acredito que você tenha planejado poupar nenhum de meus colonos, enquanto Gau se esforçou para garantir que eles pudessem ser poupados. Isso importa. Agora, o que vai acontecer é que vou entregar este dispositivo de tradução para minha esposa aqui, e ela vai lhe dizer o que fazer. Você vai ouvi-la, porque se não fizer isso, ela não vai te matar, mas provavelmente você vai preferir que ela tivesse matado. Entendeu?

– Entendi – respondeu Eser.

– Ótimo – eu disse, e me levantei para entregar o aparelho de tradução para Jane. – Enfie-o no porão de carga que usamos como prisão.

– Já tinha isso em mente – disse Jane.

– Ainda temos o drone de salto preparado para enviar uma mensagem ao general Gau? – perguntei.

– Temos – respondeu Jane. – Vou mandá-lo assim que Eser estiver no xadrez. O que vamos dizer à uc?

– Não tenho a menor ideia. Acho que, quando ficarem alguns dias sem receber nenhum drone de salto nosso, vão perceber que algo aconteceu. E vão ficar putos por ainda estarmos aqui. No momento, estou inclinado a dizer "que se fodam".

– Não é um plano de verdade – disse Jane.

– Eu sei, mas é o que eu tenho no momento. Mudando de assunto: puta merda. Nós conseguimos.

– Conseguimos porque nosso inimigo foi arrogante e incompetente – corrigiu Jane.

– Conseguimos porque tínhamos *você* – falei. – Você planejou. Você conseguiu. Fez funcionar. E, por mais que eu odeie dizer isso a você, ser uma soldado das Forças Especiais totalmente funcional fez a diferença.

– Sei que fez – disse Jane. – Não estou pronta para pensar nisso ainda.

Ao longe ouvimos alguém chorando.

– Parece Beata – disse Jane. Eu corri na direção do choro, deixando Jane lidar com Eser. Encontrei Beata algumas centenas de metros depois, debruçada sobre alguém.

Era Kranjic. Duas das balas dos Arrisianos o haviam acertado, na clavícula e no peito. O sangue havia encharcado a terra embaixo dele.

– Seu idiota filho da puta – disse Beata, segurando a mão de Kranjic. – Você sempre tinha que ir atrás de uma história.

Ela se inclinou para beijar a testa dele e fechar seus olhos.

15 __

– Sabe que não pode ficar em Roanoke – disse o general Gau.

Sorri e olhei para ele na pequena sala de conferência em sua nave principal, a *Estrela Gentil*.

– Ora, por que não?

Gau fez uma pausa por um momento; a expressão era nova para ele.

– Porque você sobreviveu – respondeu por fim. – Porque sua colônia sobreviveu, sem dúvida para surpresa e irritação da União Colonial. Porque deu ao inimigo informações vitais à sobrevivência dele, e porque aceitou informações dele vitais à sua. Porque me permitiu vir aqui para buscar Nerbros Eser. Porque está aqui nesta nave agora, falando comigo.

– Eu sou um traidor.

– Eu não disse isso.

– Você não *diria* isso. Está vivo por minha causa.

– É justo. Mas não foi isso que eu quis dizer. Quis dizer que não é um traidor porque sua fidelidade era para com a sua colônia. Para com seu povo. Você nunca os traiu.

– Obrigado. Embora eu não ache que a União Colonial vá gostar muito desse argumento.

– Não. Eu não espero que gostem. O que me leva de volta ao início da conversa.

– O que vai fazer com Eser?

– Meu plano atual é colocá-lo em julgamento.

– Você poderia simplesmente jogá-lo de uma escotilha.

– Isso me traria muita satisfação pessoal. Mas não acho que seria bom para o Conclave.

– Mas pelo que Zoë me contou, você começou a fazer as pessoas prestarem juramentos de lealdade pessoal. É apenas um pequeno salto daí até ter o direito de mandar para o espaço aqueles que te incomodam.

– Mais uma razão para o julgamento, não acha? Eu preferiria não precisar dos juramentos de lealdade. Mas aparentemente há um limite no nível de humildade que as pessoas aceitarão de seus líderes, especialmente quando os líderes em questão tiveram suas frotas destruídas embaixo do próprio nariz.

– Não me culpe.

– Não culpo. Se eu culpo a União Colonial, é outra história totalmente diferente.

– O que pretende fazer sobre a União Colonial agora?

– A mesma coisa que eu planejei fazer originalmente. Contê-la.

– Não a atacar.

– Não. Todas as rebeliões internas do Conclave foram reprimidas. Eser não é o único que vai enfrentar um julgamento. Mas acho que está claro para a União Colonial agora que o Conclave não será facilmente erradicado. Espero que não ousem tentar botar as asas de fora novamente.

– Você não aprendeu muito sobre os humanos.

– Pelo contrário. Engana-se se acha que vou simplesmente voltar ao meu antigo plano. Não estou planejando atacar a União Colonial, mas também vou garantir que ela não tenha chance de atacar a mim ou ao Conclave uma segunda vez.

– Como?

– Não está esperando mesmo que eu lhe diga.

– Pensei em perguntar. Valia a pena arriscar.

– Na verdade, não.

– E quais são seus planos para Roanoke?

– Já lhe disse que não tenho planos de atacá-la.

– Disse. Claro, isso foi quando você não tinha frota.

– Está duvidando de mim.

– Não. Estou com medo de você.

– Gostaria que não estivesse.

– Eu também gostaria. Me convença a não estar.

– Roanoke está a salvo de qualquer outro ataque do Conclave. Nós a reconhecemos como uma colônia humana legítima. A última colônia – ele bateu com um dedo na mesa da sala de conferência para enfatizar –, mas ainda assim legítima. Você e eu podemos fazer um tratado, se quiser.

– Não acho que seria válido para a União Colonial.

– Provavelmente não. No entanto, enviarei uma declaração oficial ao seu governo com um aviso de que a proibição do Conclave sobre a colonização além disso é inquebrantável. Extraoficialmente, vou fazer chegar às raças não afiliadas que o Conclave ficaria muito descontente se um deles tentasse tomar o planeta. De qualquer forma, não deveriam fazê-lo segundo a proibição. Mas não faz mal enfatizar.

— Obrigado, general.

— De nada. Fico feliz que nem todo líder mundial tenha sido tão problemático quanto você.

— Eu sou tranquilo. Minha esposa que é a verdadeira dura na queda.

— Isso eu soube de Eser e das gravações da batalha. Espero que ela não tenha ficado ofendida por eu ter pedido para falar a sós com você.

— Não ficou. Sou eu quem precisa ser bom com as pessoas. Embora Zoë tenha ficado desapontada por não conseguir vê-lo. Você causou uma bela impressão nela.

— E ela em mim. Você tem uma família incrível.

— Concordo. Fico feliz que elas me mantenham por perto.

— Tecnicamente, sua esposa e sua filha também poderiam ser acusadas de traição. Terão que deixar Roanoke também, sabe.

— Você continua tocando nesse assunto. Tenho tentado não pensar nele.

— Eu não acho que seja sábio de sua parte.

— Claro que não é sábio. Não significa que eu não queira fazê-lo.

— Aonde vocês vão?

— Não tenho a menor ideia. Não podemos ir a nenhum lugar na União Colonial, a menos que queiramos passar nossas vidas em uma prisão domiciliar. Os Obins nos levariam por causa de Zoë, mas sempre haveria pressão sobre eles para nos extraditarem.

— Há outra opção. Eu já ofereci para vocês se juntarem ao Conclave antes. A oferta está de pé. Você e sua família poderiam viver entre nós.

— Você é muito gentil. Não sei se conseguiria. Esse também é o problema de viver entre os Obins. Não estou pronto para ser apartado do restante da humanidade.

– Não é tão ruim assim – disse Gau, e percebi o toque de sarcasmo ali.

– Talvez não para você. Mas eu sentiria falta da minha espécie.

– A ideia por trás do Conclave é que muitas raças vivam juntas. Está dizendo que não poderia fazer isso?

– Poderia. Mas apenas três humanos não seriam suficientes.

– O Conclave ainda ficaria feliz em admitir a União Colonial. Ou qualquer um dos mundos individualmente colonizados. Ou até mesmo só Roanoke.

– Não acho que essa ideia vai ter muito apelo em Roanoke. Ou na União Colonial. E, no que diz respeito às colônias individuais, acho que oficialmente ainda nem conhecem o Conclave.

– Sim, o estrangulamento informacional da União Colonial. Devo lhe dizer que tenho pensado seriamente em enviar satélites aos mundos da União Colonial e simplesmente mandar um fluxo de dados sobre o Conclave até que o satélite seja abatido. Não seria eficiente. Mas ao menos poderiam ouvir algo sobre o Conclave.

Pensei naquilo por um momento.

– Não. Um feed de dados não adiantaria.

– Então, o que sugere?

– Não tenho certeza ainda – falei e olhei diretamente para Gau. – General, talvez eu queira propor algo a você.

– O quê?

– Algo grande. E caro.

– Isso não é uma resposta de verdade.

– Vai ter que ser por ora.

– Ficarei feliz em ouvir sua proposta. Mas "algo grande e caro" é um pouco vago demais para eu aprovar.

– Justo.

– Por que você não pode me dizer o que é agora?

– Preciso falar com Jane primeiro.

– Seja o que for, administrador Perry, se for algo que envolva minha ajuda, então será permanentemente um traidor. Pelo menos aos olhos da União Colonial.

– É como você disse, general. A questão é a quem somos leais.

– Recebi ordens para prendê-lo – disse Manfred Trujillo.

– Sério? – falei. Nós dois estávamos na frente do ônibus espacial no qual eu estava prestes a partir.

– As ordens chegaram há algumas horas – comentou Trujillo. – Junto com o novo satélite de comunicações que a UC acabou de nos dar. Aliás, a UC não está satisfeita com uma nave do Conclave no nosso céu.

– Então, você vai me prender?

– Eu adoraria, mas parece que não foi possível encontrar você e sua família. Desconfio que você já tenha saído do planeta. Vamos fazer uma busca em toda a colônia, é claro. Mas eu não diria que tenho muitas chances de encontrar vocês.

– Como eu sou sorrateiro.

– Eu sempre disse isso sobre você.

– Você poderia ter problemas com isso. A última coisa que esta colônia precisa é de outro líder indiciado para inquérito.

– Como líder de sua colônia, posso lhe dizer oficialmente para cuidar da sua vida.

– Sua ascensão foi formalmente aprovada, então.

– Se não tivesse sido, como eu seria capaz de prendê-lo?

– Boa resposta. Parabéns. Você sempre quis administrar a colônia. Agora é sua.

– Não foi assim que planejei conseguir o cargo.

– Sinto muito por termos ficado no seu caminho, Manfred.

– Eu não sinto. Se eu estivesse liderando a colônia, todos estaríamos mortos agora. Você, Jane e Zoë salvaram Roanoke. Fico feliz por ter esperado a minha vez.

– Obrigado.

– Quero que saiba que é um grande esforço da minha parte dizer isso.

Eu ri e olhei para onde Zoë estava dando um adeus choroso para Gretchen e outros amigos.

– Zoë vai sentir falta de Gretchen.

– E Gretchen de Zoë. Tenho vontade de pedir para que você deixe Zoë ficar. Por Gretchen e por nós. – Trujillo acenou com a cabeça para Hickory e Dickory, que estavam ao lado, absorvendo a despedida emocional de Zoë e suas amigas. – Você disse que chegou a um acordo com o Conclave, mas eu não ligaria de ter os Obins nos dando cobertura.

– Roanoke vai ficar bem – eu garanti para ele.

– Acho que você tem razão – disse Trujillo. – Espero que sim. Seria bom ser só mais uma colônia. Já chega de ser o centro das atenções.

– Acho que vou conseguir tirar um pouco da atenção de vocês.

– Gostaria que me contasse o que planejou.

– Como eu não sou mais o líder de sua colônia, não posso oficialmente lhe dizer para cuidar da sua vida. Mas cuide dela de qualquer jeito.

Trujillo suspirou.

– Você entende a minha preocupação. Estivemos no centro dos planos de todo mundo, e nenhum dos planos funcionou nem de longe como deveriam.

– Inclusive o seu – eu o lembrei.

– Inclusive o meu – concordou Trujillo. – Não sei o que está planejando, mas dada a taxa de fracassos por aqui, fico preocupado que o tiro pela culatra atinja Roanoke. Estou cuidando da minha colônia. *Nossa* colônia. Nosso lar.

— Nossa colônia — concordei. — Mas não é mais meu lar.

— Mesmo assim.

— Você vai ter que confiar em mim, Man. Trabalhei duro para manter Roanoke em segurança. Não vou deixar de fazer isso agora.

Savitri desceu do compartimento do ônibus espacial e caminhou até nós com PDA na mão.

— Está tudo embarcado — disse ela para mim. — Jane diz que estaremos prontas quando você estiver.

— Você se despediu de todo mundo? — perguntei.

— Sim — disse Savitri e levantou o pulso, que tinha uma pulseira nele. — De Beata. Diz que era da avó dela.

— Ela vai sentir sua falta.

— Eu sei. Vou sentir falta dela também. É minha amiga. Todos vamos sentir falta das pessoas. É por isso que se chama *partir*.

— *Você* ainda pode ficar — disse Trujillo a Savitri. — Não há razão para você precisar ir com esse idiota. Posso até te dar um aumento de 20%.

— Aaah, um aumento — disse Savitri. — É tentador. Mas já fiquei com esse idiota por bastante tempo. Gosto dele. Gosto mais da família dele, é claro, mas quem não gostaria?

— Legal você — falei.

Savitri sorriu.

— No mínimo, ele me diverte. Nunca sei o que vai acontecer a seguir, mas sei que quero descobrir. Desculpe.

— Tudo bem, um aumento de 30% — disse Trujillo.

— Aceito — falou Savitri.

— Quê? — perguntei.

— Estou brincando — respondeu Savitri. — Idiota.

– Me lembre de reter seu pagamento – ameacei.

– Aliás, como você vai me *pagar* agora? – questionou Savitri.

– Olha – eu disse. – Tem algo que precisa da sua atenção. Lá. Longe daqui.

– Humpf – bufou Savitri. Ela se aproximou de Trujillo para lhe dar um abraço, depois apontou um polegar para mim. – Se as coisas não derem certo com esse cara, eu posso voltar para o meu antigo emprego, certo?

– Ele seria todo seu – disse Trujillo.

– Excelente – falou Savitri. – Porque, se eu aprendi algo no ano passado, foi a ter um plano B. – Ela deu outro abraço rápido em Trujillo. – Vou buscar Zoë – ela me avisou. – Assim que você vier para o ônibus espacial, estaremos prontas.

– Obrigado, Savitri – agradeci. – Já vou. Vejo vocês lá.

Ela apertou meu ombro e se afastou.

– E você? Já se despediu de todos que queria? – perguntou Trujillo.

– Estou terminando agora.

Minutos depois, nosso transporte estava no céu, seguindo em direção à *Estrela Gentil*. Zoë estava chorando baixinho, acariciando Babar e sentindo falta de suas amigas. Jane, sentada ao lado dela, puxou-a em um abraço. Olhei pela escotilha enquanto deixava outro mundo para trás.

– Como você está? – Jane me perguntou.

– Triste. Eu queria que aquele fosse o meu mundo. Nosso mundo. Nosso lar. Mas não foi. Não é.

– Lamento – disse Jane.

– Não precisa lamentar – falei. Eu me virei e sorri para ela. – Estou feliz por termos vindo. Só estou triste que não foi para ficar.

Voltei-me para a escotilha. O céu de Roanoke estava escurecendo ao meu redor.

— Esta é a *sua* nave — disse-me o general Rybicki, apontando para o convés de observação no qual acabara de entrar. Eu estava esperando por ele lá.

— É. Por ora. Poderia dizer que estamos alugando. Acho que é originalmente arrisiana, o que é um tanto irônico, quando se para pra pensar. Também explica os tetos baixos.

— Então, eu deveria me referir a você como capitão Perry? — perguntou Rybicki. — É um nível abaixo do seu posto anterior.

— Na verdade, Jane é a capitã. Eu sou o superior nominal, mas ela está no comando da embarcação. Acho que isso me torna um comodoro. Um nível acima.

— Comodoro Perry — disse Rybicki. — Soa bem. Só não acho que seja muito original.

— Acho que não — concordei. Ergui o PDA que tinha na mão. — Jane me ligou quando você estava vindo para cá. Ela me disse que sugeriram a você que poderia tentar me matar.

— Meu Deus — disse Rybicki. — Eu gostaria de saber como ela sabe dessas coisas.

— Espero que não esteja planejando levar a sugestão adiante. Não que não possa fazer isso. Você ainda é das FCD. É rápido e forte o bastante para quebrar meu pescoço antes que alguém possa impedir. Mas você não sairia desta sala depois. Não quero que você morra.

— Muito obrigado — disse Rybicki, seco. Então: — Não. Não estou aqui para te matar. Estou aqui para tentar te entender.

— Fico feliz em saber.

— Você pode começar me dizendo por que pediu para *me* buscar. A UC tem todos os tipos de diplomatas. Se o Conclave vai começar uma tentativa com a uc, eles que deveriam estar aqui falando com você. Então, estou querendo saber por que você me chamou.

– Porque senti que lhe devia uma explicação.

– Pelo quê?

Eu apontei.

– Por isso. Porque estou aqui e não em Roanoke. Ou em qualquer lugar da uc.

– Achei que era porque você não queria ser julgado por traição.

– Tem isso. Mas não é essa a questão. Como estão as coisas na uc?

– Não está esperando mesmo que eu lhe diga alguma coisa *aqui*.

– Digo, de forma bem geral.

– Estão bem. Os ataques do Conclave pararam. Roanoke está protegida e vamos embarcar uma segunda leva de colonos para lá dentro de um mês.

– O cronograma está adiantado.

– Decidimos nos mudar depressa para lá. Vamos fortalecer maciçamente as defesas também.

– Ótimo. Pena que não pôde acontecer mais cedo, antes de sermos atacados.

– Não vamos fingir que não sabemos os porquês disso.

– Aliás, como a uc recebeu a nossa vitória?

– Naturalmente, ficou extremamente satisfeita.

– Oficialmente, pelo menos.

– Você conhece a uc. A história oficial é a única história.

– Eu sei. E essa é a razão para tudo *isso*.

– Não entendi.

– Pouco antes de nossa batalha com Eser em Roanoke, você me disse uma coisa. Disse que a uc, mais do que qualquer um, estava agindo em prol dos melhores interesses da humanidade.

– Eu me lembro disso.

– Você tinha razão. De todos os governos, espécies ou raças inteligentes, a UC é a que melhor cuida de nós. De humanos. Mas passei a questionar se a UC estaria fazendo *bem* esse trabalho. Veja como ela nos tratou em Roanoke. Nos enganou sobre o propósito da colônia. Nos enganou sobre a intenção do Conclave. Nos fez cúmplices em um ato de guerra que poderia ter destruído toda a UC. E estava disposta a nos sacrificar pelo bem da humanidade. Mas ninguém do restante da humanidade conheceu a história toda, não é? A UC controla a comunicação. Controla as informações. Agora que Roanoke sobreviveu, a UC nunca vai contar nada disso. Ninguém fora da estrutura de poder da UC sabe que o Conclave existe. *Ainda.*

– A UC acreditava que era necessário fazer assim.

– Eu sei. E *sempre* acreditou que era necessário fazer assim. Você veio da Terra, general. Você se lembra de como sabíamos pouco daqui. Como sabíamos pouco sobre a UC. Nós nos inscrevemos para um exército do qual não sabíamos nada, de cujos objetivos não sabíamos nada, porque não queríamos morrer velhos e sozinhos em casa. Sabíamos que, de alguma forma, seríamos jovens de novo, e isso foi o suficiente. Nos trouxe até aqui. E esse é o jeito da UC. Contar apenas o suficiente para alcançar um objetivo. Nunca mais.

– Nem sempre concordo com os métodos da UC. Você sabe que discordei do plano da UC de abandonar Roanoke. Mas não tenho certeza se estou entendendo. Teria sido desastroso se o Conclave soubesse de nossos planos para Roanoke. O Conclave quer manter a humanidade contida, Perry. Ainda quer. Se não lutarmos, o resto do universo será preenchido sem nós. A humanidade vai morrer.

– Você está confundindo a humanidade com a UC. O Conclave quer manter a UC contida, porque a UC se recusa a participar dele. Mas a UC não é a humanidade.

– É uma distinção irrelevante.

– É verdade – eu disse. Apontei para a janela curva do convés de observação. – Viu as outras naves aqui quando você chegou.

– Sim – disse Rybicki. – Não contei todas, mas suponho que haja 412.

– Quase isso. Quatrocentas e treze, incluindo esta. Que, por acaso, eu batizei de *Roanoke*.

– Que maravilha. A frota que vai atacar nosso próximo mundo colonial terá um tom irônico.

– A UC ainda está planejando colonizar.

– Não vou comentar sobre isso com você.

– Se ou quando o Conclave e a UC se enfrentarem novamente, esta nave não fará parte disso. Esta é uma nave comercial. Como todas as outras naves desta frota. Cada nave aqui está carregando mercadorias da raça à qual a nave pertence. Deu muito trabalho, você deveria saber. Demorou alguns meses até que todas as raças concordassem. O general Gau teve que torcer alguns braços, ou o que quer que seja. É mais fácil conseguir que algumas raças cedam uma nave de guerra do que uma nave de carga cheia de mercadorias.

– Se uma frota de navios de guerra não convence a UC a se juntar ao Conclave, duvido que uma frota de naves mercantes também o faça.

– Acho que você tem razão – eu disse e levantei meu PDA. – Jane, pode saltar agora.

– O quê? – perguntou Rybicki. – Caramba, o que está fazendo?

– Já te disse – respondi. – Estou me explicando para você.

A *Roanoke* estava flutuando no espaço, a uma distância prudente de qualquer gravidade que pudesse interferir no propulsor de salto. Agora Jane dera a ordem para ligar o propulsor. Fizemos um buraco no espaço-tempo e aterrissamos em outro lugar.

No convés de observação, a diferença não era grande: em um momento estávamos olhando para um campo aleatório de estrelas e, no seguinte, estávamos olhando para outro campo aleatório de estrelas. Até que começamos a ver os padrões.

– Veja – disse eu, apontando. – Órion. Touro. Perseu. Cassiopeia.

– Ai, meu Deus – disse Rybicki, sussurrando as palavras.

A *Roanoke* girou em seu eixo, e as estrelas se apagaram, substituídas pela imenso brilho esférico de um planeta azul, verde e branco.

– Bem-vindo ao lar, general – falei.

– Terra – disse Rybicki, e qualquer coisa que quisesse dizer depois disso ficou perdida em sua necessidade de encarar o mundo que havia deixado para trás.

– Você estava errado, general.

Demorou um segundo para que Rybicki saísse de seu devaneio.

– Quê? Errado sobre o quê?

– Coventry. Eu pesquisei. Os britânicos sabiam que havia um ataque a caminho. Você estava certo quanto a isso. Mas não sabiam onde seria o ataque. Os ingleses não sacrificaram Coventry. E a uc não deveria estar disposta a sacrificar Roanoke.

– Por que estamos aqui? – perguntou Rybicki.

– Você quem disse, general. A uc nunca se juntará ao Conclave. Mas talvez a Terra se junte.

– Vai levar a Terra para o Conclave.

– Não. Vamos oferecer uma escolha. Vamos oferecer presentes de cada mundo do Conclave. E então vou oferecer meu presente.

– Seu presente – repetiu Rybicki.

– A verdade – expliquei. – Toda ela. Sobre a uc e sobre o Conclave e sobre o que acontece quando deixamos nosso mundo natal e saímos para o universo. A uc fica livre para administrar seus mundos como quiser, general. Mas *este* mundo vai decidir por si mesmo. A humanidade e a uc não serão mais coisas intercambiáveis. Não depois de hoje.

Rybicki olhou para mim.

– Você não tem autoridade para fazer isso. Para tomar essa decisão por todas essas pessoas.

– Posso não ter a autoridade. Mas tenho o direito.

– Você não sabe o que está fazendo.

– Acho que sei. Estou mudando o mundo.

Outra nave apareceu na janela. Levantei meu PDA; na tela havia uma representação simples da Terra. Em torno do círculo brilhante apareceram pontos, isolados, duplos, em grupos e em constelações. E quando todos chegaram, começaram a transmitir, todos eles, uma mensagem de boas-vindas em todas as línguas humanas que pudessem recebê-las, e um fluxo de dados, sem criptografia, atualizando a Terra em décadas de história e tecnologia. A verdade, o máximo que eu sabia dela. Meu presente para o mundo que tinha sido minha casa e que eu esperava que voltasse a ser.

16_

Não o reconheci a princípio. Parte disso por causa de onde eu o vi. Já era bem estranho estar nos degraus da Câmara dos Deputados dos EUA; vê-lo ali foi inteiramente inesperado. Em parte, também foi porque parecia mais velho do que eu me lembrava. E em parte porque ele não estava verde.

– General Szilard – eu disse. – Que surpresa.

– Era para ser – disse ele.

– Parece diferente.

– Sim, bem. Agora que a UC precisa lidar com os governos humanos aqui da Terra, uma das coisas que descobrimos é que os políticos aqui não nos levam muito a sério se tivermos nossa aparência costumeira.

– Não é fácil ser verde.

– Não mesmo. Então, eu me tornei mais velho e mais rosado. Parece estar funcionando.

– Suponho que você não esteja contando a eles que não tem idade suficiente nem para alugar um carro.

– Não vejo necessidade de confundi-los mais do que já estão confusos. Você tem um minuto? Tenho coisas a lhe dizer.

– Terminei meu depoimento de hoje. Tenho tempo.

Szilard olhou ao meu redor de maneira exagerada.

– Onde está sua multidão de repórteres?

– Ah, *aquilo* – eu disse. – General Gau está dando depoimento no Comitê de Inteligência do Senado hoje. Eu estava conversando com um subcomitê agrícola da Câmara. Havia uma única câmera de acesso público lá e foi isso. Aliás, faz meses desde a última vez que alguém se incomodou em me seguir. Alienígenas são mais interessantes.

– Quem diria, não é?

– Não ligo. Foi bom estar na capa das revistas por um tempo, mas enjoa. Quer caminhar?

– Sem dúvida – disse Szilard. Partimos em direção ao Passeio Nacional. Ocasionalmente alguém olhava para mim – mesmo fora das capas de revistas, eu ainda era reconhecível demais –, mas os residentes de Washington estavam orgulhosamente saturados com relação a políticos famosos, o que eu agora suponho que fosse, por falta de um termo melhor.

– Se não se importar com a minha pergunta, general, por que está aqui?

– Estou fazendo lobby junto aos senadores hoje – explicou Szilard. – A moratória dos EUA sobre o recrutamento das FCD é um problema. Os EUA sempre foram responsáveis pela maior parte de nossos recrutas. Por isso nunca foi um problema quando outros países proibiram os seus cidadãos de se inscreverem; suas contribuições eram pequenas. Mas, sem os EUA, não estamos atingindo metas de recrutamento, especialmente agora que muitos outros países também têm moratórias de recrutamento.

– Eu sei sobre a moratória. Eu estou perguntando por que *você*.

– Pareço ser bom em falar a linguagem dos políticos. Aparentemente, ser um pouco socialmente inapto é uma vantagem por aqui, e isso as Forças Especiais são com certeza.

– Acha que vai conseguir a suspensão da moratória?

Szilard deu de ombros.

– É complicado. Tudo é complicado porque, no fim das contas, a uc manteve a Terra no escuro por tempo demais. Você veio e disse a todos aqui o quanto estão perdendo. Eles estão com raiva. A questão é se eles estão bravos o suficiente para ficar do lado do Conclave em vez de apoiar outros humanos.

– Quando é a votação?

– Em três semanas – respondeu Szilard.

– Deve ser interessante.

– Entendo que há uma maldição em viver em tempos interessantes.

Andamos em silêncio por alguns minutos.

– O que vou dizer para você agora é apenas em meu nome. Está claro?

– Tudo bem – concordei.

– Primeiro, quero lhe agradecer. Nunca pensei que eu fosse visitar a Terra. Se você não tivesse fodido completamente o jeito que a uc fazia as coisas, eu nunca teria vindo. Então, obrigado por isso.

Achei muito difícil esconder como achei aquilo divertido.

– De nada.

– Em segundo lugar, preciso me desculpar com você.

– Você precisa se desculpar com Jane, general. Foi ela quem você alterou.

– Eu a alterei, mas usei os dois.

– Você disse que fez isso para manter a humanidade viva. Não fico entusiasmado por ter sido usado por você ou por qualquer outra pessoa, mas pelo menos eu simpatizo com o objetivo.

– Não fui totalmente sincero com você. Sim, eu me preocupava com a UC causando a erradicação da raça humana. Tentar parar isso foi o meu principal objetivo. Mas também tinha outro objetivo. Um objetivo egoísta.

– Qual foi? – perguntei.

– Os membros das Forças Especiais são cidadãos de segunda classe na UC – respondeu Szilard. – Sempre fomos. Somos considerados necessários, mas não confiáveis. Fazemos o difícil trabalho de manter viva a UC; inclusive fomos nós que destruímos a frota do Conclave; mas nossa recompensa é apenas mais trabalho, mais responsabilidade. Queria uma maneira de fazer a UC reconhecer o *meu* povo e como somos importantes para a União. E a resposta foi você.

– Eu. Você disse que fomos escolhidos por causa de Jane e Zoë, não de mim.

– Eu menti. Vocês todos faziam parte do jogo. Jane e Zoë eram as mais essenciais para manter a humanidade viva, sim. Mas sua parte foi fundamental para o meu objetivo.

– Não vejo como.

– Porque você é quem ficaria *indignado* por ser usado. A tenente Sagan sem dúvida ficou com raiva de como ela e Roanoke foram manipuladas para os fins da UC. Mas a solução dela é lidar diretamente com o problema imediato. Foi treinada assim. Pensamento em linha reta. Sua esposa é muitas coisas, Perry, mas sutil não é. Você, por outro lado. Você ia *matutar*. Procuraria uma solução de longo prazo para punir aqueles que o usaram e garantir que a humanidade não enfrentasse a mesma ameaça duas vezes.

– Trazendo o Conclave aqui para a Terra. Cortando o suprimento de soldados da uc.

– Vimos isso como uma possibilidade. Pequena, mas real. E, como consequência, a uc precisaria recorrer à sua pronta fonte de poder militar. Nós.

– Sempre há os colonos.

– Os colonos não lutam guerras há quase dois séculos. Seria um desastre. Mais cedo ou mais tarde, tudo vai se resumir às Forças Especiais.

– Mas você está aqui fazendo lobby para acabar com a moratória de recrutamento.

– Da última vez que conversamos, eu lhe disse a razão pela qual eu deixei meus soldados das Forças Especiais serem usados para destruir a frota do Conclave.

– Assim você poderia ficar no controle da situação.

Szilard estendeu as mãos como se dissesse: "É isso".

– Estou tendo dificuldade em acreditar que você planejou tudo isso.

– Eu não planejei nada disso. Deixei em aberto a possibilidade de que isso ocorresse e estava pronto para agir caso acontecesse. Certamente não esperava que você fizesse o que acabou fazendo. Naves mercantes. É estranho pensar nisso. Eu teria esperado outra armada.

– Fico feliz em surpreendê-lo.

– Tenho certeza de que fica. E agora me deixe retribuir o favor a você. Sei que a tenente Sagan ainda não me perdoou por alterá-la.

– Ela não te perdoou – concordei. – Levou muito tempo para ela se acostumar a ser humana, e você tirou isso dela.

– Então, diga isto a ela: ela era um protótipo. Uma versão de soldado das Forças Especiais projetada inteiramente a partir do genoma humano. Ela é 100% humana, até o número de cromossomos. Ela é *melhor* que um ser humano, claro, mas humana mesmo assim. Nunca deixou de ser humana durante todo esse tempo.

– Ela tem um BrainPal na cabeça.

– Estamos especialmente orgulhosos disso. A geração mais recente de BrainPals foi em grande parte orgânica do jeito que estava. Levou uma quantidade substancial de ajustes para fazer uma versão que fosse gerada a partir do genoma humano. Ela foi a primeira a ter um BrainPal humano totalmente integrado.

– Por que testou isso nela?

– Porque eu sabia que ela precisaria e que ela valorizava a própria humanidade. Queria honrar as duas coisas, e a tecnologia estava pronta para ser testada. Diga a ela que sinto muito por não poder lhe contar antes. Eu tive minhas razões para não querer que a tecnologia fosse de conhecimento comum.

Olhei bem para Szilard.

– Você está usando a mesma tecnologia agora, não está?

– Estou. Pela primeira vez, sou inteiramente humano. Tão humano quanto qualquer um. E, com o tempo, todo membro das Forças Especiais será assim. É importante. Para quem somos e para o que podemos nos tornar para a UC e para a humanidade. Avise Jane, Perry. Ela é a primeira de nós. A mais humana de nós. Deixe que ela saiba disso.

Não muito tempo depois, levei Jane para encontrar Kathy.

Minha cidade natal em Ohio estava como eu a deixara, quase duas décadas antes, apenas um pouco pior pelo desgaste natural. Nós seguimos pelo longo caminho de entrada da minha antiga casa para encontrar meu filho Charlie, sua família e todas as pessoas com as quais eu tinha uma relação, mesmo que tangencial, esperando por nós. Eu tinha visto Charlie duas vezes desde o meu retorno, quando ele tinha visitado Washington, D.C., para me ver. Tínhamos conseguido superar o choque de eu parecer décadas mais jovem do que ele, e ele conseguira superar o choque de Jane se parecer tanto com sua mãe. Para todos os outros, no entanto, foi um primeiro estranhamento.

Teria continuado assim se Zoë não tivesse interrompido e quebrado o gelo, começando com o filho de Charlie, Adam, a quem Zoë exigia que a chamasse de "tia Zoë", mesmo sendo mais nova que ele. Aos poucos, nosso clã começou a se abrir para nós e para mim. Contei todas as fofocas das últimas duas décadas. Jane ouviu histórias de Kathy que não ouvira antes. Zoë era atormentada por velhos parentes e garotos sonhadores. Savitri contou a Charlie piadas sobre meus dias como ombudsman. Hickory e Dickory toleraram o fato de serem curiosidades.

Enquanto o sol se punha, Jane e eu demos um beijo rápido em Zoë e saímos, seguindo para leste na estrada do condado, para o Cemitério de Harris Creek, até a lápide simples que continha o nome da minha esposa.

— Katharine Rebecca Perry — Jane leu, ajoelhada.

— Isso mesmo — confirmei.

— Você está chorando — disse Jane sem olhar para trás. — Posso ouvir em sua voz.

— Desculpe. Eu só nunca pensei que voltaria aqui.

Jane olhou para trás.

— Não queria que isso te machucasse.

— Está tudo bem. É normal doer. E eu queria que você a encontrasse. E queria estar aqui quando você fizesse isso.

— Você ainda a ama — Jane falou, olhando de volta para a lápide.

— Amo. Espero que não se importe.

— Eu sou parte dela. Ela é parte de mim. Se você a ama, você me ama. Não me importo que continue a amá-la. Espero que continue. Espero que sempre a ame.

Estendi a mão para ela, que a pegou. Ficamos assim, em silêncio, diante do túmulo da minha esposa, por muito tempo.

– Olhe para as estrelas – disse Jane por fim.

– Lá está a Ursa Maior – falei, apontando.

Jane assentiu.

– Estou vendo.

Passei meus braços ao redor de Jane.

– Eu me lembro de você dizendo em Huckleberry que, quando você finalmente viu as constelações, soube que estava em casa.

– Eu me lembro de ter dito isso.

– Ainda é verdade?

– É – disse Jane, e se virou para mim. – Estou em casa. Estamos em casa.

Eu beijei minha esposa.

– A Via Láctea – disse ela, olhando para cima depois que terminamos nosso beijo.

– Sim – falei, olhando para cima também. – Dá para vê-la muito bem daqui. É uma das razões por que eu gostava de viver em uma cidadezinha do interior. Nas cidades grandes, a luz a ofusca. Mas aqui é possível ver. Embora eu imagine que, com seus olhos, você esteja tendo um espetáculo e tanto.

– É lindo.

– Isso me lembra uma coisa. – Contei em seguida o que o general Szilard havia dito sobre ela ser a primeira soldado das Forças Especiais inteiramente humana.

– Interessante – disse ela.

– Então, no fim das contas, você é completamente humana.

– Eu sei. Já tinha percebido.

– Sério? Eu gostaria de saber como.

– Estou grávida – disse Jane, e sorriu.

AGRADECIMENTOS

Com este livro chegamos ao final de nossa jornada com John Perry e Jane Sagan. Eu gosto de pensar que ela continua. Mas continua sem nós. É possível que eu volte um dia para este universo, explore outros aspectos dele e veja como ele mudou através dos eventos deste livro. No momento, porém, estou dando um passo para trás para explorar outros lugares e pessoas. Espero que vocês não se importem.

Gostaria de agradecer a cada um de vocês que fez esta jornada comigo, seja este seu primeiro encontro com este universo ou se passou pelos três livros para chegar até aqui. Uma das grandes alegrias de escrever esta série foi ouvir o feedback e ler os e-mails de vocês, que me agradeceram por escrever esses livros e encorajaram (e, em alguns casos, exigiram) que eu botasse minha bunda na cadeira e escrevesse o próximo. Com certeza vocês sabem como fazer um escritor se sentir bem.

Eu tenho sido imensamente sortudo com estes livros por ter Patrick Nielsen Hayden como meu editor. O senso prático que

Patrick tem da indústria de livros de ficção científica iguala suas aspirações pelos livros dos quais ele cuida; eu me beneficiei de ambos. E, em especial, este livro se beneficiou da paciência de Patrick enquanto eu apagava capítulos inteiros e acabava com alguns personagens irritantes que nenhum de vocês jamais vai conhecer, o que prolongou o tempo necessário para terminar o livro. Patrick não reclamou (muito). Eu agradeço profundamente pela confiança. Muito obrigado também a Tom Doherty, cujo incentivo durante toda esta série significou incrivelmente muito para mim.

Outras pessoas da Tor a quem eu devo mais agradecimentos do que posso expressar: Teresa Nielsen Hayden, Liz Gorinsky, Irene Gallo, Dot Lin e o pessoal implacável do marketing da Tor. Agradecimentos também são necessários para John Harris, que mais uma vez fez uma capa animal [da edição norte-americana], para a copidesque Justine Gardner, que faz parecer que eu realmente sei gramática e ortografia, e Nicole de las Heras, pelo projeto gráfico [da edição norte-americana]. Tudo o que fiz foi escrever o livro; essas pessoas o tornaram atraente. Agradeço também a Ethan Ellenberg, meu inestimável agente.

Amigos ajudaram a me manter são enquanto eu lutava com este livro. Entre eles: Nick Sagan, que compartilhou o sofrimento do prazo, pois estávamos ambos terminando nossos livros, assim como Justine Larbalestier. Nos dois casos, você deve procurar os livros deles para descobrir o que está perdendo. Outros amigos que me ajudaram a manter a cabeça presa ao pescoço e garantiram que eu tivesse contato humano suficiente: Scott Westerfeld, Doselle e Janine Young, Deven Desai, Anne KG Murphy e Karen Meisner. Há tantas outras pessoas que eu gostaria de destacar e agradecer, particularmente na comunidade de escritores de ficção científica, mas, na verdade, nós ficaríamos aqui o dia todo, então, se você acha que eu deveria estar te agradecendo (e há muitos de vocês a quem eu deveria agradecer), por favor, parta do princípio de que eu estou falando de você aqui. Também faria uma menção especial aos leitores dos meus blogs, *Whatever* e *By the Way*, pelo incentivo diário à realização do meu trabalho, mesmo que isso signifique postar menos nos blogs.

Durante a escrita da *A última colônia*, fui indicado e ganhei o prêmio John W. Campbell de melhor novo escritor de ficção científica. Fui indicado com Sarah Monette, Chris Roberson, Brandon Sanderson, K. J. Bishop e Steph Swainston, e tive a felicidade de me tornar amigo de Sarah, Chris e Brandon. A sugestão de que sou um escritor melhor do que qualquer uma dessas pessoas é uma mentira lisonjeira, e incentivo você a procurar o trabalho deles na próxima vez que estiver em uma livraria ou comprando livros on-line. Você não vai se arrepender.

Eu matei um personagem chamado Joseph Loong neste livro; ao verdadeiro Joseph Loong, com quem trabalho na AOL, desejo uma vida longa e feliz, e agradeço por me deixar usar seu nome. O tenente Stross, no livro, é uma óbvia brincadeira com Charles Stross, escritor de ficção científica indescritivelmente talentoso e também meu amigo. O verdadeiro Stross não é tão avoado quanto o que coloquei no livro. O general Rybicki tem o nome de Joe Rybicki, meu amigo e editor de longa data. Espero que ele goste de seu personagem.

Mais uma vez, muito obrigado a Regan Avery, que continua a ser minha primeira leitora e ajuda a tornar meus livros melhores. Ela é minha primeira leitora há uma década; eu a considero meu amuleto da sorte.

Finalmente, agradeço a Kristine e Athena Scalzi, minha esposa e filha, respectivamente, e especialmente a Kristine. As pessoas que conhecem Kristine e a mim sugeriram que Jane Sagan tem obviamente Kristine como modelo. A comparação só vai até certo ponto – até onde sei, minha esposa não derrubou pelotões inteiros de soldados armada apenas com facas –, mas é um fato que a inteligência, força e o caráter de Jane são baseados na inteligência, na força e no caráter da minha esposa. Para ser franco, minha esposa arrasa muito. Ela também é gentil o suficiente não só para me aturar, mas para me incentivar, me apoiar e me amar. Tenho sorte por estar com ela. Dedico toda esta série a ela – *Guerra do velho*, *As Brigadas Fantasma* e *A última colônia*. Esses livros são dela. Eu apenas os escrevi.

JOHN SCALZI
20 DE SETEMBRO DE 2006

TIPOGRAFIA:
Caslon [texto]
Arca Majora [entretítulos]

PAPEL:
Pólen Soft 80g/m² [miolo]
Cartão Supremo 250g/m² [capa]

IMPRESSÃO:
Gráfica Paym [agosto de 2022]
1ª edição: junho de 2019 [2 reimpressões]